CHARLES DICKENS

UM CÂNTICO DE NATAL
E OUTRAS HISTÓRIAS

CHARLES DICKENS

UM CÂNTICO DE NATAL
E OUTRAS HISTÓRIAS

TRADUÇÃO E NOTAS:
ROBERTO LEAL FERREIRA

MARTIN CLARET

SUMÁRIO

APRESENTAÇÃO 7

UM CÂNTICO DE NATAL E OUTRAS HISTÓRIAS

FESTAS DE NATAL 17
A HISTÓRIA DOS DUENDES QUE RAPTARAM UM COVEIRO 25
UM EPISÓDIO DE NATAL DE *O RELÓGIO DO SENHOR HUMPHREY* 41
UM CÂNTICO DE NATAL EM PROSA
QUE É UMA HISTÓRIA NATALINA DE FANTASMAS 49

   PRIMEIRA ESTROFE: O FANTASMA DE MARLEY 53
   SEGUNDA ESTROFE: O PRIMEIRO DOS TRÊS ESPÍRITOS 77
   TERCEIRA ESTROFE: O SEGUNDO DOS TRÊS ESPÍRITOS 97
   QUARTA ESTROFE: O ÚLTIMO DOS ESPÍRITOS 125
   QUINTA ESTROFE: O FIM 143

O HOMEM POSSESSO E O PACTO COM O FANTASMA 153

   CAPÍTULO I: O DOM CONCEDIDO 155
   CAPÍTULO II: O DOM TRANSMITIDO 189
   CAPÍTULO III: O DOM DEVOLVIDO 241

UMA ÁRVORE DE NATAL 277
O QUE É O NATAL QUANDO FICAMOS VELHOS 301
OS SETE VIAJANTES POBRES 309

APRESENTAÇÃO

VIVENDO EM TRÊS TEMPOS: OS CONTRASTES EM DICKENS E OS TRÊS ESPÍRITOS DO NATAL

*Sandra Sirangelo Maggio**

Charles John Huffam Dickens nasceu no sudeste da Inglaterra, na cidade de Portsmouth, em 1812 e morreu em Kent, também no sudeste da Inglaterra, em 1870. Fez muito bom uso dos apenas cinquenta e oito anos que viveu. Além dos onze filhos que teve com a esposa Catherine, trabalhou como jornalista e escritor, criando quinze romances, cinco novelas, sete coletâneas de contos, trinta e oito contos publicados individualmente, uma história da Inglaterra, algumas obras religiosas, alguns poemas, peças, ensaios, livros de viagem, artigos e mais doze textos em coautoria com Wilkie Collins e outros amigos. Suas cartas foram também publicadas, postumamente.

Um cântico de Natal é a mais conhecida entre as vinte e duas histórias de Natal escritas por Dickens. Na verdade, *Um cântico de Natal* é a ficção de Natal mais lida de todos os tempos. Pode-se até dizer que Dickens é o criador do conceito de Natal que temos hoje.

---

* Professora de literatura de língua inglesa dos programas de graduação e pós-graduação em Letras da Universidade Federal do Rio Grande do Sul. Atua em atividades de ensino, pesquisa e extensão, tendo como foco de estudo a literatura dos períodos vitoriano e eduardiano.

Para o bem e para o mal, como veremos a seguir, pois parece que tudo na história e na obra desse autor se apresenta por meio de elementos antagônicos. Dickens é o escritor dos contrastes. Visto de fora, nas fotografias e pinturas em que é retratado, mostra uma aparência triste, cansada, mesmo desiludida. Visto por dentro, ao lermos seus livros, revela-se o dono de um universo esfuziante, repleto de vitalidade, cor e calor. A visão de mundo que transparece em suas obras é ao mesmo tempo pessimista e otimista. Dickens não suporta as crueldades do sistema, mas incorpora seus valores. Seu espaço ficcional é Londres: a Londres vitoriana fez Dickens, e Dickens fez a Londres vitoriana. Apesar de haver nascido, crescido e morrido no interior, ele se encontra merecidamente enterrado na capital, no Recanto dos Poetas, dentro da Abadia de Westminster.

Quem visitar o *site* do projeto *The Victorian Web*, da Brown University (http://www.victorianweb.org/), perceberá que os críticos e escritores que falam sobre Dickens geralmente começam listando seus defeitos, para terminar concluindo que se trata de um dos maiores romancistas de todos os tempos. Dostoiévski reclama do excesso de sentimentalismo, mas confessa haver-se inspirado em Dickens para compor personagens que pudessem torná-lo porta-voz do povo russo, da mesma forma que considera Dickens porta-voz do povo inglês. Sigmund Freud se encanta com a riqueza dos detalhes na composição das personagens de Dickens e declara que lê seus romances para tentar enxergar além das dicotomias, pois não encontra neles nenhuma criatura que seja completamente boa ou má. Todas trazem, em doses diferentes, sua parcela de humor, ironia, afeição, inveja, amor e rancor. Karl Marx, por sua vez, elogia a forma como as péssimas condições de trabalho são denunciadas nas obras de Dickens. Um exemplo disso é a maneira como Scrooge trata seu funcionário Bob Cratchit, em *Um cântico de Natal*.

Em seu livro teórico *Aspects of the Novel* (1927), o escritor inglês E. M. Forster divide as personagens literárias em dois grupos, as "planas" (que podem ser definidas com uma frase ou expressão) e as "esféricas" (que evoluem ao longo da narrativa, tendo a capacidade de surpreender os leitores). As personagens planas — também chamadas "tipos", "humores" ou "caricaturas" — marcam bem uma ideia ou característica, enquanto as esféricas possuem maior densidade psicológica. Forster diz que as personagens de Dickens escapam às definições propostas. Herdeiras diretas dos tipos medievais, ao mesmo tempo que são marcadamente planas, elas transmitem uma forte sensação de profundidade humana.

Scrooge, por exemplo, apesar de se modificar ao longo da narrativa, é tão claramente um tipo que seu nome, em inglês, transformou-se em adjetivo nos dicionários, significando sovina, pão-duro, mão-fechada. O cartunista Carl Barks (1901 – 2000), membro da Equipe Disney, criou a personagem Tio Patinhas, cujo nome em inglês é Scrooge McDuck. A primeira história em que aparece, "Christmas on Bear Mountain", faz referência direta a *Um cântico de Natal*. A avareza e misantropia de Patinhas remetem ao Ebenezer Scrooge que temos no início do texto de Dickens. Com o passar dos anos, também o Patinhas de Barks veio a adquirir traços mais humanos e filantrópicos, apesar de conservar sempre o apego ao dinheiro, aos bons negócios e a sua coleção de moedas.[1]

Pensando sobre as personagens de Dickens, E. M. Forster conclui que é justamente por não se importar em infringir as normas que o estilo de Dickens flui de forma tão instintiva.

---

[1] A primeira criação de Carl Barks foi o Pato Donald (*Donald Duck*), em 1934. Dez anos mais tarde, em 1944, surgiu a cidade de Patópolis (*Duckburg*), que foi aos poucos povoada pelo Tio Patinhas (*Scrooge McDuck*), em 1947, pelo primo Gastão (*Gladstone Gander*) em 1948, pelos Irmãos Metralha (*The Beagle Boys*) e a Associação dos Escoteiros Mirins (The Junior Woodchucks) em 1951, pelo Professor Pardal (*Gyro Gearloose*) e Cornélio Patus (*Cornelius Coot*) em 1952, por Pão-Duro MacMônei (*Flintheart Glomgold*) em 1956 e finalmente por Patacôncio (*John D. Rockerduck*) e Maga Patalógika (*Magica de Spell*) em 1961. Os demais integrantes de Patópolis foram criados por outros artistas.

Não se pode nem mesmo dizer que ele infringe alguma norma, pois viveu antes do tempo em que as regras estruturais que seguimos hoje houvessem sido formuladas. Dou aqui um exemplo simples, ligado à voz narrativa: *Um cântico de Natal* transcorre na terceira pessoa, mas muda para a primeira pessoa na cena em que Scrooge lamenta-se por não ter levado adiante o relacionamento com a moça de quem gostara um dia. Hoje, isso pode ser considerado uma falha. Mas o efeito prático é que essa mudança de voz aproxima os leitores e intensifica o grau de arrependimento de Scrooge. Nesse sentido, Dickens se aproxima de Shakespeare, cujas personagens nobres falavam em rima, salvo quando sua emoção fosse forte o suficiente para explodir a forma. E. M. Forster, ele mesmo um grande escritor, é sensato a ponto de compreender isso. Ele até brinca, dizendo sobre Dickens:

> Ele deveria ser ruim, mas o que ocorre é que é um dos nossos grandes escritores. Seu sucesso na criação de tipos sugere que as personagens planas têm mais valor do que certos críticos admitem. (...) Não é através de fórmulas que se resolve a delicada questão da metodologia, o que conta é a capacidade do autor de fazer os leitores acreditarem no que está sendo apresentado. (FORSTER, cap. IV)

A mudança de Ebenezer Scrooge, em *Um cântico de Natal*, ocorre quando ele é forçado a reavaliar suas atitudes para não terminar como seu falecido sócio, uma alma penada que volta para aconselhá-lo a emendar-se enquanto é tempo. À medida que o enredo se desenrola, Scrooge revisita cenas de sua longa vida que fazem com que os leitores percebam os fatores traumáticos que, aos poucos, o transformaram na pessoa fria, mesquinha, miserável e avarenta à qual somos apresentados no início da história. Nenhum desses episódios focaliza aqueles momentos cruciais de forma direta, apenas o suficiente para indicar pistas aos leitores, que começam a se fazer certas perguntas: Por que, quando criança, Scrooge precisou passar um tempo afastado da família? Por que se tornou tão apegado aos bens materiais? Por que foi incapaz de retribuir a afeição da moça de quem gostou? Quais feridas não curadas fizeram com que passasse a evitar o convívio das pessoas? O que o dinheiro significa, de fato, para ele? Como as respostas não são explicitadas no texto, cada leitor preenche as lacunas do jeito que considera mais apropriado. Alguns buscam até mesmo apoio em elementos biográficos extraídos de experiências pessoais do escritor.

 Recorrendo à biografia do autor descobrimos, por exemplo, que quando Dickens estava com onze anos seu pai foi transferido para Londres. A família foi morar em Camden Town — o mesmo bairro em que vivem os Cratchits, de *Um cântico de Natal*. Como o pai não conseguia fazer frente às dívidas contraídas, Dickens começou a trabalhar em uma fábrica de graxa para sapatos que utilizava mão de obra infantil. Seu pai foi condenado a quatro meses de prisão por inadimplência. Dickens continuou trabalhando na fábrica, enquanto sua mãe e os irmãos menores foram para a cadeia com o pai, pois não tinham como se sustentar de outra maneira. Depois que o pai foi solto, a família se recompôs e as coisas voltaram ao normal. Todavia, apesar de esses transtornos terem acontecido num intervalo curto de tempo, foi tudo muito traumático para Dickens, um menino sensível, inteligente e de tão pouca idade. A vergonha, a insegurança e a sensação de ser incapaz de resolver o problema foram intensas. Ecos desse desamparo povoam várias obras de Dickens, cujos protagonistas reagem de formas diferentes, mas sempre em razão do mesmo trauma de base, o desamparo infantil. Pip, em *Grandes esperanças*, migra do interior para Londres e lá tenta se adaptar do jeito que pode, improvisando e imitando o comportamento daqueles que imagina estarem bem enquadrados no ambiente urbano. David Copperfield, no romance de formação que leva seu nome, consegue abrir caminho de forma um pouco mais discreta, elegante e harmoniosa. Scrooge, por sua vez, isola-se emocionalmente para não voltar a sofrer e acaba passando para o lado oposto da escala, tornando-se — possivelmente sem perceber — o algoz dos seus próprios funcionários.

Nas três obras acima mencionadas temos referência a paixões fracassadas. Na vida de Dickens houve uma moça chamada Maria Beadnell, a quem amou intensamente quando jovem. Recém-chegado a Londres, tentando abrir espaço de forma um tanto agressiva e espalhafatosa, o jovem Dickens não foi bem recebido pela família da moça, que impediu o desenvolvimento do namoro. Maria Beadnell se torna, assim, fonte de inspiração para personagens femininas de diversas obras de Dickens, entre elas Estella, em *Grandes esperanças*, Dora, em *David Copperfield* e a moça sem nome em *Um cântico de Natal*.

O escritor Anthony Burgess, no livro *English Literature* (1958), apresenta as personagens de Dickens como herdeiras de uma tradição medieval e renascentista. Os três espíritos de Natal lembram, de fato, as alegorias dos autos de rua dos tempos da dinastia Tudor. O Espírito do Passado leva Scrooge a revisitar momentos determinantes de sua vida. Esse movimento de mergulho em si mesmo equivale ao que hoje conhecemos como um processo de terapia. Depois, conduzido pelo Espírito do Presente, ele é transportado para fora de si mesmo, conseguindo perceber como é visto pelos outros. Ao ver-se pelo lado de fora, por outros ângulos — todos desfavoráveis —, Scrooge fica surpreso ao compreender que há outras verdades além das suas próprias, outros valores possíveis de serem adotados, bem como outras filosofias de vida a seu dispor. O Espírito do Futuro surge como uma personificação da Morte — silencioso, vestindo uma capa preta, com um capuz que lhe encobre o rosto. Mostra tudo o que vai acontecer, caso Scrooge siga levando a vida da mesma forma.

Ao redirecionar o próprio futuro, Scrooge se torna aquilo que o crítico literário Terry Eagleton, no capítulo sobre Dickens de *The English Novel: An Introduction* (2005), chama de uma "figura natalina". Para Eagleton as figuras natalinas funcionam como o *deus ex machina* do teatro grego, solucionando situações que, de outra forma, não teriam terminado bem. Ao se modificar, Scrooge passa a tratar de maneira diferente seu funcionário Bob Cratchit, que recebe um aumento de salário. Com essa melhoria de vida, Cratchit poderá bancar um tratamento médico para Tiny Tim, seu filho pequeno e doente, que de outra forma teria morrido.

Tiny Tim tem na história a função de ilustrar o desamparo social a que ficam sujeitos os menos privilegiados — os fracos, os desvalidos, que dependem das iniciativas individuais de certos cidadãos (as "figuras natalinas") para sobreviver. Terry Eagleton é um crítico social muito contundente, que enfatiza um ponto levantado pelo próprio Scrooge no início da narrativa: de que adianta pagarmos tantos impostos para manter um sistema de seguridade social que não funciona, se no final das contas tudo fica na dependência das ações filantrópicas individuais? A propósito, a personagem Tiny Tim é inspirada no filho de um amigo de Dickens, que provavelmente também teria morrido se o escritor não tivesse custeado seu tratamento médico.

Analisando o percurso de Scrooge em *Um cântico de Natal*, a primeira impressão que se tem é de que, em uma noite, o pêndulo se moveu de um extremo para o outro, e um velho sovina, que no começo estava errado, no final compreendeu as coisas e entrou no caminho certo. Mas em Dickens as coisas nunca são tão simples quanto parecem, há sempre outras camadas de leitura possíveis. No caso de *Um cântico de Natal*, essa discussão é colocada por meio da temática do Natal.

O que significa o Natal na sociedade urbana e conturbada de hoje? Como nos sentimos na véspera de Natal? Provavelmente, um pouco Scrooge e um pouco Senhora Cratchit. Estressados, esgotados, sem paciência, irritados, preocupados. Fazendo contas para ver como comprar este e aquele presente, contraindo esta ou aquela prestação. Vendo como fazer para limpar a casa, preparar o jantar, terminar o relatório, visitar o avô. O Natal pode significar a celebração do nascimento de Cristo; um momento de reencontrar os amigos; de confraternizar com a família; de ser solidário; de lidar com a depressão; de ficar feliz; de reavaliar a própria vida. Coisas que, como diz sabiamente Scrooge, devem ser honradas todos os dias do ano. Pode parecer espantoso que tantas sensações contraditórias ocorram a um só tempo; mas é o que acontece, porque nós, seres humanos, somos mesmo espantosos.

É por isso que Charles Dickens é um escritor tão bom, que sobrevive às mudanças de estilo e a diferentes movimentos artísticos. Ele sabe como ninguém retratar as maravilhosas contradições da condição humana. Dickens ataca pelos sentidos, é assim que nos transporta para dentro de cada cena: nós estamos lá, olhando fixamente para o carvão escasso no aquecedor do quarto de Scrooge, tremendo de frio, tremendo de medo. Sentindo o cheiro do peru de Natal dos Cratchits, ouvindo as músicas que eles cantam, sentindo o toque da mãozinha de Tiny Tim. Dickens ataca por todos os lados, até penetrar na central das emoções, nos recônditos onde escondemos nossos medos, nossas esperanças, nossas expectativas.

Tendo dito isso, agradeço à Editora Martin Claret o espaço que me concedeu para prestar esta homenagem a um de meus escritores favoritos e convido o leitor a apreciar, por meio da tradução para o português realizada por Roberto Leal Ferreira, esta obra produzida pelo grande romancista inglês vitoriano Charles Dickens.

CHARLES DICKENS

UM CÂNTICO DE NATAL
E OUTRAS HISTÓRIAS

FESTAS DE NATAL

Tempo de Natal! Sem dúvida, há de ser um misantropo o homem em cujo peito o retorno do Natal não faz nascer uma espécie de sentimento jovial — em cuja mente não desperta nenhuma associação agradável. Há quem diga que o Natal já não é para eles o mesmo — que a cada novo Natal uma cara esperança ou uma expectativa feliz do ano passado se debilita e se esvai — e que o presente só serve para trazer à lembrança as circunstâncias mais difíceis e o dinheiro mais minguado — os banquetes oferecidos, em outros tempos, aos falsos amigos, e os olhares frios com que hoje esses mesmos banquetes são recompensados, na adversidade e na aflição. Nunca dê atenção a tais melancólicas reminiscências. Poucos homens há no mundo que não tenham vivido o bastante para poder ter tais pensamentos em qualquer dia do ano. Nada, então, de reservar o mais alegre dos trezentos e sessenta e cinco dias para as tristes recordações; puxe a cadeira para mais perto da lareira acesa — encha o copo e cante uma sonora canção — e, se a sua sala for menor do que a de uns doze anos atrás, ou se o seu copo estiver cheio de um ponche malcheiroso, em vez de vinho espumante, encare tudo com bom humor e o esvazie de uma vez e encha outro e solte a voz na velha canção que você costumava cantar, e dê graças a Deus porque as coisas não vão ainda pior. Olhe para o rosto alegre de seus filhos, sentados ao redor da lareira. Talvez uma cadeirinha esteja vazia — uma figurinha que alegrava o coração do pai e era o orgulho da mãe talvez não esteja presente.

Não dê atenção ao passado — não pense que, há só um ano atrás, a loira criança que hoje rapidamente se desfaz em pó estava sentada à sua frente, com o frescor da saúde no rosto e a alegre inconsciência da infância nos olhos travessos. Pense nas bênçãos de hoje — todos os homens têm muitas — e não nas desgraças passadas — todos os homens têm algumas. Encha o copo de novo, de rosto alegre e coração contente. Vamos dar tudo de nós, mas o seu Natal há de ser feliz e o Ano-Novo também.

Quem pode permanecer insensível aos bons sentimentos generosos e à honesta troca de carinho e afeto, tão abundantes nesta época do ano? Uma festa de Natal em família! Não há nada no mundo mais delicioso! Parece haver mágica na simples palavra Natal. São esquecidos ciúmes e desavenças mesquinhas: sentimentos de amizade despertam em corações aos quais por muito tempo foram estranhos; pai e filho ou irmão e irmã, que se cruzaram e evitaram olhar-se, ou trocaram olhares frios alguns meses atrás, oferecem e retribuem um abraço cordial e sepultam as animosidades passadas na felicidade presente. Corações generosos, com afetos recíprocos, mas que se retraíram por falsas ideias de orgulho e dignidade pessoal, novamente se unem, e tudo é delicadeza e bondade! Ah, se o Natal durasse o ano inteiro, e os preconceitos e paixões que deformam nossa melhor natureza jamais entrassem em ação, pelo menos entre aqueles para quem tais coisas deveriam ser sempre estranhas.

A Festa de Natal em família a que nos referimos não é um simples amontoado de relacionamentos, nascidos de um conhecimento de uma ou duas semanas, ainda este ano, sem precedentes familiares no ano passado e que, provavelmente, tampouco se repetirão no ano que vem. É um encontro anual de todos os membros acessíveis da família, jovens ou velhos, ricos ou pobres, e todas as crianças esperam ansiosas por ele, com dois meses de antecedência, num entusiasmo antecipado. Antigamente, a festa era sempre na casa do vovô, mas como o vovô foi envelhecendo, e a vovó também, e foram ficando doentes, desistiram de morar sozinhos e passaram a residir na casa do tio George: e, assim, a festa sempre acontece na casa do tio George, mas a vovó sempre traz a maioria das coisas boas, e o vovô *sempre* vai até o mercado de Newgate comprar o peru; contrata um carregador para levar a ave em triunfo para casa, sempre insistindo para que o homem aceite como prêmio um drinque, além da gorjeta, para brindar "um Feliz Natal e um Feliz Ano-Novo" para tia George; quanto à vovó, ela é toda segredos e mistérios durante os dois ou três dias que antecedem a festa, mas não o bastante para impedir os boatos de que comprou um lindo boné novo com fitas para cada um dos criados, além de livros variados, canivetes e estojinhos para as gerações mais jovens — sem falar nas diversas adições secretas à encomenda originalmente feita por tia George junto ao pasteleiro, como mais uma dúzia de tortas de frutas para o jantar e uma enorme torta de ameixas para as crianças.

Na véspera de Natal, a vovó está sempre muito bem-humorada e, depois de ter ocupado todas as crianças, durante o dia, para tirar o caroço das ameixas e coisas do gênero, ela sempre insiste, a cada ano, que o tio George desça até a cozinha, tire o casaco e mexa o pudim durante mais ou menos meia hora, o que o tio George faz com prazer, para a alegre algazarra das crianças e dos criados; e a noite termina com um glorioso jogo de cabra-cega, no qual o vovô faz questão de ser pego logo no começo, para ter oportunidade de exibir a sua destreza.

Na manhã seguinte, o casal de velhinhos, com tantas crianças quantas o banco da igreja pode aguentar, vai ao serviço religioso, em grande pompa, deixando a tia George em casa, a tirar o pó dos potes e a encher frascos, e o tio George a carregar garrafas até a sala de jantar e pedir saca-rolhas, e ficando no caminho de todo o mundo.

Quando o grupo eclesial volta para o almoço, o vovô tira do bolso um raminho de visco e convida os meninos a beijar suas priminhas embaixo dele —, operação que proporciona tanto aos garotos como ao velho senhor uma satisfação sem limites, mas que fere as ideias da vovó acerca do decoro, até o vovô dizer que, quando tinha só treze anos e três meses, *ele* também beijou a vovó embaixo do visco; ao ouvirem isso, as crianças batem palmas e caem na gargalhada, com o tio George e a tia George; e a vovó parece contente e diz, com um sorriso benévolo, que o vovô sempre foi um cachorro sem-vergonha, e as crianças tornam a cair na gargalhada, e o vovô ainda mais que todas elas.

Mas todas essas diversões nada são comparadas à alegria que vem a seguir, quando a vovó, com uma touca alta e um vestido de seda cor de ardósia, e o vovô, com uma camisa de babados magnificamente frisados e um lenço branco no pescoço, se sentam de um lado da lareira da sala de visitas, com os filhos do tio George e seus incontáveis priminhos, sentados na frente, aguardando a chegada das visitas ansiosamente esperadas. De repente se ouve parar uma carruagem, e o tio George, que espiava pela janela, exclama: "A Jane chegou!"; ao ouvirem isso, as crianças correm para a porta e descem as escadas aos trambolhões; e o tio Robert e a tia Jane, com o lindo bebezinho e a babá e a turma toda, são levados escada acima entre os tumultuosos gritos de "Meu Deus!" das crianças e as advertências mil vezes repetidas pela babá de não machucarem o bebê; e o vovô pega a criança, e a vovó beija a filha, e a confusão da primeira entrada mal se acalma e já chegam outros tios e tias, com mais primos, e os primos e primas mais velhos cortejam uns aos outros, o mesmo fazendo os priminhos menores também, aliás, e nada se consegue ouvir, a não ser uma barulheira confusa de conversas, risadas e alegria.

Duas batidas hesitantes na porta da rua, ouvidas durante uma pausa momentânea na conversa, provocam a curiosidade geral do "Quem será?", e duas ou três crianças, que estavam à janela, anunciam em voz baixa que é a "pobre tia Margaret". Ao ouvir isso, o tio George sai da sala para receber a recém-chegada, e a vovó se levanta, um pouco rígida e formal, pois Margaret se casou com um pobretão sem o seu consentimento e, como a pobreza não é uma punição suficientemente pesada para sua ofensa, os amigos afastaram-se dela, que perdeu a companhia dos seus mais caros parentes. Mas o Natal está de volta, e os sentimentos hostis que combateram as melhores disposições durante o ano se dissolveram ante a sua influência benigna, como o gelo ainda malformado sob o sol da manhã. Para um pai, não é difícil, num momento de zanga, condenar uma filha desobediente; mas é algo muito diferente, num momento de boa vontade geral e de grande alegria, bani-la de perto da lareira, ao redor da qual ela se sentou durante tantos outros Natais, passando aos poucos da infância à meninice e, em seguida, desabrochando, quase imperceptivelmente, numa linda e exuberante mulher. Não lhe cai bem o ar de retidão consciente e de frio perdão que a velha senhora havia adotado; e quando a pobre menina é introduzida na sala pela irmã — de rosto pálido e jeito deprimido — não pela pobreza, que ela podia suportar, mas pela consciência do injusto desdém e da imerecida rudeza — é fácil ver que boa parte daquilo é artificial. Segue-se uma breve pausa; de repente, a jovem desprende-se da irmã e se joga, soluçando, nos braços da mãe. O pai avança rapidamente e segura a mão da esposa. Os amigos se reúnem ao redor, para oferecer suas cordiais saudações, e a alegria e a harmonia reinam novamente.

Quanto ao almoço, é perfeitamente aprazível — nada sai errado, e todos estão com o melhor dos humores, dispostos a dar e receber alegria. O vovô faz um minucioso relatório da compra do peru, com uma breve digressão acerca da aquisição dos perus anteriores, nos Natais passados, a qual é corroborada pela vovó nos mínimos detalhes: o tio George conta histórias e trincha as aves e traz o vinho e brinca com as crianças que estão na mesa ao lado, e pisca para os primos que estão namorando ou sendo namorados, e diverte a todos com bom humor e hospitalidade; e quando, finalmente, um corpulento criado entra cambaleante com um gigantesco pudim com um ramo de azevinho por cima, estouram tantas risadas e gritos e palmas dadas por mãozinhas gorduchinhas e batidas no assoalho de pés gordos e roliços que só podem ser equiparados pelo aplauso com que é recebido pelos visitantes mais jovens a espantosa façanha de derramar *brandy* em chamas dentro das tortas de frutas. E, então, a sobremesa! — e o vinho! — e a diversão! Tão belos discursos e *aquelas* canções cantadas pelo marido de tia Margaret, que se revela um ótimo sujeito, *tão* carinhoso com a vovó! Até o vovô não só canta sua canção anual com inédito vigor, mas também, ao ser honrado com um unânime pedido de bis, segundo o costume anual, se sai com uma nova balada, que ninguém, a não ser a vovó, já havia escutado: e um primo levado da breca, que caíra numa espécie de desgraça junto aos idosos por certos terríveis pecados de omissão e comissão — deixando de fazer visitas e teimando em beber a cerveja de Burton — faz todos se contorcerem em gargalhadas com as mais extraordinárias canções cômicas que jamais se ouviram. E assim se passa a tarde, num esforço racional de boa vontade e alegria, que faz mais para despertar as simpatias de cada membro do grupo pelo vizinho e para perpetuar seus bons sentimentos durante o ano seguinte do que todos os sermões jamais escritos por todos os sacerdotes que jamais viveram.

Há centenas de ideias associadas ao Natal que gostaríamos muitíssimo de evocar nas mentes de nossos leitores; há centenas de cenas cômicas inseparáveis dessa época do ano, nas quais teríamos igual prazer em nos determos. Chegamos aos nossos limites habituais; e, no entanto, não podemos encontrar melhor desfecho do que desejar a todos eles, individual e coletivamente, "um feliz Natal e um feliz Ano-Novo".

Tibbs

A HISTÓRIA DOS DUENDES QUE RAPTARAM UM COVEIRO

Numa velha cidade abacial, nesta parte do país, há muito, muito tempo — tanto tempo que a história deve ser verdadeira, pois nossos bisavós acreditavam implicitamente nela —, trabalhava como sacristão e coveiro no cemitério um homem chamado Gabriel Grub. De modo algum se pode deduzir que um homem, por ser coveiro e estar sempre rodeado de emblemas da morte, seja necessariamente triste e melancólico; os papa-defuntos são os sujeitos mais alegres do mundo, e tempos atrás tive a honra de ser amigo íntimo de um sujeito que, na vida privada e fora do trabalho, era um camarada cômico e bem-humorado, que trinava despreocupadamente as mais jocosas canções, sem nenhuma hesitação de memória, ou esvaziava um belo copo de rum sem parar para respirar. Apesar desses precedentes em contrário, porém, Gabriel Grub era um sujeito carrancudo, teimoso e grosseiro — um homem triste e solitário, que não se dava bem com ninguém, a não ser consigo mesmo e com uma garrafa de vime que cabia perfeitamente no largo e profundo bolso do seu colete; e que observava cada rosto feliz que cruzava à sua frente com tal carranca de maldade e mau humor que era difícil alguém topar com ele sem se sentir perturbado.

Um pouco antes do pôr do sol, numa véspera de Natal, Gabriel pôs a pá sobre os ombros, acendeu o lampião e se dirigiu para o velho cemitério, pois tinha de terminar um túmulo até a manhã seguinte e, sentindo-se muito deprimido, pensou que talvez pudesse ganhar um pouco de ânimo se desse logo continuidade ao trabalho. Enquanto caminhava pela rua antiga, viu as luzes alegres das lareiras a reluzir através das velhas janelas e ouviu as risadas e os gritos alegres daqueles que estavam reunidos ao redor delas; notou os animados preparativos para o banquete do dia seguinte e sentiu os inúmeros odores deliciosos que saíam às nuvens das janelas da cozinha. Tudo isso era absinto e veneno para o coração de Gabriel Grub; e quando bandos de crianças saíam correndo das casas, pulando pela rua para encontrar, antes de poder bater à porta em frente, meia dúzia de molequinhos de cabelos cacheados que as rodeavam enquanto escalavam as escadas para passar a noite com suas brincadeiras de Natal, Gabriel sorria com um ar sinistro e segurava o cabo da pá com maior firmeza, enquanto lhe ocorriam ideias de sarampo, escarlatina, aftas, coqueluche e muitas outras ótimas fontes de consolação.

Nessa feliz disposição de espírito, Gabriel apertou o passo, retribuindo com um breve e soturno rosnado as bem-humoradas saudações dos vizinhos que, vez por outra, passavam por ele, até dobrar a escura trilha que levava ao cemitério. Ora, Gabriel não via a hora de chegar à trilha escura, pois era, em geral, um belo lugar, lúgubre e sombrio, a que os habitantes da cidade não gostavam de ir, salvo em plena luz do dia e em dias de sol; portanto, não foi pequena a sua indignação ao ouvir a voz de um garoto que cantarolava uma alegre canção de Natal nesse autêntico santuário, chamado de Estrada do Caixão desde os tempos da velha abadia e dos monges tonsurados. Enquanto Gabriel avançava e a voz se aproximava, descobriu que ela vinha de um menininho que corria para alcançar um dos bandos na rua velha e, em parte para fazer companhia a si mesmo e em parte para se preparar para a ocasião, cantava aos berros a canção, com todo o fôlego de que dispunham seus pulmões. Gabriel, então, esperou a chegada do menininho, encurralou-o num canto e bateu cinco ou seis vezes com o lampião na sua cabecinha, só para ensiná-lo a modular melhor a voz. E quando o menino saiu correndo, com as mãos na cabeça, cantando uma canção completamente diferente, regozijou-se Gabriel Grub profundamente consigo mesmo e adentrou o cemitério, trancando o portão atrás de si.

Tirou o casaco, pousou o lampião e, entrando no túmulo inacabado, nele trabalhou por cerca de uma hora, com ótima disposição. Mas a terra havia endurecido com o gelo, e não era nada fácil quebrá-la e removê-la com a pá; e, apesar de haver lua, era uma luazinha muito minguada, que lançava pouca luz sobre o túmulo, que ficava à sombra da igreja. A qualquer outra hora, esses obstáculos teriam causado muito mau humor e pesar a Gabriel Grub, mas ele estava tão feliz de ter interrompido o canto do menininho que não se importou com os poucos progressos que fizera e contemplou com uma satisfação lúgubre o túmulo quando deu por terminado o trabalho daquela noite, murmurando enquanto guardava as ferramentas:

> Belos aposentos para alguém, belos aposentos para alguém,
> Uns poucos centímetros de terra fria, quando a vida chega ao fim;
> Uma pedra na cabeça, uma pedra nos pés,
> Um saboroso prato para o apetite dos vermes;
> Fétida erva sobre a cabeça, e lama úmida em volta,
> Belos aposentos para alguém, belos aposentos para alguém.

— Ah! Ah! — riu Gabriel Grub, sentando-se numa lápide plana que era seu lugar de descanso predileto; e tirou do bolso a garrafa de vime. — Um caixão no Natal... um presente de Natal! Ah, ah, ah!

— Ah, ah, ah! — repetiu uma voz vinda de trás dele, bem de perto.

Gabriel parou, assustado, no ato de erguer a garrafa até os lábios, e olhou ao redor. O fundo do mais velho túmulo à sua volta não estava mais calmo e silencioso do que o cemitério sob o

Ilustração: Hablot K. Browne

pálido luar. A fria geada reluzia sobre as lápides e cintilava como fileiras de pedras preciosas entre os entalhes das pedras da velha igreja. Espalhava-se a neve, dura e crocante pelo chão, e formava sobre os montinhos de terra uma cobertura tão branca e lisa que até parecia que ali repousavam cadáveres, escondidos apenas por seus alvos lençóis. Nem o menor sopro de vento rompia a profunda calma daquele cenário solene. Até o som parecia ter-se congelado, e tudo era frio e imóvel.

— Foi o eco — disse Gabriel Grub, erguendo de novo a garrafa até os lábios.

— *Não* foi — disse uma voz grave.

Gabriel ergueu-se, num salto, e ficou paralisado, mergulhado em espanto e terror, pois seus olhos se cravaram numa figura que lhe enregelou o sangue.

Sentado numa lápide erguida, perto dele, estava uma figura estranha e sobrenatural, que, como percebeu de imediato Gabriel, não era deste mundo. Suas pernas longas e fantásticas, que poderiam alcançar o chão, estavam cruzadas de um jeito esquisito e absurdo; seus braços musculosos estavam nus, com as mãos sobre os joelhos. Sobre o corpo curto e redondo vestia uma camisa justa, enfeitada com pequenos recortes; e uma capa curta pendia às suas costas; o colarinho era talhado com pontas curiosas, que serviam de lenço de pescoço ou gravata; e os sapatos se espichavam em longas pontas. Sobre a cabeça usava um chapéu pontudo, de abas largas, enfeitado com uma única pluma. A branca geada cobria o chapéu, e parecia que o duende estivera sentado sobre a mesma lápide, muito confortavelmente, por duzentos ou trezentos anos. Estava completamente imóvel, com a língua para fora, como quem caçoa; e sorria para Gabriel Grub com um sorriso que só um duende pode dar.

— *Não* foi o eco — disse o duende.

Gabriel Grub, paralisado, não conseguia responder.

— O que você faz aqui na noite de Natal? — disse o duende, com severidade.

— Vim cavar um túmulo, Senhor — gaguejou Gabriel Grub.

— Quem é que passeia entre túmulos e cemitérios numa noite como esta? — disse o duende.

— Gabriel Grub! Gabriel Grub — exclamou um selvagem coro de vozes que pareciam lotar o cemitério. Gabriel olhou assustado ao seu redor, mas nada se podia ver.

— O que tem aí na sua garrafa? — disse o duende.

— Gim holandês, Senhor — respondeu o coveiro, mais trêmulo do que nunca; pois o comprara dos contrabandistas e pensou que talvez o seu interrogador pudesse pertencer ao serviço aduaneiro dos duendes.

— Quem é que bebe gim holandês sozinho, e num cemitério, numa noite como esta? — disse o duende.

— Gabriel Grub! Gabriel Grub! — exclamaram as vozes selvagens, mais uma vez.

O duende lançou um olhar maldoso para o coveiro apavorado e, então, erguendo a voz, exclamou:

— E quem, então, é o nosso justo e legítimo prêmio?

A esta pergunta, o coro invisível respondeu, num canto que soou como a voz de muitos cantores a acompanhar o poderoso crescendo do velho órgão da igreja — um canto que parecia ser levado aos ouvidos do coveiro sobre uma brisa delicada e esvair--se enquanto seu suave sopro seguia adiante — mas o refrão da resposta ainda era o mesmo: "Gabriel Grub! Gabriel Grub!".

O duende sorriu um sorriso mais amplo que o de antes e disse:

— Muito bem, Gabriel, o que você diz sobre isso?

O coveiro mal conseguia respirar.

— O que você acha disso, Gabriel? — disse o duende, erguendo os pés para o alto, um de cada lado da lápide, e olhando para os bicos erguidos com o mesmo prazer que teria em contemplar o mais elegante par de botas de toda Bond Street.

— É... é... muito curioso, Senhor — respondeu o coveiro, meio morto de pavor —, muito curioso e muito bonito, mas acho que vou sair para terminar o meu trabalho, Senhor, com a sua licença.

— Trabalho! — disse o duende. — Que trabalho?

— O túmulo, Senhor, cavar o túmulo — gaguejou o coveiro.

— Ah, o túmulo, né? — disse o duende. — Quem é que cava túmulos numa hora em que todos os outros homens estão contentes, e sente prazer nisso?

Mais uma vez, as vozes misteriosas replicaram: "Gabriel Grub! Gabriel Grub!".

— Receio que os meus amigos queiram você, Gabriel — disse o duende, lançando a língua mais abaixo do queixo do que nunca — e era uma língua muito impressionante. — Receio que os meus amigos queiram você, Gabriel — disse o duende.

— Por favor, Senhor — replicou o coveiro aterrorizado —, não creio que eles possam querer-me; eles não me conhecem; acho que esses cavalheiros nunca me viram, Senhor.

— Ah, viram, sim — tornou o duende —; conhecemos o homem de cara amarrada e de lúgubre carranca que desceu a rua esta noite, lançando seus olhares maldosos às crianças e segurando com mais força a sua pá. Conhecemos esse homem que bateu no menino com toda a maldade de seu coração, porque o menino estava alegre, e ele não. Nós o conhecemos, nós o conhecemos.

Aqui o duende soltou uma gargalhada estridente, cujos ecos se repetiram vinte vezes, e, lançando as pernas para o ar, ficou de ponta-cabeça, ou melhor, se apoiou pela ponta do chapéu na face estreita da lápide, de onde deu uma cambalhota de extraordinária agilidade, indo parar aos pés do coveiro, ante o qual se postou na posição preferida dos alfaiates ao se sentarem à mesa de trabalho.

— Eu... eu... eu receio que tenha de me despedir, Senhor — disse o coveiro, esforçando-se para se mover.

— Despedir-se de nós! — disse o duende. — Gabriel Grub está se despedindo de nós. Ah, ah, ah!

Enquanto o duende ria, o coveiro observou por um instante um brilho intenso por trás das janelas da igreja, como se todo o edifício estivesse iluminado; o brilho desapareceu, o órgão ribombou uma ária animada, e batalhões inteiros de duendes, réplicas perfeitas do primeiro, invadiram o cemitério e começaram a brincar de pula-sela com as lápides, sem parar um instante para tomar fôlego, mas superando as mais altas, uma depois da outra, com a mais maravilhosa destreza. O primeiro duende era um saltador espantoso, e nenhum dos outros chegava nem perto dele; mesmo no paroxismo do pavor, o coveiro não conseguia deixar de observar que, enquanto seus amigos se contentavam em saltar sobre as lápides de tamanho médio, o primeiro deles saltava sobre os mausoléus de família e as cercas de aço e tudo o mais com tanta facilidade como se fossem meras balizas de rua.

Por fim, a brincadeira chegou a um clímax vertiginoso; o órgão tocava cada vez mais rápido, e os duendes saltavam cada vez mais depressa, contorcendo-se, dando cambalhotas pelo chão e pulando sobre as lápides como bolas de futebol. O cérebro do coveiro girava com a rapidez do movimento que observava, e suas pernas fraquejavam, enquanto os espíritos voavam ante os seus olhos, quando o rei dos duendes, de repente, precipitando-se sobre ele, tomou-o pelo colarinho e afundou com ele terra adentro.

Quando Gabriel Grub conseguiu recuperar o fôlego, que a rapidez da queda por um momento lhe tolhera, viu-se no que parecia ser uma ampla caverna, rodeado de todos os lados por multidões de duendes, feios e soturnos; no centro do recinto, num trono elevado, estava sentado o seu amigo do cemitério e, bem perto dele, o próprio Gabriel Grub, completamente paralisado.

— Está fria a noite — disse o rei dos duendes —, muito fria. Um copo de bebida quente para mim!

Ao seu comando, meia dúzia de diligentes duendes, com um sorriso perpétuo no rosto, os quais Gabriel Grub imaginou serem cortesãos, logo desapareceram para em seguida reaparecerem com uma taça de fogo líquido, que ofereceram ao rei.

— Ah! — disse o duende, cujas faces e a garganta ficaram completamente transparentes, enquanto engolia a chama. — Isto aquece a gente, não há dúvida: tragam um copo para o Sr. Grub.

De nenhuma utilidade foram os protestos do infeliz coveiro, de não estar acostumado a tomar bebidas quentes à noite, pois um dos duendes o segurou, enquanto outro lhe derramava o líquido chamejante goela abaixo, e toda a multidão caiu na gargalhada ao vê-lo tossir e engasgar e limpar as lágrimas que jorravam dos olhos, depois de engolir o líquido ardente.

— E agora — disse o rei, excentricamente espetando a ponta do chapéu no olho do coveiro, provocando-lhe com isso a dor mais aguda. — E agora, mostrem a esse homem miserável e sombrio alguns retratos de nosso grande armazém.

Ao dizer isso, uma espessa nuvem que obscurecia a extremidade mais distante da caverna foi aos poucos se esvaindo e revelando, aparentemente a grande distância, um aposento pequeno e pouco mobiliado, mas arrumado e limpo. Uma multidão de criancinhas estava reunida ao redor de uma fulgurante lareira, segurando a saia da mãe e fazendo travessuras ao redor da poltrona dela. A mãe volta e meia se levantava e abria a cortina da janela, como à procura de algum objeto esperado; uma refeição frugal estava servida sobre a mesa, e uma cadeira de braços fora colocada perto do fogo. Ouviu-se uma batida na porta: a mãe abriu e as crianças se juntaram ao redor dela, batendo palminhas de alegria, enquanto o pai entrava. Exausto e encharcado, ele espanou a neve da roupa, enquanto as crianças se amontoavam ao seu redor e, pegando a capa, o chapéu e as luvas com todo o cuidado, saíam correndo da sala com eles. Em seguida, quando ele se sentou para jantar diante da lareira, as crianças subiram em seus joelhos e a mãe se sentou ao lado dele, e tudo parecia alegria e conforto.

Mas sobreveio uma mudança ao quadro, quase imperceptivelmente. Transformou-se o cenário num pequeno quarto, onde a mais loura e a mais pequenininha das crianças jaz à beira da morte; o rosa sumiu de suas faces, e a luz, de seus olhos; e, enquanto o coveiro olhava para ela com um interesse que nunca antes sentira, ela morreu. Seus irmãozinhos e irmãzinhas se juntaram ao redor da cama e seguraram sua minúscula mãozinha, tão fria e pesada; mas recuaram ao seu toque, e olharam com pavor seu rosto infantil; pois, apesar da calma e da tranquilidade que a linda criança exibia, e de parecer estar dormindo em paz, viram que ela estava morta e souberam que ela já era um anjo, num resplandecente e alegre Céu, de onde olhava para eles e os abençoava.

Mais uma vez a nuvem ligeira passou pelo cenário e mais uma vez o tema mudou. O pai e a mãe estavam agora velhos e desamparados, e o número de pessoas ao redor deles reduzira-se para menos da metade; mas a satisfação e a alegria coloriam todos os rostos e luziam em todos os olhos, enquanto se reuniam ao redor da lareira e contavam e ouviam velhas histórias dos tempos passados. Devagar e serenamente, o pai desceu ao túmulo e, logo em seguida, aquela que dividira todas as suas preocupações e angústias o seguiu até um lugar de repouso e paz. Os poucos que lhes sobreviveram se ajoelharam junto ao túmulo e regaram de lágrimas a relva que o cobria: em seguida, ergueram-se e foram embora, tristes e enlutados, mas sem gritos amargos ou lamentos desesperados, pois sabiam que um dia iriam reencontrá-los; e mais uma vez se misturaram à agitação do mundo, recuperando a satisfação e a alegria. A nuvem pousou sobre o cenário, e o ocultou da vista do coveiro.

— O que você acha *disso*? — disse o duende, voltando o enorme rosto para Gabriel Grub.

Murmurou Gabriel alguma coisa sobre tudo aquilo ser muito bonito, e pareceu um pouco envergonhado, enquanto o duende nele cravava seu olhar de fogo.

— *Você*, homem miserável! — disse o duende, num tom de excessivo desprezo. — Você! — Pareceu querer acrescentar alguma coisa, mas a indignação sufocou suas palavras, e ele ergueu uma de suas pernas flexíveis e, agitando-a um pouco sobre a cabeça, para mirar bem o alvo, acertou um belo pontapé em Gabriel Grub; imediatamente em seguida, todos os duendes que lhe faziam a corte se reuniram ao redor do infeliz coveiro e o golpearam sem dó, de acordo com o costume consagrado e invariável dos cortesãos da terra, que sovam quem a realeza sova e acariciam quem a realeza acaricia.

— Mostrem-lhe mais — disse o rei dos duendes.

A essas palavras, a nuvem mais uma vez se dispersou e uma paisagem rica e bela se revelou aos olhos, semelhante a outra, que se descortina hoje a meia milha da velha cidade abacial. O sol brilhava no céu azul e radiante, a água cintilava sob seus raios e as árvores pareciam mais verdes e as flores mais jubilosas sob a sua benévola influência. Ouvia-se o agradável marulho das ondas, as árvores estremeciam sob a brisa ligeira que murmurava por entre as suas folhas, os passarinhos cantavam sobre os galhos e a cotovia cantarolava do alto as suas boas-vindas à manhã. Sim, era manhã, uma brilhante e cheirosa manhã de verão; a menor folhinha, o menor raminho de relva estavam repletos de vida. A formiga levava adiante com diligência o seu trabalho diário, a borboleta esvoaçava e se banhava nos raios quentes do sol; miríades de insetos abriam as asas transparentes e gozavam de sua breve, mas feliz, existência. Surgia o homem, exaltado com aquele cenário; e tudo era brilho e esplendor.

— *Você*, homem miserável! — disse o rei dos duendes, em tom de desprezo ainda mais profundo do que antes. E mais uma vez o rei dos duendes elevou a perna acima da cabeça; mais uma vez ela desceu sobre os ombros do coveiro; e mais uma vez os cortesãos imitaram o exemplo do chefe.

Ainda muitas vezes a nuvem foi e voltou, e muitas lições foram ministradas a Gabriel Grub, que, embora com os ombros doídos pelos frequentes golpes dos pés do duende, observava com uma atenção que nada podia diminuir. Viu que os homens que davam duro no trabalho e ganhavam seu escasso pão com o labor de suas vidas eram alegres e felizes; e que, para os mais ignorantes, a doce face da natureza era uma fonte inesgotável de júbilo e contentamento. Viu aqueles que haviam sido criados de maneira delicada e educados com ternura mostrarem-se alegres sob as privações e superiores a sofrimentos que teriam esmagado muitos de natureza mais rude, porque traziam no peito a matéria-prima da felicidade, do contentamento e da paz. Viu que as mulheres, as mais tenras e frágeis de todas as criaturas de Deus, eram quase sempre superiores à aflição, à adversidade e ao pesar; e viu que assim era porque traziam dentro do coração uma fonte inesgotável de afeto e devoção. E, acima de tudo, viu que homens como ele, que resmungavam ante a alegria e a hilaridade dos outros, eram as mais daninhas ervas que infestam a superfície da terra; e, comparando todo o bem do mundo ao seu mal, chegou à conclusão de que aquele era um mundo muito decente e respeitável, afinal de contas. Tão logo chegou a essa conclusão, a nuvem que havia coberto a última pintura pareceu abater-se sobre seus sentidos e convidá-lo ao repouso. Um a um, os duendes sumiram de sua vista e, quando o último deles desapareceu, ele caiu no sono.

 O sol já ia alto quando Gabriel Grub acordou e se viu deitado, com as pernas espichadas, sobre a lápide lisa do cemitério, com a garrafa de vime vazia ao seu lado, e a capa, a pá e o lampião, todos eles esbranquiçados pela geada da noite, esparramados pelo chão. A pedra sobre a qual vira pela primeira vez o duende sentado se erguia bem à sua frente, e o túmulo em que trabalhara na noite passada não estava longe dali. Primeiro, ele teve dúvidas sobre a realidade de suas aventuras, mas a dor aguda nos ombros, ao tentar levantar-se, lhe garantiu que os pontapés dos duendes com certeza não haviam sido fantasia. Ficou em dúvida mais uma vez, ao observar que não havia pegadas na neve sobre a qual os duendes haviam brincado de pula-sela com as lápides, mas logo achou uma explicação para o fenômeno, ao lembrar-se de que, sendo espíritos, não podiam deixar pegadas atrás de si.

Gabriel Grub, então, pôs-se de pé como pôde, por causa da dor nas costas; e, varrendo o gelo do casaco, vestiu-o e voltou o rosto para a cidade.

Mas já era outro homem, e não podia suportar a ideia de voltar a um lugar onde iriam caçoar de seu arrependimento e desconfiar de suas novas disposições. Hesitou por alguns momentos e, então, seguiu na direção oposta da cidade, caminhando ao léu para buscar o pão em algum outro lugar.

O lampião, a pá e a garrafa de vime foram encontrados naquele mesmo dia no cemitério. No começo, muito se especulou sobre a sorte do coveiro, mas logo se determinou que ele fora raptado pelos duendes; e não faltaram testemunhas de muita credibilidade que o haviam visto nitidamente ser levado pelos ares na garupa de um cavalo baio, cego de um olho, com as patas de trás de leão e rabo de urso. Com o tempo, tudo isso virou crença, devotamente; e o novo coveiro costumava exibir para os curiosos, por uma módica quantia, um bom pedaço do galo do campanário da igreja que fora acidentalmente arrancado pelo supramencionado cavalo em fuga pelos ares, e achado por ele mesmo no cemitério, um ou dois anos depois.

Infelizmente, tais histórias foram um tanto prejudicadas pela inesperada volta do próprio Gabriel Grub, uns dez anos depois, já um esfarrapado, resignado e reumático ancião. Ele contou a sua história para o sacerdote e também para o prefeito; e, com o tempo, ela começou a ser aceita como fato histórico e, sob essa forma, chegou até os nossos dias. Os que haviam acreditado na história do galo do campanário, uma vez perdida a confiança, não foram fáceis de convencer novamente, e passaram, então, a assumir ares de espertos, davam de ombros, tocavam a testa com a mão e murmuravam alguma coisa sobre Gabriel Grub ter bebido todo o gim holandês e em seguida caído no sono sobre a lápide; e tentavam explicar o que ele supostamente observara na caverna do duende dizendo que ele havia visto o mundo e se tornara mais sábio. Mas tal opinião, que jamais foi popular em tempo algum, aos poucos foi esquecida; e, de qualquer modo, como Gabriel Grub foi acometido de reumatismo até o fim da vida, se não ensinar coisa melhor, esta história tem pelo menos uma moral, qual seja: se um homem se aborrecer e se embebedar sozinho na noite de Natal, ele pode ter certeza de não melhorar em nada com isso, mesmo que as bebidas (ou os espíritos) sejam tão boas ou até absolutamente confiáveis, como as que Gabriel Grub viu na caverna do duende.

UM EPISÓDIO DE NATAL DE *O RELÓGIO DO SENHOR HUMPHREY*

❄

Tinha saído para me animar com a felicidade dos outros e passado algumas horas a observar os numerosos pequenos sinais de festividade e júbilo que as ruas e as casas apresentam nesse dia. Ora parava para observar um alegre bando a correr a pé pela neve até o lugar da festa, ora me voltava para ver uma carruagem repleta de crianças entregues com segurança ao endereço de destino. Ora admirava com quanta atenção o operário carregava o bebê com seu espalhafatoso chapéu de plumas, e como sua esposa, pacientemente andando a passos lentos mais atrás, esquecia até mesmo os cuidados com suas roupas de cores alegres, trocando sinais com a criança enquanto esta soltava gritinhos e dava mostras de alegria por cima dos ombros do pai; ora me divertia com alguma cena passageira de galanteria ou namoro, e me fazia bem crer que, por um tempo, metade do mundo dos pobres estava contente.

Ao fim do dia, eu continuava perambulando pelas ruas, sentindo companheirismo nas fulgurantes lareiras que lançavam seu reflexo quente sobre as janelas à minha passagem, e perdendo toda sensação de minha própria solidão ao imaginar a sociabilidade e a camaradagem reinantes em toda parte. Por fim, acabei parando diante de um restaurante e, deparando-me com o cardápio junto à janela, logo me veio à cabeça imaginar que tipo de gente janta sozinha em restaurantes no dia de Natal.

Costumam os solitários, acho eu, considerar inconscientemente a solidão sua exclusiva propriedade. Passei sentado sozinho em minha sala muitos e muitos Natais, e nunca os considerei senão uma reunião universal e jubilosa. Eu excluíra, e com dor no coração, uma multidão de presos e mendigos, mas *aqueles* não são o tipo de gente para o qual os restaurantes abrem as suas portas. Teriam clientes ou era mera formalidade? Mera formalidade, sem dúvida.

Tentando sentir-me seguro a esse respeito, prossegui meu caminho, mas, poucos passos adiante, parei e olhei para trás. O lampião acima da porta tinha um provocante ar de atividade, a que eu não podia resistir. Comecei a ter receio de que talvez houvesse muitos clientes — talvez jovens em luta contra o mundo, gente totalmente estranha nesta grande cidade, cujos amigos moram muito longe e cujos recursos são magros demais para poder viajar. A suposição provocou tantas breves imagens angustiantes que, em vez de levá-las para casa comigo, decidi enfrentar a realidade. Dei meia-volta e entrei.

Senti, ao mesmo tempo, alegria e pesar ao descobrir que havia uma só pessoa na sala de refeições; alegria por saber que não havia mais gente, e pesar em pensar que ele devia estar ali sozinho. Não parecia ser tão velho quanto eu, mas, como eu, sua vida já ia avançada, e os cabelos eram quase brancos. Embora eu tivesse feito mais barulho ao entrar e me sentar do que fosse absolutamente necessário, para atrair a atenção dele e saudá-lo no velho e bom estilo para essa época do ano, ele não ergueu a cabeça, mas permaneceu sentado com ela apoiada sobre uma das mãos, cismando sobre sua refeição já meio acabada.

Pedi alguma coisa que me desse uma desculpa para permanecer ali (havia jantado cedo, porque a minha governanta tinha um compromisso para a noite, um jantar na casa de amigos) e me sentei num lugar onde pudesse observar, sem parecer intrometido. Depois de certo tempo, ele ergueu os olhos. Sabia que alguém havia entrado, mas muito pouco podia enxergar de mim, pois eu estava sentado à sombra, e ele, sob a luz. Ele estava triste e pensativo, e me abstive de falar para não o perturbar.

Permitam-me crer que foi algo melhor do que a mera curiosidade que me chamou a atenção para aquele cavalheiro e tanto me atraiu nele. Nunca vi rosto tão paciente e tão bondoso. Deveria estar rodeado de amigos e, no entanto, ali estava ele, rejeitado e sozinho, enquanto todos os homens gozavam da companhia dos amigos. Assim que despertava do devaneio que o absorvia, já logo caía nele de novo, e era evidente que, fosse qual fosse o objeto de seus pensamentos, estes eram melancólicos e incontroláveis.

Ele não estava acostumado à solidão. Eu tinha certeza disso, pois sei por experiência própria que, se estivesse habituado a ela, teria outro comportamento, mostrando certo interesse pela chegada de outra pessoa. Não pude deixar de observar que ele estava sem apetite — que tentava comer, em vão — e voltava a afastar o prato e tornava a cair na posição de antes.

Achei que ele devia estar pensando nos velhos Natais. Muitos deles se mostravam de uma vez, sem um longo intervalo entre eles, mas numa sucessão ininterrupta, como os dias da semana. Era, para ele, grande novidade ver-se pela primeira vez (eu não tinha dúvidas de que aquela *era* a primeira vez) num restaurante silencioso e vazio, com ninguém por perto. Eu não conseguia evitar segui-lo em imaginação através de multidões de rostos alegres, para, em seguida, voltar àquele lugar melancólico, com seu ramo de visco definhando sobre a lamparina e raminhos de azevinho já tostados por um simum[1] de torrefação e cozimento. Até o garçom havia voltado para casa, e o seu substituto, um pobre coitado, magrinho e esfomeado, servia o Natal com o seu paletó.

Meu interesse por meu amigo era cada vez maior. Terminado o jantar, puseram uma garrafa de vinho à sua frente. Ela permaneceu intacta por muito tempo, mas, por fim, com mão trêmula, ele encheu o copo e o levou à boca. Algum desejo carinhoso que

---

[1] O simum é um vento quente que sopra da África em direção ao norte; os ramos de visco e azevinho são símbolos tradicionais do Natal britânico.

costumava exprimir nesse dia ou algum nome querido a que costumava brindar tremulou entre os seus lábios, naquele momento. Baixou-o bem depressa, ergueu-o mais uma vez, tornou a baixá-lo, apertou a mão contra o rosto, sim, e lágrimas rolaram sobre suas faces, tenho certeza.

Sem parar para pensar se o que fazia estava certo ou não, atravessei o salão e, sentando-me ao seu lado, coloquei a mão delicadamente sobre seu braço.

— Meu amigo — disse eu —, perdoe-me se lhe peço que receba algum consolo dos lábios de um ancião. Na verdade, não lhe vou pregar o que eu não tenha praticado. Seja qual for o seu pesar, não desanime... não desanime, por favor!

— Vejo que o senhor fala sério — replicou ele —, tenho certeza disso, mas...

Balancei a cabeça para mostrar que entendia o que ele ia dizer, pois já havia percebido, por certa expressão fixa no rosto e pela atenção com que me observava enquanto eu falava, que a sua audição era nula.

— Deve haver algo como uma maçonaria entre nós — disse eu, apontando primeiro para ele e depois para mim mesmo, para explicar o que queria dizer —, se não em nossos cabelos grisalhos, pelo menos em nossas desgraças. O senhor pode ver que eu não passo de um pobre aleijado.

Eu nunca me havia sentido tão feliz desde o doloroso momento em que pela primeira vez tive consciência da minha condição, como quando ele segurou a minha mão na sua, com um sorriso que iluminou meu caminho na vida a partir desse dia, e nos sentamos lado a lado.

Foi esse o começo da minha amizade com o cavalheiro surdo, e nunca a pequena e fácil ajuda de uma palavra afetuosa foi recompensada com tal apego e devoção como os que ele demonstrou para comigo!

Ele apresentou um conjunto de tabuletas e um lápis para facilitar a conversa naquele nosso primeiro encontro; e bem me lembro como me senti desajeitado e embaraçado ao escrever a minha parte do diálogo, e com que facilidade ele adivinhava o que eu queria dizer antes que eu tivesse escrito metade do que tinha a dizer. Contou-me, com voz hesitante, que não estava acostumado a passar sozinho esse dia, que para ele sempre fora um dia festivo e, ao ver que lancei um olhar sobre o seu traje, na expectativa de que estivesse de luto, ele se apressou em dizer que não era isso; se assim fosse, ele achava que poderia suportá-lo melhor. Desde então, nunca mais tocamos nesse assunto, e ao recordarmos com carinhosa loquacidade cada pormenor de nosso primeiro encontro, sempre evitamos falar desse último, por mútuo consentimento.

Nesse meio-tempo, nossa amizade foi fortalecendo-se e se formou uma afeição que, creio firmemente, só será interrompida pela morte, para ser reatada na outra vida. Mal sei como nos comunicamos, mas há muito ele deixou de ser surdo para mim. Com frequência, é meu companheiro de caminhada, e até mesmo nas ruas mais apinhadas de gente ele responde aos meus mínimos olhares ou gestos, como se pudesse ler os meus pensamentos. Dos inúmeros objetos que passam em rápida sucessão ante os nossos olhos, amiúde escolhemos o mesmo para uma observação ou um comentário especial, e quando ocorre uma dessas pequenas coincidências, mal posso descrever o prazer que toma conta do meu amigo ou o aspecto radiante que ele há de preservar na próxima meia hora, pelo menos.

Por passar tanto tempo sozinho consigo mesmo, tornou-se um grande pensador e, com uma imaginação muito viva, tem facilidade para conceber e desenvolver ideias originais, o que o torna inestimável para o nosso pequeno grupo e muito espanta os nossos dois amigos. Seus poderes a esse respeito recebem grande ajuda de um grande cachimbo, que, segundo ele, teria pertencido a um estudante alemão. Seja como for, esse cachimbo tem uma aparência muito antiga e misteriosa, e sua capacidade é tamanha que nele se pode fumar por três horas e meia até consumir todo o tabaco.

Tenho minhas razões para acreditar que o meu barbeiro, que é a autoridade máxima de um grupo de fofoqueiros que se reúne todas as noites numa tabacaria das redondezas, tem contado anedotas sobre esse cachimbo e as sinistras figuras esculpidas no seu fornilho, com as quais todos os fumantes das vizinhanças ficaram consternados, e eu sei que a minha governanta, embora o tenha em altíssimo apreço, tem um sentimento supersticioso com relação a esse cachimbo, o que a tornaria muitíssimo avessa a permanecer sozinha em sua companhia quando já é noite.

Seja qual for a dor por que passou meu amigo surdo, e seja qual for o pesar que abriga em algum canto secreto do coração, ele é hoje uma criatura alegre, tranquila e feliz. A desgraça jamais pode abater-se sobre um homem assim, a não ser por algum bom propósito, e quando vejo os rastros dela em sua natureza gentil e em seus sentimentos intensos, perco a disposição de me queixar das tribulações por que eu mesmo passei. No que se refere ao cachimbo, tenho a minha própria teoria a seu respeito; não consigo deixar de achar que ele está de algum modo ligado ao acontecimento que nos reuniu, pois lembro que só muito depois ele tocou no assunto e, quando o fez, se tornou mais reservado e melancólico; e só tempos depois me mostrou o cachimbo. Não tenho curiosidade, porém, por esse assunto, pois sei que o cachimbo lhe traz tranquilidade e consolo, e não preciso de outros motivos para que tenha toda a minha aprovação.

Assim é o cavalheiro surdo. Posso evocar a sua figura agora, vestida sobriamente de cinza e sentada ao lado da lareira. Enquanto dá suas baforadas com seu cachimbo favorito, lança um olhar sobre mim, repleto de cordialidade e amizade, e diz toda espécie de coisas gentis e afáveis, com um sorriso feliz; não é, portanto, exagerado dizer que eu perderia de bom grado um de meus pobres membros para que ele pudesse ouvir a voz do velho relógio.

UM CÂNTICO DE NATAL EM PROSA QUE É UMA HISTÓRIA NATALINA DE FANTASMAS

❄

Ilustração: John Leech

PREFÁCIO

Tentei neste Fantasmagórico livrinho expor o Fantasma de uma Ideia, que não há de fazer com que os leitores fiquem de mau humor consigo mesmos, uns com os outros, com a época do ano ou comigo. Possa ele assombrar agradavelmente suas casas, e que ninguém o queira deixar de lado.
        Seu fiel Amigo e Servidor,

C.D.

Dezembro de 1843.

PRIMEIRA ESTROFE
O FANTASMA DE MARLEY

Para começar, Marley estava morto. Não há dúvida nenhuma sobre isso. O certificado de seu enterro foi assinado pelo sacerdote, pelo tabelião, pelo agente funerário e pelo principal enlutado. Scrooge o assinou, e o nome de Scrooge vale ouro em qualquer papel onde apareça. O velho Marley estava tão morto como um prego de porta.

Vejam bem! Não quero dizer que eu saiba, por experiência própria, o que há de particularmente morto num prego. Estou propenso, talvez, a considerar um prego de caixão a mais morta peça de ferragem disponível no mercado. A sabedoria de nossos antepassados, porém, se encontra nos símiles, e as minhas mãos profanas não vão perturbá-la; senão, o que seria do país? Os Senhores hão de me permitir, portanto, repetir, com ênfase, que Marley estava tão morto quanto um prego de porta.

Sabia Scrooge que ele morrera? Claro que sim. Como poderia não saber? Scrooge e ele foram sócios durante não sei quantos anos. Scrooge foi seu único executor testamentário, seu único administrador, seu único depositário judicial, seu único legatário residuário, seu único amigo e o único que sentiu a sua morte. E mesmo Scrooge não se sentiu tão terrivelmente arrasado com o triste acontecimento que não pudesse mostrar-se um excelente homem de negócios no mesmo dia do funeral e solenizá-lo com uma sensacional barganha.

A menção do funeral de Marley traz-me de volta ao ponto pelo qual comecei. Não há dúvida de que Marley estivesse morto. Isso tem de ser compreendido claramente, ou nada de espetacular pode sair da história que vou contar. Se não estivéssemos perfeitamente convencidos de que o Pai de Hamlet tivesse morrido antes de a peça começar, nada haveria de notável se ele desse uma voltinha à noite, em meio ao vento do leste, aos pés de suas próprias muralhas; não mais do que no fato de algum outro cavalheiro de meia-idade resolver temerariamente passear à noite num lugar ventoso — por exemplo, o cemitério de Saint Paul —, literalmente para pregar um susto em seu filho de cabeça oca.

Scrooge jamais apagou o nome do velho Marley. Ele permanecia lá, anos depois, em cima da porta do armazém: Scrooge & Marley. A firma era conhecida como Scrooge & Marley. Ora algum novato nos negócios chamava Scrooge de Scrooge, ora de Marley, mas ele respondia por ambos os nomes: para ele, pouco importava.

Ah! Mas como era mão de vaca nos negócios esse Scrooge! Um velho e ganancioso pecador que sabia espremer, arrancar, agarrar, apertar! Duro e agudo como uma ponta de sílex do qual nenhum aço jamais houvesse tirado o fogo generoso; dissimulado, reservado e solitário como uma ostra. Congelou o frio interior suas velhas feições, danificou-lhe o nariz pontudo, encarquilhou-lhe as faces, enrijeceu-lhe o andar; tornou vermelhos os seus olhos e azuis os seus lábios finos; e o mesmo frio falava com astúcia em sua voz rouca. A geada cobria-lhe a cabeça, as sobrancelhas e o queixo rijo. Levava ele sua baixa temperatura por toda parte; congelava o escritório nos dias mais quentes do verão, e não o descongelava nem por um só grau no Natal.

O calor ou o frio exteriores pouca influência exerciam sobre Scrooge. As altas temperaturas não o podiam esquentar, nem o rigor do inverno enregelá-lo. O sopro de nenhum vento era mais áspero que ele, nenhuma nevasca mais resoluta em seus objetivos, nenhum pé-d'água menos clemente às súplicas. O mau tempo não sabia por onde atingi-lo. A mais intensa chuva, nevasca, granizo ou geada podiam gabar-se de levar vantagem sobre ele sob um único aspecto. Eles muitas vezes se mostravam generosos, o que Scrooge jamais era.

Jamais ninguém o deteve na rua para dizer, feliz em encontrá-lo: "Caro Scrooge, como tem passado? Quando nos vai fazer uma visita?". Nenhum mendigo jamais lhe pediu um centavo, nenhuma criança jamais lhe perguntou as horas, ninguém, nem mulher, nem homem, jamais lhe perguntou o caminho para chegar a este ou aquele lugar. Até mesmo os cães que servem de guias aos cegos pareciam conhecê-lo; e, quando o viam aproximar-se, empurravam os seus donos alguma porta adentro, em algum pátio; e então balançavam os rabos, como se dissessem: "Pobre amo, mais vale não ter olhos do que um mau-olhado!".

Mas Scrooge se importava? Era disso exatamente que ele gostava. Abrir caminho pelas apinhadas estradas da vida, mantendo a distância toda humana simpatia, era o que os entendidos chamam de "sopa no mel" para Scrooge.

Certa vez — de todos os dias do ano, na véspera de Natal —, o velho Scrooge trabalhava na contabilidade da firma. O tempo estava frio, desolado, cortante: a névoa cobria tudo; e ele podia ouvir a gente no pátio externo, arquejante, indo de um lado para o outro, batendo com a mão no peito e com os pés nas lajes do pavimento para se esquentar. Os relógios da cidade haviam acabado de dar as três horas, mas já estava bem escuro: não tinha havido luz em nenhum momento do dia, e tremeluziam as velas nas janelas dos escritórios vizinhos, como manchas avermelhadas sobre o ar castanho e palpável. A neblina entrava pelas frestas e pelos buracos das fechaduras, e era tão densa lá fora que, embora o pátio fosse muito estreito, as casas do lado oposto eram meros fantasmas. Vendo a esquálida nuvem baixar e envolver tudo em suas trevas, era possível pensar que a Natureza se estabelecera nas proximidades, para fabricar espuma de cerveja em grande escala.

A porta da contabilidade de Scrooge estava aberta, para que ele pudesse ficar de olho em seu auxiliar de escritório, que, num triste cubículo mais adiante, uma espécie de cisterna, copiava cartas. Era bem pequena a lareira de Scrooge, mas a do auxiliar era tão menor que parecia consistir num único carvão. Ele, porém, não a podia reabastecer, pois Scrooge guardava a caixa de carvão em sua própria sala; e todas as vezes que o auxiliar entrava com a pá nas mãos, o patrão logo avisava que o poria no olho da rua. Assim, o auxiliar se envolveu em seu cachecol branco e tentou aquecer-se junto à vela; mas nesse esforço, não sendo homem de grande imaginação, não teve sucesso.

— Feliz Natal, titio! Deus o abençoe! — gritou uma voz alegre. Era a voz do sobrinho de Scrooge, que se aproximou dele com tal rapidez que aquele foi o primeiro sinal que teve de sua chegada.

— Ora bolas! — disse Scrooge. — Que bobagem!

O sobrinho de Scrooge tanto se aquecera ao andar rapidamente em meio à neblina e ao gelo que chegava a brilhar; seu rosto estava corado e magnífico; os olhos cintilavam, e a respiração tornou a exalar fumo.

— O Natal, uma bobagem, titio! — disse o sobrinho de Scrooge. — O senhor não quis dizer isso, não é?

— Quis, sim — disse Scrooge. — Feliz Natal! Que direito tem você de estar feliz? Que razão você tem para estar feliz? Você é um pobretão.

— Ora, ora — replicou o sobrinho, divertido. — Que direito tem o senhor de estar triste? Que razão tem para estar deprimido? O senhor é um homem rico.

Sem uma boa resposta para dar no momento, disse Scrooge "Ora, bolas!" de novo, seguido de um "Que bobagem!".

— Não fique zangado, titio — disse o sobrinho.

— O que mais posso ficar — tornou o tio — vivendo num mundo de idiotas como este? Feliz Natal! Ao diabo com o feliz

Natal! O que é o Natal para vocês, além de um tempo de pagar as contas sem ter dinheiro; um tempo de se achar um ano mais velho, e não uma hora mais rico; tempo de fazer o balanço dos livros e descobrir que depois de doze meses redondos não ficaram um centavo mais ricos? Por mim — disse Scrooge, indignado —, cada imbecil que sai por aí com um "Feliz Natal" nos lábios devia ser cozido em seu próprio molho e enterrado com uma estaca de azevinho no coração. Isso mesmo!

— Titio! — implorou o sobrinho.

— Sobrinho! — replicou o tio, severamente. — Celebre você o seu Natal e eu celebro o meu.

— Celebrar! — repetiu o sobrinho de Scrooge. — Mas o senhor não o celebra.

— Deixe-me em paz, então — disse Scrooge. — Faça bom proveito do seu feliz Natal! Como sempre!

— Posso garantir que há muitas coisas de que eu poderia ter tirado algum lucro e não tirei — replicou o sobrinho —, e o Natal é uma delas. Mas tenho certeza de que sempre tenho pensado no Natal, quando ele chega — além da veneração devida a seu sagrado nome e origem, se é que alguma coisa nele pode estar além disso —, como um tempo bom: um tempo de delicadeza, de perdão, de caridade e de alegria: o único tempo do calendário, que eu saiba, no ano todo, em que os homens e as mulheres parecem, num consentimento unânime, abrir livremente seus corações e pensar nas pessoas de condição mais modesta como se fossem companheiros de viagem até o túmulo, e não outra raça de criaturas que trilham outros itinerários. E, portanto, titio, embora ele nunca me tenha feito ganhar uma moedinha que seja, de prata ou de ouro, creio que ele me *fez*, sim, muito bem e que *vai*, sim, me fazer bem; e que Deus o abençoe!

O auxiliar de escritório na cisterna, sem querer, aplaudiu: e, dando-se conta imediatamente da gafe, remexeu na lareira e apagou a última débil centelha para sempre.

— Se *você* me disser mais uma palavrinha — disse Scrooge —, vai celebrar seu Natal perdendo seu emprego. Você é um grande orador, cavalheiro! — acrescentou ele, voltando-se para o sobrinho. — Fico imaginando se não vai entrar para o Parlamento.

— Não se zangue, titio. Venha jantar conosco amanhã.

Disse Scrooge que preferia vê-lo no... e disse mesmo. Pronunciou a expressão inteira e disse que preferia vê-lo naquele extremo.

— Mas por quê? — exclamou o sobrinho de Scrooge. — Por quê?

— Por que você casou?

— Porque me apaixonei.

— Porque se apaixonou! — rosnou Scrooge, como se aquela fosse a única coisa no mundo mais ridícula que um feliz Natal. — Boa tarde!

— Mas, titio, o senhor nunca foi me visitar antes de meu casamento. Por que usá-lo como um motivo para não ir agora?

— Boa tarde — disse Scrooge.

— Não quero nada do senhor, não peço nada ao senhor. Por que não podemos ser amigos?

— Boa tarde — disse Scrooge.

— Sinto muito, de coração, vê-lo tão decidido. Nunca tivemos nenhuma briga, de que eu tenha participado. Mas fiz a tentativa em homenagem ao Natal, e vou conservar o meu humor natalino até o fim. Então, feliz Natal, titio!

— Boa tarde! — disse Scrooge.

— E feliz Ano-Novo!

— Boa tarde! — disse Scrooge.

O sobrinho saiu da sala sem uma palavra de irritação, porém. Parou junto à porta que dava para a rua e desejou feliz Natal ao auxiliar, que, por mais enregelado que estivesse, estava mais aquecido que Scrooge, pois retribuiu cordialmente os votos do sobrinho.

— Eis aí outro louco — resmungou Scrooge, que o escutara. — Meu auxiliar de escritório, com quinze xelins por semana, mulher e família, falando de feliz Natal. Vou entrar para o manicômio de Bedlam.

Aquele lunático, ao despedir-se do sobrinho de Scrooge, abrira passagem para que duas outras pessoas entrassem. Eram dois sujeitos corpulentos, bem-apessoados, que agora se postaram, já sem chapéu, no escritório de Scrooge. Traziam livros e papelada nas mãos, e o cumprimentaram com uma inclinação.

— Scrooge & Marley, creio eu — disse um dos sujeitos, consultando sua lista. — Tenho o prazer de me dirigir ao Sr. Scrooge ou ao Sr. Marley?

— O Sr. Marley tem estado morto nos últimos sete anos — respondeu Scrooge. — Morreu exatamente sete anos atrás, nesta mesma noite.

— Não temos dúvidas de que a generosidade dele é bem representada por seu sócio ainda em vida — disse o cavalheiro, apresentando as suas credenciais.

Assim devia ser, com certeza; pois haviam sido duas almas afins. Ao ouvir a agourenta palavra "generosidade", Scrooge franziu o cenho, balançou a cabeça e lhes devolveu as credenciais.

— Nesta época festiva do ano, Sr. Scrooge — disse o sujeito, erguendo uma caneta —, é mais desejável que de costume fazermos uma modesta oferta aos pobres e carentes, que muito sofrem nestes dias. Muitos milhares deles estão passando necessidade; centenas de milhares carecem das mais básicas comodidades.

— Não há prisões?

— Muitas prisões — disse o cavalheiro, baixando a caneta de novo.

— E os asilos da União? — perguntou Scrooge. — Ainda estão funcionando?

— Estão. Mesmo assim — replicou o sujeito — gostaria de poder dizer que não.

— A Lei Treadmill e a Lei dos Pobres estão em pleno vigor, então? — disse Scrooge.

— Ambas a pleno vapor, meu senhor.

— Ah! Eu temia, pelo que o senhor me disse antes, que tivesse acontecido alguma coisa com elas que impedisse o seu bom e útil funcionamento — disse Scrooge. — Fico muito feliz em saber.

— Convencidos de que elas não oferecem um conforto cristão para o corpo e para o espírito da multidão — respondeu o cavalheiro —, alguns de nós estamos tentando levantar fundos para comprar comida e bebida para os Pobres, além de algo com que se possam aquecer. Escolhemos esta época do ano porque, entre todas, nela a Carência muito se faz sentir, ao lado da Abundância que festeja. O que devo marcar em minha lista em seu nome?

— Nada! — respondeu Scrooge.

— Quer permanecer anônimo?

— Quero que me deixem em paz — disse Scrooge. — Já que me perguntou o que eu desejo, cavalheiro, essa é a minha resposta. Eu não fico feliz no Natal e não posso empenhar-me em fazer com que gente preguiçosa fique feliz. Ajudo a defender os estabelecimentos que mencionei há pouco; já é um preço alto; e aqueles que não se dão bem fora deles podem ir para lá.

— Muitos não podem fazer isso; e muitos prefeririam morrer.

— Se preferem morrer — disse Scrooge —, morram e diminuam o excesso de população. Além disso, sinto muito, não estou ciente disso.

— Mas não seria difícil estar — observou o cavalheiro.

— Não é de minha conta — replicou Scrooge. — Para um homem, basta saber o que é de sua conta e não se meter na vida dos outros. Meus negócios já me ocupam o tempo inteiro. Boa tarde, senhores!

Ao verem que seria inútil prosseguir com aquilo, os cavalheiros retiraram-se. Scrooge voltou ao trabalho com uma opinião ainda melhor de si mesmo e com um humor mais brincalhão que de costume.

Enquanto isso, a neblina e a escuridão se haviam tornado tão espessas que havia gente correndo pelas ruas com tochas acesas nas mãos, oferecendo-se para ir à frente dos cavalos das carruagens para iluminar o caminho. A antiga torre de uma igreja, cujo rústico sino estava sempre a espiar furtivamente Scrooge do alto de uma janela gótica, tornou-se invisível e passou a dar as horas e os quartos de hora nas nuvens, seguidos de trêmulas vibrações, como se seus dentes estivessem batendo de frio na boca gelada. Tornou-se intenso o frio. Na rua principal, na esquina do pátio, alguns operários consertavam os tubos de gás e haviam acendido uma grande fogueira num braseiro, ao redor da qual se reuniu um bando de homens e crianças esfarrapados, aquecendo as mãos e piscando os olhos em êxtase ante o crepitar das chamas. Abandonada a pequena fonte à sua solidão, seu jorro se congelara melancolicamente e se transformara em misantrópico gelo. As luzes das lojas, onde ramos e frutas de azevinho crepitavam no calor das lâmpadas das janelas, avermelhavam os pálidos rostos que passavam. As mercearias e os comércios de aves tornaram-se um esplêndido cenário, um espetáculo glorioso: era quase impossível acreditar que eles tivessem alguma relação com princípios tão mesquinhos como barganhas e vendas. O Lorde Prefeito, na poderosa fortaleza de Mansion House, passou ordens a seus cinquenta cozinheiros e mordomos de oferecerem um Natal digno da casa de um Lorde Prefeito; e até mesmo o pequeno alfaiate, que ele havia multado em cinco xelins na segunda-feira passada, por embriaguez e comportamento violento nas ruas, preparava tudo em sua mansarda para o pudim do dia seguinte, enquanto sua magra esposa e seu magro bebê saíam para comprar carne.

Cada vez mais neblina e cada vez mais frio! Um frio agudo, áspero, penetrante. Se o bom São Dunstan tivesse ferido o nariz do espírito mau com um tempo desses, em vez de usar de suas armas habituais, sem dúvida o teria feito urrar para valer. O dono de um nariz jovem e miúdo, roído e mastigado pelo famélico frio, como os ossos são roídos pelos cães, abaixou-se até o buraco da fechadura de Scrooge para lhe oferecer uma cantiga de Natal; mas ao primeiro som de...

Deus o abençoe, feliz cavalheiro!
Que nada o possa entristecer!

Scrooge pegou a régua com tal energia que o cantor saiu correndo, apavorado, deixando o buraco da fechadura entregue à neblina e ao gelo, que lhe era ainda mais afim.

Por fim, chegou a hora de fechar o escritório. De má vontade, Scrooge desceu do banquinho e tacitamente admitiu o fato ao auxiliar que aguardava na cisterna; este, de imediato, apagou a vela com um sopro e pôs o chapéu.

— Acho que você vai querer folga o dia inteiro amanhã — disse Scrooge.

— Se não houver problema, senhor.

— Há problema, sim — disse Scrooge —, e não é justo. Se eu retivesse meia coroa do seu salário pelo feriado, você se julgaria prejudicado, aposto.

O auxiliar sorriu ligeiramente.

— E no entanto — disse Scrooge —, você não acha que *eu* sou prejudicado, quando pago o salário de um dia inteiro para você não trabalhar.

Observou o auxiliar que era só uma vez por ano.

— Má desculpa para bater a minha carteira a cada 25 de dezembro! — disse Scrooge, abotoando o sobretudo até o queixo. — Mas acho que você deve ter folga o dia inteiro. Esteja aqui bem cedo na manhã seguinte!

O auxiliar prometeu que assim seria, e Scrooge saiu, resmungando. O escritório foi fechado num piscar de olhos, e o auxiliar, com as pontas do cachecol branco a balançar abaixo da cintura (pois não usava capote), foi deslizar no gelo em Cornhill, atrás de uma fileira de meninos, vinte vezes, em homenagem ao Natal, e em seguida correu a toda velocidade para casa, em Camden Town, para brincar de cabra-cega.

Scrooge fez seu melancólico jantar no mesmo melancólico restaurante de sempre; e, depois de ler todos os jornais e de passar o resto da noite examinando o livro de contas, voltou para casa, para dormir. Morava num apartamento que pertencera ao falecido sócio. Era uma sombria sequência de aposentos, em um lúgubre edifício situado no fundo de um beco, onde parecia tão deslocado que era difícil deixar de imaginar que ele se perdera ali quando ainda era uma casa jovem e fora brincar de esconde-esconde com as outras casas do lugar e, depois, não encontrou mais a saída. Agora era já bem velho e bem triste, pois já ninguém morava nele, salvo Scrooge, tendo todos os outros quartos sido alugados como escritórios. O beco era tão escuro que até Scrooge, que conhecia cada uma de suas pedras, era obrigado a tatear com as mãos para chegar até ele. Tanto se concentravam a neblina e o gelo junto ao velho portão da casa que parecia até que o Gênio do Tempo estava sentado, absorto em tristes meditações, na soleira da porta.

Ora, é fato que não havia absolutamente nada de especial na aldraba da porta, a não ser que era enorme. Também é fato que Scrooge a vira noite e dia desde que morava ali; e também que Scrooge tinha tão pouca imaginação quanto qualquer homem na City londrina, inclusive — ouso dizer — a corporação das autoridades municipais, os vereadores e os notáveis. Tampouco se deve perder de vista que Scrooge não pensara uma única vez em Marley, desde que mencionou pela última vez o seu sócio morto havia sete anos naquela tarde. E agora peço que alguém me explique, se puder, como é que Scrooge, com a chave na fechadura da porta, viu na aldraba, sem ter ela passado por nenhum processo intermediário de transformação, não uma aldraba, mas o rosto de Marley.

O rosto de Marley. Não era uma sombra impenetrável como os outros objetos do beco, mas tinha um brilho sinistro, como um lagostim podre num porão escuro. Não estava irritado ou feroz, mas olhava para Scrooge como Marley costumava olhar: com óculos fantasmagóricos voltados para sua fantasmagórica testa. O cabelo estava curiosamente arrepiado, como por um sopro ou uma lufada de ar quente e, embora os olhos estivessem arregalados, estavam completamente imóveis. Isso tudo, somado à palidez, o tornava horroroso; mas seu horror parecia ser estranho ao rosto e estar além de seu controle, mais do que uma parte de sua própria expressão.

Enquanto Scrooge observava com atenção o fenômeno, ele voltou a ser uma aldraba.

Seria mentira dizer que ele não estremeceu ou que seu sangue não teve consciência de uma sensação terrível, à qual havia sido estranho desde a infância. Mas segurou com a mão a chave que havia largado, girou-a bruscamente, entrou e acendeu a vela.

Ele parou, *sim*, numa hesitação momentânea, antes de fechar a porta; e olhou, *sim*, precavido, para trás antes, como se mais ou menos esperasse ser aterrorizado pela visão da trança de Marley esgueirando-se pelo vestíbulo. Mas não havia nada atrás da porta, exceto os parafusos e as porcas que prendiam a aldraba; disse, então, "Ora, ora" e bateu a porta com estrondo.

O som ressoou pela casa como um trovão. Cada quarto de cima e, embaixo, cada barril nas adegas do comerciante de vinhos pareciam emitir seu próprio eco. Scrooge não era homem de se apavorar com ecos. Trancou a porta, caminhou pelo corredor e subiu as escadas, devagar, protegendo a vela enquanto avançava.

Pode-se falar vagamente de guiar uma carruagem puxada por seis cavalos pelas escadas ou em meio a uma lei recente e mal redigida pelo Parlamento, mas quero dizer que se poderia fazer passar um carro fúnebre por aquela escada; seria fácil, tomando-o em sua maior largura, com o eixo voltado para a parede e a porta para a balaustrada. A escada era larga o bastante para isso, com espaço de sobra; talvez por isso mesmo Scrooge tenha julgado ver à sua frente, na escuridão, um cortejo fúnebre. Meia dúzia de postes de luz da rua não seriam suficientes para iluminar plenamente o vestíbulo, o que pode dar uma ideia de como estava escuro com a velinha de sebo de Scrooge.

Scrooge continuou subindo, sem ligar a mínima para aquilo: o escuro é barato, e Scrooge gosta dele. Mas, antes de fechar a pesada porta, caminhou pelo quarto para ver se estava tudo no lugar. A lembrança do rosto, ainda muito presente, levava-o a isso.

A sala, o quarto e a dispensa. Tudo no lugar certo. Ninguém debaixo da mesa, nem sob o sofá; um foguinho na grelha; colher e tigela prontas; e, sobre o fogo, uma panelinha com papa de aveia (Scrooge estava com um resfriado). Ninguém debaixo da cama; ninguém no banheiro; ninguém no seu roupão, que pendia em atitude suspeita contra a parede. Nada de diferente na dispensa. O velho guarda-fogo, os velhos sapatos, dois cestos para peixes, um lavatório de três pés e um atiçador.

Plenamente satisfeito, fechou a porta e a trancou por dentro; dupla tranca, o que não era costume. Assim protegido contra surpresas, tirou a gravata, vestiu o roupão, calçou os chinelos e pôs a touca de dormir; e se sentou junto ao fogo, para tomar sua papa de aveia.

Era um fogo bem baixinho, sem dúvida; de pouca serventia numa noite gélida como aquela. Foi obrigado a se sentar perto dele e se debruçar para conseguir uma leve sensação de calor com tão exíguo combustível. A lareira era velha, construída por algum mercador holandês há muito tempo, e enfeitada com estranhos azulejos holandeses, com desenhos de cenas das Escrituras. Havia Cains e Abéis, filhas de Faraós, Rainhas de Sabá, mensageiros angélicos descendo pelo ar, em nuvens como colchões de plumas, Abraãos, Belsazares, Apóstolos zarpando para o mar em barcos parecidos com manteigueiras, centenas de figuras para distrair seus pensamentos; e, mesmo assim, aquele rosto de Marley, morto há sete anos, veio como a vara do velho Profeta e apagou tudo. Se cada ladrilho estivesse em branco e pudesse mostrar em sua superfície uma imagem dos díspares fragmentos de pensamento de Scrooge, haveria um retrato do rosto do velho Marley em cada um deles.

— Bobagem! — disse Scrooge, e pôs-se a caminhar pela sala.

Depois de ir e vir muitas vezes, voltou a se sentar. Enquanto lançava a cabeça para trás na cadeira, seu olhar foi cravar-se num sininho, um sininho que não era usado e pendia na sala e se comunicava, por algum motivo hoje esquecido, com um quarto do andar mais alto do prédio. Foi com grande espanto e com estranho e inexplicável terror que, ao olhar, viu aquele sininho começar a balançar. Balançava tão suavemente que no começo mal emitia som, mas logo passou a emitir badaladas sonoras, e o mesmo aconteceu com todos os sinos da casa.

Aquilo deve ter durado uns trinta segundos ou um minuto, mas pareceu uma hora. Os sinos pararam como haviam começado, ao mesmo tempo. Foram seguidos por um barulho de ferragens, vindo bem de baixo; como se alguém arrastasse uma pesada corrente sobre os barris, na adega do comerciante de vinhos. Lembrou-se, então, Scrooge de ter ouvido que os fantasmas arrastavam correntes nas casas mal-assombradas.

Abriu-se a porta da adega com estrondo, e então ele passou a ouvir o barulho muito mais alto, nos andares de baixo; depois, subindo as escadas; depois, vindo direto para a sua porta.

— Bobagem, ainda! — disse Scrooge. — Não acredito nisso.

Mudou de cor, porém, quando, de imediato, ele atravessou a pesada porta e entrou no quarto diante dos seus olhos. Ao entrar, a chama moribunda deu um salto, como se exclamasse "Eu o conheço! É o Fantasma de Marley!" e tornou a baixar.

O mesmo rosto: o mesmíssimo rosto. Marley com sua trança, o colete, as calças colantes e as botas de sempre; as bolas destas últimas balançavam, como a trança e a cauda do sobretudo e o topete. A corrente que ele arrastava estava presa à cintura. Era longa e dava a volta nele como uma cauda; e era feita (pois Scrooge a observou com atenção) de cofres, chaves, cadeados, livros de contabilidade, documentos e de pesadas bolsas de aço. O corpo era transparente, tanto que Scrooge, ao observá-lo e olhando seu colete, conseguia ver dois botões do casaco que estava por baixo.

Scrooge ouvira muitas vezes dizerem que Marley não tinha entranhas, mas até agora jamais acreditara naquilo.

Não, não acreditava naquilo, mesmo agora. Embora seu olhar atravessasse o espectro de lado a lado e o visse parado à sua frente; embora sentisse a glacial influência de seus olhos enregelados e pudesse distinguir até a textura do lenço amarrado ao redor da cabeça e do queixo, e que não havia observado até então: ainda estava incrédulo e lutava contra os sentidos.

— Ora, ora! — disse Scrooge, cáustico e frio como sempre. — O que você quer comigo?

— Muita coisa! — era a voz de Marley, sem dúvida nenhuma.

— Quem é você?

— Pergunte-me quem eu *era*.

— Quem *era* você, então? — disse Scrooge, erguendo a voz. — Para uma sombra, você é bem estranho. — Ia dizer "*a* uma sombra", mas corrigiu a tempo, por ser mais apropriado.

— Quando vivo, fui seu sócio, Jacob Marley.

— Você pode... você pode sentar-se? — perguntou Scrooge, olhando duvidoso para ele.

— Posso.

— Então, sente-se.

Scrooge fizera aquela pergunta porque não sabia se um fantasma tão transparente tinha a capacidade de pegar uma cadeira; e percebeu que, fosse isso impossível, implicaria a obrigação de dar uma embaraçosa explicação. Mas o espectro se sentou do lado oposto da lareira, como se estivesse muito acostumado a isso.

— Você não acredita em mim — observou o Fantasma.

— Não, mesmo — disse Scrooge.

— Que provas quer ter de minha realidade, além do testemunho de seus sentidos?

— Não sei — disse Scrooge.

— Por que duvida dos seus sentidos?

— Porque — disse Scrooge — uma coisa mínima já os afeta. Um probleminha no estômago já os torna enganadores.

Ilustração: John Leech

Você pode ser um bife indigesto, uma colher de mostarda, uma fatia de queijo, um pedaço de batata estragada. Seja quem for, você me parece mais presunto do que defunto!

Scrooge não tinha muito o hábito dos trocadilhos, e tampouco se sentia disposto a fazê-los, naquele momento. A verdade é que ele tentou o jogo de palavras como um jeito de distrair a própria atenção e de diminuir o pavor; pois a voz do espectro o perturbara até a medula dos ossos.

Percebeu Scrooge que permanecer sentado, olhando para aqueles olhos fixos e vidrados, em silêncio, por um momento, seria desastroso. Havia, também, algo muito terrível no fato de o espectro trazer consigo sua própria atmosfera infernal. Não podia o próprio Scrooge senti-la, mas era evidentemente o caso, pois, embora o Fantasma permanecesse totalmente imóvel, seus cabelos, as extremidades de sua casaca e as bolas de suas botas ainda eram agitados como pelo vapor quente de um forno.

— Vê este palito de dente? — disse Scrooge, voltando rapidamente à carga, pela razão acima mencionada; e desejando desviar, mesmo que por um segundo, o olhar pétreo da visão.

— Sim — replicou o Fantasma.

— Você não está olhando para ele — disse Scrooge.

— Mas o estou vendo — disse o Fantasma — mesmo assim.

— Muito bem! — tornou Scrooge. — Só me resta engolir isso e passar o resto dos meus dias sendo perseguido por uma legião de duendes, todos eles de minha própria criação. Bobagem, é o que digo... Bobagem!

O espírito, então, soltou um grito medonho e sacudiu sua corrente com um ruído tão lúgubre e tão apavorante que Scrooge se segurou firme na cadeira, para não cair duro. Mas seu terror foi ainda muito maior quando, ao tirar o espectro a bandagem que tinha ao redor da cabeça, como se estivesse quente demais para usá-la dentro de casa, seu queixo caiu sobre o peito!

Scrooge caiu de joelhos e bateu com as mãos no próprio rosto.

— Piedade! — disse. — Medonha aparição, por que me perturba?

— Homem de espírito mundano! — respondeu o Fantasma. — Acredita em mim ou não?

— Acredito — disse Scrooge. — Tenho de acreditar. Mas por que os espíritos perambulam pela terra, e por que vêm até mim?

— É obrigação de todo homem — tornou o Fantasma — que o espírito que traz dentro de si passeie entre os seus semelhantes, em longas viagens; e se esse espírito não o fizer durante a vida, é condenado a fazê-lo depois de morto. É condenado a vagar pelo mundo — ah! que desgraçado sou! — e testemunhar o que já não pode usufruir, mas teria podido enquanto vivo, para sua própria felicidade!

Soltou o espectro mais um grito, chacoalhou a corrente e torceu suas mãos espectrais.

— Você está acorrentado — disse Scrooge, trêmulo. — Por quê?

— Carrego a corrente que forjei na vida — respondeu o Fantasma. — Fabriquei-a elo após elo, metro por metro; eu mesmo a cingi, por minha livre e espontânea vontade, e por minha livre e espontânea vontade hei de usá-la. Sua forma parece estranha a *você*?

Scrooge tremia cada vez mais.

— Ou gostaria de saber — prosseguiu o Fantasma — qual o peso e o comprimento das fortes amarras que você mesmo carrega? Eram tão pesadas e tão longas quanto esta, sete Natais atrás. Desde então, você trabalhou nisso. Hoje, a sua é uma corrente de respeito!

Scrooge olhou o chão ao seu redor, na expectativa de se ver rodeado por cem ou cento e vinte metros de cabo de ferro: mas não viu nada.

— Jacob — disse ele, em tom de súplica. — Meu velho Jacob Marley, fale mais. Diga-me palavras de consolo, Jacob.

— Não tenho palavras de consolo para lhe oferecer — replicou o espectro. — Elas vêm de outras paragens, Ebenezer Scrooge, e são transmitidas por outros intermediários, para outro tipo de homem. Nem posso dizer a você o que eu gostaria. Só me é permitido permanecer mais pouquíssimo tempo. Não posso descansar, não posso permanecer, não posso demorar-me em nenhum lugar. Meu espírito jamais ultrapassou os limites de nosso escritório de contabilidade — preste atenção! —, durante a vida, o meu espírito jamais foi além dos estreitos limites de nossa espelunca de câmbio; e tenho pela frente jornadas difíceis!

Scrooge tinha o costume de levar as mãos aos bolsos das calças toda vez que se tornava pensativo. Refletindo sobre o que o Fantasma dissera, fez o mesmo agora, mas sem erguer os olhos, ainda de joelhos.

— Você deve ter sido muito lento em suas viagens, Jacob — observou Scrooge, num tom comercial, embora com humildade e deferência.

— Lento! — repetiu o espectro.

— Já está morto há sete anos — ruminou Scrooge. — E viajando sem parar?

— O tempo inteiro — disse o Fantasma. — Nada de repouso, nada de paz. A tortura incessante do remorso.

— Você viaja rápido? — disse Scrooge.

— Sobre as asas do vento — replicou o Fantasma.

— Você deve ter percorrido uma boa quantidade de chão em sete anos — disse Scrooge.

Ao ouvir aquilo, soltou o Fantasma outro berro e chacoalhou sua corrente com tamanho fragor no silêncio morto da noite que o guarda noturno teria toda razão em acusá-lo de perturbar a ordem pública.

— Ah! Cativo, acorrentado e posto a ferros — exclamou o Fantasma —, sem saber que séculos e séculos de incessante labor da parte de criaturas imortais devem passar até que se desenvolva completamente, para a eternidade, todo o bem de que é suscetível esta terra. Sem saber que o espírito cristão, bondosamente ativo em sua reduzida esfera, seja ela qual for, achará breve demais a sua vida mortal para seus imensos recursos de utilidade. Sem saber que nenhum remorso, por maior que seja, pode consertar a oportunidade desperdiçada por toda uma vida! Assim era eu! Ah! Assim era eu!

— Mas você sempre foi um bom homem de negócios, Jacob — balbuciou Scrooge, que estava agora começando a se ver por aquele prisma.

— Negócios! — exclamou o Fantasma, torcendo as mãos mais uma vez. — A humanidade deveria ter sido o meu negócio. O bem comum deveria ter sido o meu negócio; a caridade, a misericórdia, a tolerância e a benevolência, tudo isso devia ter sido o meu negócio. As minhas transações comerciais eram apenas um pingo d'água no enorme oceano do meu negócio!

Ergueu as correntes até esticar todo o braço, como se elas fossem a causa de todos os seus inúteis pesares, e as tornou a lançar pesadamente por terra.

— Nesta época do ano — disse o espectro —, eu mais sofro. Por que andei em meio às multidões de meus semelhantes com os olhos voltados para baixo e nunca os ergui para a abençoada Estrela que levou os Reis Magos a uma pobre morada? Não havia lares pobres a que sua luz *me* pudesse levar?

Scrooge estava absolutamente consternado de ouvir o espectro falar assim, e começou a tremer dos pés à cabeça.

— Ouça-me! — exclamou o Fantasma. — Meu tempo já quase acabou.

— Vou ouvir — disse Scrooge. — Mas não seja duro comigo! Deixe de lado a retórica, Jacob! Por favor!

— Não lhe posso dizer como posso aparecer diante de você em forma visível. Estive invisível ao seu lado durante muitos e muitos dias.

Aquela não era uma ideia agradável. Scrooge sentiu um arrepio e enxugou o suor da testa.

— Esta não é uma parte de somenos importância da minha pena — prosseguiu o Fantasma. — Aqui estou esta noite para alertá-lo de que você ainda tem a oportunidade e a esperança de escapar do meu destino. Uma oportunidade e uma esperança que eu lhe oferecerei, Ebenezer.

— Você sempre foi um bom amigo — disse Scrooge. — Obrigado!

— Você será assombrado — prosseguiu o Fantasma — por Três Espíritos.

O queixo de Scrooge caiu quase tanto quanto o do Fantasma.

— Essa é a oportunidade e a esperança de que me falava, Jacob? — perguntou, quase sem voz.

— Sim.

— Acho que preferia que não fosse — disse Scrooge.

— Sem a visita deles — disse o Fantasma —, você não pode esperar evitar a estrada que trilho. Fique à espera do primeiro Espírito amanhã, quando o sino tocar uma hora.

— Não poderia trazê-los todos de uma vez e acabar logo com isso, Jacob? — sugeriu Scrooge.

— Fique à espera do segundo na noite seguinte, à mesma hora. E do terceiro, na noite seguinte, quando a última das doze badaladas da meia-noite deixar de vibrar. Não espere tornar a me ver e trate, para seu próprio bem, de se lembrar do que se passou entre nós!

Ao terminar de dizer essas palavras, o espectro pegou o lenço sobre a mesa e o amarrou ao redor da cabeça, como antes. Scrooge se deu conta disso pelo clique dos dentes quando os maxilares tornaram a se unir pela bandagem. Arriscou-se a erguer os olhos de novo e se deparou com seu visitante sobrenatural à sua frente, com as correntes enroladas sobre e ao redor dos braços.

Afastou-se dele a aparição, caminhando para trás; e a cada passo a janela se abria um pouco, de modo que, quando o espectro chegou até ela, estava escancarada. Fez sinal para que Scrooge se aproximasse, o que ele fez. Quando estavam a dois passos um do outro, o Fantasma de Marley ergueu a mão, instando-o a não chegar mais perto. Scrooge estacou.

Ilustração: John Leech

Não tanto por obediência como por surpresa e medo: pois, ao erguer-se a mão, ele percebeu rumores confusos no ar; sons incoerentes de lamentação e remorsos; queixas de inexprimível tristeza e autoacusação. O espectro, depois de ouvir por um momento, juntou-se ao coro sombrio; e saiu flutuando pela noite desolada e escura.

Scrooge foi até a janela, com uma curiosidade desesperada. Olhou para fora.

O ar estava repleto de fantasmas que iam e vinham, velozes e incansáveis, entre gemidos. Cada um deles carregava correntes como a do Fantasma de Marley; uns poucos (talvez políticos corruptos) estavam amarrados uns aos outros; nenhum deles estava livre. Muitos deles Scrooge conhecera pessoalmente, enquanto ainda viviam. Tivera um relacionamento estreito com um velho fantasma, de colete branco, com um monstruoso cofre de ferro preso ao tornozelo, que chorava de dar pena por não poder ajudar uma infeliz mulher com seu bebê, que via mais abaixo, à soleira de uma porta. Estava claro que a desgraça deles era que procuravam intervir, para o bem, nas coisas humanas, mas haviam perdido para sempre o poder de fazer isso.

Scrooge não podia dizer se essas criaturas se fundiram na neblina ou se a neblina as envolveu. Mas elas e suas vozes fantasmagóricas foram sumindo juntas, e a noite voltou ao estado em que estava quando ele caminhava para casa.

Scrooge fechou a janela e examinou a porta pela qual o Fantasma havia entrado. Estava trancada duplamente, como a havia trancado com suas próprias mãos, e os parafusos estavam intactos. Tentou dizer "Bobagem!", mas parou na primeira sílaba. E como estava muito necessitado de repouso, quer por ter entrevisto o Mundo Invisível, quer pela melancólica conversa com o Fantasma, quer pelo adiantado da hora, foi direto para a cama, sem se despir, e caiu imediatamente no sono.

SEGUNDA ESTROFE
O PRIMEIRO DOS TRÊS ESPÍRITOS

Quando Scrooge acordou, estava tão escuro que, ao olhar para fora da cama, mal podia distinguir entre a janela transparente e as paredes opacas do quarto. Estava tentando perfurar a escuridão com seus olhos aguçados, quando o carrilhão de uma igreja vizinha deu os quatro quartos de hora. E ele aguardou para ouvir soar a hora.

Para seu grande espanto, o pesado sino passou de seis para sete, de sete para oito e assim foi até doze, e então parou. Doze! Eram duas da manhã quando foi para a cama. O relógio estava errado. Um pedacinho de gelo devia ter-se prendido entre as engrenagens. Doze!

Tocou na mola do despertador, para corrigir o erro daquele absurdo relógio. Sua batidinha rápida soou doze vezes, e parou.

— Mas é impossível — disse Scrooge — que eu tenha dormido um dia inteiro, mais um bom pedaço da noite. Não é possível que tenha acontecido alguma coisa com o sol e seja meio-dia!

Como a ideia era alarmante, pulou da cama e caminhou às apalpadelas até a janela. Foi obrigado a tirar o gelo com a manga do roupão antes de conseguir ver alguma coisa; e viu muito pouca coisa depois disso. Tudo o que pôde perceber é que ainda estava tudo muito nublado e extremamente frio, e que não havia barulho de gente que ia e vinha, com grande estrondo, como sem dúvida teria acontecido se a noite tivesse expulsado o dia e tomado posse do mundo. Era um grande alívio, pois "três dias depois de vista esta letra de câmbio, pague-se ao Sr. Ebenezer Scrooge ou à sua ordem" etc, teria virado mera hipoteca americana, se não mais houvesse dias para contar.

Scrooge voltou para a cama e pensou e pensou e pensou, uma, duas, três vezes, e não conseguia achar resposta. Quanto mais pensava, mais perplexo ficava; e quanto mais tentava não pensar, mais pensava. O Fantasma de Marley perturbava-o demais. Toda vez que decidia interiormente, depois de séria reflexão, que tudo aquilo não passava de um sonho, sua mente voltava voando, como movida por uma mola, à posição inicial e apresentava o mesmo problema para ser resolvido: "foi ou não um sonho?"

Permaneceu Scrooge nesse estado até o carrilhão dar mais três quartos de hora, quando se lembrou, de repente, de que o Fantasma o avisara de uma visita quando o sino desse uma hora. Resolveu ficar acordado até dar a hora e, considerando que lhe era tão impossível dormir quanto ir para o Céu, essa foi, talvez, a mais sábia decisão ao seu alcance.

Esses quinze minutos demoraram tanto para passar, que mais de uma vez ele se convenceu de que devia ter inconscientemente dado um cochilo e perdido o toque do relógio. Por fim, alcançou seu ouvido atento:

"Ding, dong!"

— Um quarto de hora — disse Scrooge, contando.

"Ding, dong!"

— Meia hora! — disse Scrooge.

"Ding, dong!"

— Faltam quinze para... — disse Scrooge.

"Ding, dong!"

— É uma hora — disse Scrooge, triunfante —, e mais nada!

Ele falou antes de o sino dar uma hora, o que fazia agora, com um profundo, lúgubre, oco, melancólico UM. De imediato, fez-se luz no quarto e as cortinas de sua cama se abriram.

As cortinas da cama foram puxadas, digo, por uma mão. Não as cortinas que estavam a seus pés, não as cortinas às suas costas, mas aquelas para as quais seu rosto estava voltado. Abriram-se as cortinas da cama, e Scrooge, erguendo-se numa postura meio reclinada, se viu cara a cara com o sobrenatural visitante que as puxara: tão perto dele quanto eu de você agora, eu que estou, em espírito, junto aos seus cotovelos, leitor.

Era uma figura estranha — parecia uma criança: mas não parecia tanto uma criança, como um ancião visto por algum meio sobrenatural que lhe dava a aparência de ter recuado para longe da vista, o que fazia parecer que ele se tivesse reduzido às dimensões de uma criança. Os cabelos, que desciam ao redor do pescoço até as costas, eram brancos como os de um velho, mas o rosto não tinha nenhuma ruga e a pele era corada. Eram muito longos e musculosos os braços, e as mãos também, como se donas de uma força incomum. Suas pernas e pés, de formas muito delicadas, estavam, como os membros superiores, nus. Vestia uma túnica de puríssima brancura, e ao redor da cintura pendia um magnífico cinturão luzidio, cujo brilho era lindo. Segurava um ramo fresco de azevinho verde nas mãos; e, em estranha contradição com o símbolo invernal, sua roupa estava enfeitada com flores de verão. Mas o mais esquisito era que, do alto da cabeça, jorrava um claríssimo jato de luz, pelo qual tudo isso se tornava visível e que era, sem dúvida, o motivo de ele usar como se fosse um boné, em seus momentos de enfado, um grande apagador de vela, que agora trazia debaixo do braço.

Mesmo isso, porém, quando Scrooge o observou com firmeza crescente, *não* era a sua mais estranha qualidade. Pois assim como seu cinturão brilhava ora num lugar, ora em outro, e o que era luz num momento era escuro em outro, a figura mesma se alterava em sua nitidez: sendo ora uma coisa com um braço, ora com uma perna, ora com vinte pernas, ora um par de pernas sem cabeça, ora uma cabeça sem corpo: os membros que desapareciam não deixavam nenhum traço visível na densa escuridão em que sumiam. E, maravilha das maravilhas, tornava a ser ela mesma de novo, mais nítida e clara do que nunca.

— És o Espírito que me foi anunciado, senhor? — perguntou Scrooge.

— Sou!

Era uma voz suave e gentil. Estranhamente baixa, como se, em vez de estar bem perto dele, estivesse longe.

— Quem e o que és? — perguntou Scrooge.

— Sou o Fantasma do Natal Passado.

— Há muito tempo passado? — perguntou Scrooge, observando sua estatura de anão.

— Não. O seu passado.

Talvez Scrooge não pudesse dizer a razão, se alguém lhe perguntasse, mas sentia um desejo especial de ver o Espírito de boné e lhe pediu que o pusesse.

— Quê! — exclamou o Fantasma. — Já queres extinguir, com essas mãos mundanas, a luz que dispenso? Já não basta seres um daqueles cujas paixões formaram este boné e me têm obrigado, por longos anos, a usá-lo afundado até a testa?

Scrooge negou, com deferência, qualquer intenção de ofendê-lo ou qualquer consciência de ter propositalmente "bonetado" o Espírito em qualquer momento da vida. Ganhou então coragem e lhe perguntou o que o trazia ali.

— A tua felicidade! — disse o Fantasma.

Scrooge agradeceu de coração, mas não conseguiu deixar de pensar que uma noite de sono ininterrupto teria sido mais útil a esse objetivo. Deve o Espírito ter lido os seus pensamentos, pois disse de imediato:

— A tua regeneração, então. Presta atenção!

Esticou a mão forte e o agarrou delicadamente pelo braço.

— Levanta e vem comigo!

Para Scrooge, teria sido inútil argumentar que o tempo e a hora não eram propícios para um passeio, que a cama estava quente e o termômetro muito abaixo de zero; que os chinelos, o roupão e a touca eram vestimenta leve e que estava resfriado. O agarrão, embora delicado como o de mão feminina, não permitia resistência. Ele se ergueu, mas ao ver que o Espírito se dirigia para a janela, segurou sua túnica, numa atitude de súplica.

— Eu sou mortal — protestou Scrooge — e posso cair.

— Deixa que a minha mão te toque *aí* — disse o Espírito, colocando-a sobre o coração de Scrooge —, e terás apoio em situações de maior monta do que esta!

Enquanto falava, atravessaram a parede e se viram numa estrada rural, com campos ao redor. A cidade sumira completamente, sem deixar vestígio. Com ela, sumiram também a neblina e a escuridão, pois era um dia de inverno, claro e frio, com neve no chão.

— Meu Deus! — disse Scrooge, torcendo as mãos, enquanto olhava ao redor. — Fui criado neste lugar, quando menino!

O Espírito lançou sobre ele um olhar afável. O suave agarrão, embora tivesse sido leve e momentâneo, parecia ainda presente aos sentidos do velho. Estava consciente de mil odores que flutuavam pelo ar, cada um deles ligado a mil pensamentos e esperanças e alegrias e preocupações havia muito, muito esquecidos!

— Teus lábios estão trêmulos — disse o Fantasma. — E o que é isso em tua face?

Scrooge resmungou, com um inabitual encanto na voz, que era só uma espinha, e pediu ao Fantasma que o levasse aonde desejava.

— Lembras-te do caminho? — perguntou o Espírito.

— Se me lembro? — exclamou Scrooge, com ênfase. — Eu chegaria lá de olhos fechados.

— Que estranho que te tenhas esquecido disso por tantos anos! — observou o Fantasma. — Vamos lá.

Caminharam pela estrada; Scrooge reconhecia cada porteira e cada poste e cada árvore, até aparecer ao longe um pequeno burgo, com sua ponte, sua igreja e seu rio sinuoso. Alguns pôneis peludos podiam agora ser vistos trotando na direção deles, com meninos nas garupas, que chamavam outros meninos em carroças rústicas, guiadas por lavradores. Todos aqueles meninos estavam muito animados e gritavam uns com os outros, até os vastos campos ficarem repletos de uma música alegre, que o ar vibrante ria ao ouvir.

— Essas são meras sombras do que passou — disse o Fantasma. — Eles não têm consciência da nossa presença.

Os alegres viajantes chegaram, e então Scrooge reconheceu e deu o nome de cada um deles. Como estava indizivelmente feliz de revê-los! Como seus olhos frios reluziram e como seu coração bateu forte quando eles passaram! Como ficou feliz ao ouvir os meninos desejarem feliz Natal uns aos outros, enquanto se separavam pelas encruzilhadas e trilhas, cada um para a sua casa! O que era um feliz Natal para Scrooge? Fora daqui o feliz Natal! Que bem lhe havia feito alguma vez?

— A escola ainda não está completamente vazia — disse o Fantasma. — Uma criança solitária, deixada de lado pelos amigos, ainda está lá.

Scrooge disse que sabia disso. E soluçou.

Saíram da estrada para seguir por uma trilha muito bem lembrada e logo se aproximaram de uma construção de tijolos vermelho-escuros, com uma cúpula sobre a qual girava um cata-vento e na qual estava suspenso um sino. Era um edifício amplo, mas com sinais de má fortuna, pois os amplos aposentos eram pouco usados, as paredes estavam úmidas e mofadas, as janelas quebradas e as portas deterioradas. Nos estábulos cacarejavam e passeavam galinhas, e as cocheiras e os alpendres estavam repletos de mato. Por dentro, não conservava melhor a sua antiga condição, pois ao adentrarem o lúgubre vestíbulo e espiarem pelas portas abertas de muitos aposentos, viram que estavam mal mobiliados, frios e vazios. Havia um cheiro terroso no ar, uma nudez friorenta no lugar, associada de algum modo com o fato de seus habitantes acordarem quando ainda está escuro e não terem muito o que comer.

Caminharam o Fantasma e Scrooge pelo corredor até uma porta nos fundos da casa. Ela se abriu para eles e revelou uma sala comprida, vazia e melancólica, que parecia ainda mais vazia pelas fileiras de bancos e de carteiras de pinho. Numa delas, um menino sozinho lia junto a um foguinho discreto; e Scrooge se sentou num dos bancos e chorou ao ver a pobre e esquecida pessoa que costumava ser.

Não havia nenhum eco latente na casa, nenhum guincho de camundongos brigando atrás dos painéis de madeira, nenhum gotejo da bica meio descongelada no escuro pátio traseiro, nenhum suspiro entre os ramos desfolhados de um desalentado álamo, nem o balançar ocioso da porta de um armazém vazio, nada, nenhum estalido do fogo que não exercesse sobre o coração de Scrooge uma influência enternecedora e não desse livre passagem às lágrimas.

O Espírito tocou em seu braço e apontou para seu eu mais jovem, atento à leitura. De repente um homem, vestido como um estrangeiro, maravilhosamente real e nítido à visão, apareceu do lado de fora da janela, com um machado preso à cinta, a conduzir pelas rédeas um burro carregado de lenha.

— Ora, é o Ali Babá! — exclamou Scrooge em êxtase. — É o meu velho, querido e honesto Ali Babá! Eu sei! Foi um dia de Natal em que o menino solitário foi abandonado aqui, completamente sozinho, que ele veio, *sim*, pela primeira vez, exatamente assim. Pobre menino! E Valentine — disse Scrooge — e seu irmão brigão, Orson; aí estão eles! E qual é o nome daquele ali, que foi deixado só de ceroulas, enquanto dormia, às Portas de Damasco? Não o vês? E o palafreneiro do Sultão, posto de cabeça para baixo pelos Gênios; lá está ele, de ponta-cabeça! Fico feliz com isso. Por que diabos tinha *ele* de casar com a Princesa!

Ouvir Scrooge usando de toda a seriedade de sua natureza em tais assuntos, com a voz mais extraordinária, entre riso e choro, e ver seu rosto exaltado e excitado teria sido uma surpresa para seus companheiros de negócios na City, sem dúvida.

— Lá está o papagaio! — exclamou Scrooge. — Corpo verde e rabo amarelo, com uma coisa parecida com uma alface crescendo no alto da cabeça; lá está ele! Coitado do Robinson Crusoe, ele o chamou, quando voltou para casa de novo depois de ter navegado ao redor da ilha. "Coitado do Robinson Crusoe, onde você esteve, Robinson Crusoe?" O sujeito pensou que estava sonhando, mas não. Era o Papagaio. Lá está o Sexta-Feira, correndo até a enseadinha para salvar a própria pele! Vamos, coragem!

Então, com uma transição rapidíssima, muito alheia ao seu normal, disse ele, com pena do seu antigo eu: "Pobre menino!" e tornou a chorar.

— Eu gostaria — murmurou Scrooge, pondo a mão no bolso e erguendo a cabeça, depois de enxugar as lágrimas com a manga —, mas já é tarde demais.

— Qual é o problema? — perguntou o Espírito.

— Nada — disse Scrooge. — Nada. Havia um menino cantando uma Cantiga de Natal à minha porta na noite passada. Eu deveria ter-lhe dado alguma coisa: só isso.

O Fantasma sorriu pensativo e sacudiu as mãos, dizendo: "Vejamos outro Natal!".

A essas palavras, o antigo Scrooge cresceu e a sala se tornou um pouco mais escura e suja. Os painéis de madeira estavam fendidos e as janelas, quebradas; pedaços de gesso caíam do teto, e em seu lugar apareciam as ripas; mas como tudo aquilo acontecia, Scrooge não sabia mais do que você. Só sabia que tudo estava totalmente correto; que tudo se havia passado assim; que lá estava ele, sozinho de novo, quando todos os outros meninos haviam ido para casa, passar os alegres feriados.

Agora não estava lendo, mas andando de um lado para o outro, desesperado. Scrooge olhou para o fantasma e, balançando tristemente a cabeça, se voltou ansioso para a porta.

Ela se abriu, e uma menininha, muito mais jovem que o menino, entrou correndo e, abraçando-o pelo pescoço e dando-lhe muitos beijos, chamou-o de "querido, querido irmão".

— Vim para levar você para casa, meu irmão querido! — disse a criança, batendo palmas e se curvando para rir. — Para levar você para casa, casa, casa!

— Casa, Faninha? — tornou o menino.

— Sim! — disse a menina, radiante. — Casa, para valer. Casa, para sempre! O papai está tão bom agora que a casa parece o Céu! Uma noite, ele falou com tanta delicadeza comigo quando eu ia para a cama que não tive medo de lhe perguntar, mais uma vez, se você podia voltar para casa; e ele disse que sim, podia; e me mandou numa carruagem para levar você. E você vai ser um homem! — disse a criança, arregalando os olhos. — E nunca mais vai voltar para cá; mas, primeiro, temos que ficar juntos o Natal inteiro e passar as horas mais divertidas do mundo!

— Você é uma mulher de verdade, Faninha! — exclamou o menino.

Ela bateu palmas e riu, e tentou tocar a cabeça dele; mas como era pequena demais, riu de novo e ficou na ponta dos pés para abraçá-lo. Então, ela começou a empurrá-lo para a porta, em seu ímpeto infantil; e ele, sem oferecer resistência, a acompanhou.

Uma voz terrível gritou no corredor: "Desçam a mala do jovem Scrooge, já!", e apareceu no corredor o próprio mestre--escola, a encarar o jovem Scrooge com feroz condescendência, e o lançou num horrível estado de espírito, ao apertar sua mão. Conduziu, então, a ele e à irmã, até o fundo do mais arrepiante salão jamais visto, em que os mapas pendurados às paredes e os globos celeste e terrestre nas janelas estavam pegajosos de tão frios. Aqui, ele apresentou uma garrafa de um vinho curiosamente leve, e um pedaço de bolo curiosamente pesado, e ofereceu frações dessas guloseimas aos dois jovens: ao mesmo tempo, mandou uma criada magrela oferecer um copo de "alguma coisa" para o postilhão, que respondeu agradecendo ao cavalheiro, mas que, se fosse a mesma bebida que provara da outra vez, preferia abster-se. Como o baú do jovem Scrooge, a essa altura, já estava amarrado sobre a capota da carruagem, as crianças deram adeus ao mestre-escola, de coração, e, nela entrando, atravessaram alegremente o jardim: as rodas velozes arremessavam o gelo e a neve das escuras folhas das sempre-verdes, como num jato.

— Sempre uma criatura delicada, que uma brisa poderia fazer murchar — disse o Fantasma. — Mas tinha um grande coração!

— Tinha, mesmo — exclamou Scrooge. — Tens razão. Não sou eu que vou dizer o contrário, Espírito. Deus me livre!

— Ela morreu já casada — disse o Fantasma —, e tinha filhos, acho.

— Um filho — tornou Scrooge.

— É verdade — disse o Fantasma. — Teu sobrinho!

Scrooge pareceu constrangido, e deu uma resposta curta: "Sim".

Embora só então tivessem deixado a escola para trás, já estavam em meio à agitada atividade de uma cidade, por onde passavam e tornavam a passar espectrais passantes; onde carros e carruagens espectrais porfiavam por passagem, com todo o estrépito e tumulto de uma cidade real. Era evidente, pela decoração das lojas, que também aqui era Natal, de novo; mas era fim de tarde, e as ruas estavam iluminadas.

O Fantasma parou à porta de uma loja e perguntou a Scrooge se a conhecia.

— Se eu a conheço? — disse Scrooge. — Não fui aprendiz aqui?

Entraram. Ao ver um velho cavalheiro de peruca galesa, sentado atrás de um balcão tão alto que, se fosse duas polegadas ainda mais alto, bateria a cabeça contra o teto, Scrooge exclamou, muito empolgado:

— Mas não é o velho Fezziwig! Abençoado seja! É o Fezziwig redivivo!

O velho Fezziwig largou a pena e olhou para o relógio, que marcava sete horas. Esfregou as mãos, ajustou seu vasto colete e soltou uma vigorosa risada, que o sacudiu dos sapatos até a região cerebral da benevolência; e chamou com voz satisfeita, untuosa, gorda, rica e jovial:

— Ei, vocês! Ebenezer! Dick!

O antigo eu de Scrooge, já um jovem crescido, entrou rapidamente, acompanhado por seu colega aprendiz.

— Dick Wilkins, com certeza! — disse Scrooge ao Fantasma. — Meu Deus! Aí está ele. Era muito apegado a mim, o Dick. Coitado! Gostava muito dele!

— Ei, garotos! — disse Fezziwig. — Acabou o trabalho por hoje. É Natal, Dick. Natal, Ebenezer! Vamos colocar os painéis — exclamou o velho Fezziwig, batendo as mãos com força — antes que eu mude de ideia!

Você não pode imaginar como os rapazes puseram mãos à obra! Foram para a rua com os painéis nas mãos — um, dois, três — colocaram-nos no lugar — quatro, cinco, seis — com as barras e os pinos — sete, oito, nove — e voltaram antes de você chegar aos doze, resfolegantes como cavalos de corrida.

— Olé! — exclamou o velho Fezziwig, descendo do banco alto, com maravilhosa agilidade. —Vamos arrumar tudo e abrir um bom espaço aqui! Olé, Dick! Vamos lá, Ebenezer!

Arrumar! Não havia nada que não arrumassem ou não pudessem ter arrumado sob o olhar do velho Fezziwig. Em um minuto, estava feito. Tudo o que podia ser movido foi mandado embora, como se despedido da vida pública para sempre; o assoalho foi varrido e lavado, as lamparinas foram ajustadas, jogaram lenha na lareira; e a loja virou um confortável, quente, enxuto e brilhante salão de baile, ideal para uma noite de inverno.

Chegou um violinista com partituras e galgou o alto banco e o transformou numa orquestra, que soou como cinquenta dores de barriga. Chegou a Sra. Fezziwig, com um amplo e substancial sorriso. Chegaram as três Senhoritas Fezziwig, cintilantes e adoráveis. Chegaram os seis jovens pretendentes, cujos corações elas partiram. Chegaram todos os rapazes e moças que trabalhavam na firma. Chegou a faxineira, com seu primo, o padeiro. Chegou a cozinheira, com o grande amigo de seu irmão, o leiteiro. Chegou o aprendiz da loja em frente, suspeito de não receber alimento suficiente do patrão, tentando esconder-se por trás da garota da loja vizinha, que, como ficou provado, recebera um puxão de orelha da patroa. Chegaram todos, um depois do outro; alguns tímidos, outros ousados, uns engraçados, outros esquisitos, uns puxando, outros empurrando; chegaram todos, de algum modo e de qualquer modo. E, vinte pares de uma vez, logo formaram um círculo, de mãos dadas, girando ora num sentido, ora no outro; para o centro e para trás de novo; sempre girando e formando diferentes grupos segundo as predileções; o primeiro par da frente sempre gira no lugar errado; o novo par da frente começa tudo de novo, assim que chega; todos viram pares da frente, enfim, sem nenhum atrás para ajudá-los. Quando chegam a esse resultado, o velho Fezziwig, bate palmas e manda parar a dança, exclamando: "Muito bem!", e o violinista mergulha a cara num pote de cerveja, oferecido especialmente para isso. Deixando, porém, o repouso de lado assim que torna a erguer o rosto do copo, logo começa a tocar de novo, embora ainda não haja dançarinos, como se o outro violinista tivesse sido levado para casa, exausto, sobre uma prancha, e este fosse outro, novinho em folha, decidido a vencer ou morrer.

Houve mais dança e mais jogos de prendas e mais danças e um bolo e mais *negus*[1] e mais um enorme rosbife frio e um grande cozido e tortas de carne e muita cerveja. Mas a grande atração da noite veio depois do Rosbife e do Cozido, quando o violinista (um sujeito competente, puxa vida!, que conhecia o seu ofício mais do que você e eu lhe poderíamos ensinar!) atacou "Sir Roger de Coverley".[2] O velho Fezziwig, então, se ergueu para dançar com a Sra. Fezziwig. Colocaram-se à frente da dança, também; com um belo papel, sob medida para eles: vinte e três ou vinte

---

[1] Um coquetel composto de água quente, vinho, limão e especiarias, inventado pelo coronel Negus.
[2] Dança rústica inglesa que recebeu o nome de um personagem do *Spectator* de Addison.

e quatro pares de parceiros; gente que não estava ali para brincadeira; gente que *queria* dançar e que não sabia dar um passo!

Mas, se tivesse vindo o dobro de gente, o quádruplo de gente, o velho Fezziwig teria sido páreo para eles, e o mesmo se pode dizer da Sra. Fezziwig. No que se refere a *ela*, merecia ser sua parceira em todos os sentidos da palavra. Se esse não é um elogio suficiente, diga-me outro e eu o porei no lugar. As panturrilhas de Fezziwig pareciam positivamente brilhar. Luziram em cada parte da dança como duas luas. Não se podia prever, a cada momento, o que aconteceria um segundo depois. E quando o velho Fezziwig e a Sra. Fezziwig já tinham percorrido todas as figuras da dança: avanço e retorno, mãos dadas com a parceira; reverência e saudação; os saca-rolhas; enfiar a agulha e voltar para o seu lugar; Fezziwig começou a saltitar dobrando as pernas alternadamente com tamanha destreza que suas pernas pareciam um relâmpago, para em seguida se apoiarem no chão, sem nenhum vacilo.

Quando o relógio deu onze horas, encerrou-se o baile doméstico, o Sr. e a Sra. Fezziwig tomaram posição um de cada lado da porta e, despedindo-se de cada um, individualmente, ao sair, lhes desejavam um feliz Natal. Quando todos se haviam retirado, com exceção dos dois aprendizes, fizeram o mesmo com eles; e, assim, as alegres vozes se calaram, e os rapazes foram deixados em suas camas, que ficavam embaixo de um balcão, nos fundos da loja.

Durante esse tempo todo, Scrooge se comportara como um maluco. Seu coração e sua alma estavam na cena, com seu velho eu. Ele confirmava tudo, lembrava-se de tudo, divertia-se com tudo e demonstrava uma agitação estranhíssima. Só agora, quando os radiantes rostos de seu antigo eu e de Dick se voltaram para longe dele, é que se lembrou do Fantasma e percebeu que este olhava direto para ele, enquanto a luz sobre a sua cabeça brilhava intensamente.

— Não é preciso muita coisa — disse o Fantasma — para encher esses tolos de gratidão.

— Pouca! — ecoou Scrooge.

O Espírito fez sinal para que ouvisse os dois aprendizes, que se perdiam em elogios calorosos ao velho Fezziwig; e, em seguida, disse.

— E não é? Só gastou umas poucas libras do teu dinheiro mortal; três ou quatro, talvez. É tanto assim para merecer elogios?

— Não é isso — disse Scrooge, irritado com a observação, e inconscientemente falando como seu antigo eu, e não como o atual. — Não é isso, Espírito. Ele tem o poder de nos tornar felizes ou infelizes; tornar o nosso serviço leve ou pesado; um prazer ou um tormento. Que esse poder consista em palavras e aparências; em coisas tão simples e insignificantes que é impossível adicioná-las e contá-las: e daí? A felicidade por ele proporcionada é tão grande quanto se custasse uma fortuna.

Sentiu o olhar do Espírito e se calou.

— Qual é o problema? — perguntou o Fantasma.

— Nada de mais — disse Scrooge.

— Mas é alguma coisa, não é? — insistiu o Fantasma.

— Não — disse Scrooge. — Não. Gostaria de poder dizer agora uma ou duas palavras ao meu auxiliar de escritório! Só isso.

Seu antigo eu desligou as luzes enquanto ele expressava o desejo; e Scrooge e o Fantasma mais uma vez se viram lado a lado, ao ar livre.

— Meu tempo está acabando — observou o Espírito. — Rápido!

Esta última palavra não foi dirigida a Scrooge ou a alguém que este pudesse ver, mas produziu um efeito imediato. Pois mais uma vez Scrooge viu a si mesmo. Estava mais velho, agora; um homem no auge da vida. Seu rosto não tinha os traços duros e rígidos que teria anos depois, mas começava a mostrar os sinais da preocupação e da avareza. Seus olhos moviam-se sem parar, ansiosos e ávidos, e mostravam a paixão que tomara raiz e onde iria cair a sombra da árvore que crescia.

Não estava sozinho, mas sentado ao lado de uma moça loira, que vestia luto. Nos olhos dela havia lágrimas, que brilharam sob a luz emitida pelo Fantasma do Natal Passado.

— Pouco importa — disse ela, mansamente. — Para você, muito pouco. Outro ídolo tomou o meu lugar; e se ele conseguir alegrar e reconfortar você, daqui para frente, como eu teria tentado fazer, não tenho motivos de aflição.

— Que Ídolo tomou o seu lugar? — tornou ele.

— Um ídolo de ouro.

— Aí está a justiça do mundo! — disse ele. — Nada há com que ele seja mais duro do que com a pobreza, e nada há que professe condenar mais severamente do que a busca da riqueza!

— Você teme demais o mundo — respondeu ela, com delicadeza. — Todas as suas outras esperanças se fundiram na esperança de estar além do alcance de seu sórdido desprezo. Vi as suas mais nobres aspirações caírem por terra, uma a uma, até a paixão principal, o Lucro, o absorver. Não foi assim?

— E daí? — retorquiu ele. — Mesmo se eu tiver ficado muito mais esperto, e daí? Não mudei com relação a você.

Ela balançou a cabeça.

— E mudei?

— O nosso contrato já é velho. Foi feito quando ambos éramos pobres e contentes com isso, na espera do dia em que poderíamos melhorar a nossa fortuna mundana com nosso trabalho paciente. Você *mudou*. Quando ele foi redigido, você era outro homem.

— Eu era um menino — disse ele, com impaciência.

— Seus próprios sentimentos lhe dizem que você não era o que hoje é — replicou ela. — Eu sou. Aquilo que nos prometia felicidade quando estávamos unidos pelo coração está cheio de aflição agora que estamos divididos. Nem lhe digo quantas vezes e com quanta amargura tenho pensado nisso. Basta dizer que eu *tenho* pensado nisso, e posso deixar você livre.

— Alguma vez eu procurei ficar livre?

— Nas palavras, não. Nunca.

— Em quê, então?

— No jeito diferente, no espírito diferente, na diferente atmosfera de vida; outra Esperança como seu objetivo maior. Em tudo o que deu algum valor ao meu amor, aos seus olhos. Se nunca tivesse havido esse contrato entre nós — disse a moça, encarando-o com doçura, mas firmemente —, diga-me, você me procuraria e tentaria conquistar-me? Ah, não!

Ele pareceu ceder à verdade da suposição, contra a vontade. Mas disse, num esforço:

— Você não acha isso.

— Adoraria não pensar assim, se pudesse — respondeu ela. — Só Deus sabe! Quando *eu* fiquei sabendo de uma Verdade como essa, logo vi quão forte e irresistível devia ser. Mas como posso acreditar que, se você estivesse livre hoje, ou ontem ou amanhã, escolheria uma mulher sem dote — justo você, que, em suas confidências a ela, tudo mede pelo Lucro; ou não sei que, se você a escolhesse, traindo por um momento o princípio que o norteia, logo se arrependeria e se lamentaria do que fez? Sei muito bem, e deixo você livre. De todo coração, por amor àquele que você foi.

Ele ia falar, mas, afastando o rosto de perto dele, ela prosseguiu.

— Talvez você sofra com isso. A memória do passado dá-me certa esperança disso. Depois de pouquíssimo tempo, você esquecerá tudo, alegremente, como um sonho pouco lucrativo, do qual por sorte despertou. Seja feliz na vida que escolheu!

Ela se foi, e eles se separaram.

— Espírito! — disse Scrooge. — Não me mostres mais nada! Leva-me para casa. Por que gostas de me torturar?

— Mais uma sombra! — exclamou o Fantasma.

— Mais nada! — gritou Scrooge. — Mais nada. Não quero vê-la. Não me mostres mais nada!

Mas o incansável Fantasma o segurou pelos dois braços e o forçou a observar o que se passou em seguida.

Estavam em outro cenário e lugar: um quarto, não muito amplo nem luxuoso, mas muito confortável. Junto à lareira acesa para o inverno, estava sentada uma linda moça, tão parecida com a última que Scrooge acreditou ser a mesma, até *a* ver, transformada numa matrona, sentada em frente à filha. Fazia um barulho dos diabos no quarto, pois havia nele mais crianças do que Scrooge, em sua perturbação, conseguia contar; e, ao contrário do famoso rebanho do poema,[3] não eram quarenta crianças comportando-se como uma só, mas cada criança se comportava como se fosse quarenta. As consequências eram incrivelmente ensurdecedoras; mas ninguém parecia importar-se; pelo contrário, a mãe e a filha não paravam de rir, e se divertiam muitíssimo com aquilo; e esta última, começando a participar das brincadeiras, foi impiedosamente raptada pelos jovens bandoleiros. O que eu não daria para ser um deles! Embora jamais conseguisse ser tão rude como eles! Isso, não! Nem por todo o dinheiro do mundo eu teria desarrumado e puxado com tamanha brutalidade aqueles cabelos tão bem penteados; e, no que se refere ao precioso sapatinho, não o teria arrancado do seu pé, nem para salvar a minha vida. Deus me livre! Quanto a medir, de brincadeira, sua cintura, como fez aquela ninhada de sem-vergonhas, eu jamais poderia fazê-lo; eu temeria que meu braço, como castigo, depois de ter rodeado aquela cintura, jamais se pudesse soltar. E, no entanto, eu teria apreciado muitíssimo, confesso, tocar os seus lábios; fazer perguntas a ela, para que ela pudesse abri-los; fixar meus olhos sobre seus cílios baixados, sem fazê-la enrubescer; soltar a sua ondulante cabeleira, um cachinho da qual já seria para mim uma lembrança de valor inestimável: em suma, eu teria adorado, confesso, gozar junto dela dos privilégios de uma criança, sendo adulto o bastante para conhecer seu valor.

---

[3] Referência ao poema *Written in March*, de Wordsworth: "The cattle are grazing / Their heads never raising; / There are forty feeding like one!" (O rebanho apascenta, sem nunca erguer a cabeça; quarenta se alimentam como um só.)

Mas agora se ouviu baterem à porta, e de imediato se formou tal tumulto que ela, com o rosto sorridente e a roupa em desalinho, foi levada pelo bando animado e traquinas na direção da porta, bem a tempo de saudar o pai, que chegava com um homem carregado de brinquedos e presentes de Natal. E que gritaria e quanta briga e quantas investidas contra o indefeso carregador! E subiam sobre ele montados em cadeiras e vasculhavam seus bolsos, arrancavam-lhe pacotes embrulhados em papel marrom, seguravam-no pela gravata, abraçavam-no pelo pescoço, espancavam suas costas e davam pontapés em suas pernas, com irreprimível afeição! E os gritos de surpresa e delícia com que a abertura de cada presente era saudada! E a terrível notícia de que o bebê fora flagrado pondo na boca a frigideira da boneca e de que era mais que suspeito de ter engolido um peru artificial, colado a um prato de madeira! O imenso alívio que foi descobrir que tinha sido um alarme falso! A alegria, a gratidão, o êxtase! Todos eles igualmente indescritíveis. Por fim, aos poucos, as crianças e suas emoções foram saindo da sala, uma por uma, e subiram as escadas para ir a seus quartos e cair na cama, trazendo de volta o silêncio.

E agora Scrooge observava mais atento do que nunca, quando o dono da casa, com a filha apoiada carinhosamente sobre ele, se sentou com ela e a mãe ao lado da lareira; e, quando pensou que tal criatura, tão graciosa e cheia de promessas, podia tê-lo chamado de pai e ter trazido a primavera para o triste inverno de sua vida, seus olhos encheram-se de lágrimas.

— Belle — disse o marido, voltando-se para a esposa com um sorriso —, encontrei um velho amigo seu esta tarde.

— Quem?

— Adivinhe!

— Como posso saber? Ah, já sei — acrescentou ela de imediato, rindo com ele. — O Sr. Scrooge.

— Em pessoa. Passei em frente à janela do escritório dele, que não estava fechada, e havia uma vela dentro, não pude deixar de

Ilustração: John Leech

vê-lo. Seu sócio está nas últimas, segundo soube; e lá estava ele, sozinho. Completamente sozinho no mundo, acho.

— Espírito! — disse Scrooge, com voz trêmula. — Tira-me daqui.

— Eu te disse que estas eram sombras das coisas que já se foram — disse o Fantasma. — Se foram como foram, a culpa não é minha!

— Tira-me daqui! — exclamou Scrooge. — Não aguento mais!

Voltou-se para o Fantasma e, ao ver que ele o observava com um rosto em que, estranhamente, havia fragmentos de todos os rostos que lhe mostrara, lançou-se sobre ele.

— Deixa-me! Leva-me de volta! Não me assombres mais!

No combate, se é que se pode chamar de combate aquilo, em que o fantasma, sem mostrar nenhuma resistência, permanecia imperturbável, por mais que seu adversário se empenhasse, Scrooge observou que sua luz ardia forte e brilhante e, vagamente relacionando o fato com a influência que exercia sobre ele, agarrou o apagador de velas e, num gesto brusco, o pressionou contra a cabeça do Fantasma.

O Espírito agachou-se, de modo que o apagador de velas cobriu inteiramente a sua forma, mas, embora Scrooge o pressionasse para baixo com toda força, não conseguiu ocultar a luz que jorrava de baixo, num fluxo contínuo sobre o chão.

Tinha consciência de estar exausto e tomado por uma irresistível vontade de dormir e, mais tarde, de estar em seu próprio quarto. Deu um último apertão no apagador de velas e o soltou; e mal teve tempo de cambalear até a cama, antes de cair num sono profundo.

TERCEIRA ESTROFE
O SEGUNDO DOS TRÊS ESPÍRITOS

Acordando no meio de um ronco extraordinariamente possante e sentando-se na cama para pôr em ordem os pensamentos, Scrooge não teve oportunidade de que lhe dissessem que o sino estava de novo na badalada da uma hora. Sentiu que recuperara a consciência bem a tempo, para conhecer o segundo mensageiro a ele enviado por intervenção de Jacob Marley. Tendo, porém, dificuldade em tentar adivinhar qual das cortinas o novo espectro iria abrir, ele mesmo as abriu com suas próprias mãos; e, tornando a deitar, ficou à espreita do que acontecia ao redor da cama. Pois queria desafiar o Espírito assim que aparecesse, e não ser tomado de surpresa ou dominado pelos nervos.

Os cavalheiros de estilo informal, que se gabam de estar acostumados a todo tipo de emoção e de sempre estar à altura das circunstâncias, exprimem a magnitude de sua preparação para as aventuras observando que estão prontos para tudo, desde um mero cara ou coroa até o assassinato; entre tais extremos, sem dúvida, cabe uma gama razoavelmente ampla e abrangente de atividades. Sem me aventurar a classificar Scrooge entre homens tão durões, gostaria de convidar o Leitor a crer que ele estava pronto para um amplo leque de estranhas aparições e que nada, entre um bebê e um rinoceronte, o teria assustado sobremaneira.

Ora, preparado para quase tudo, não estava de modo algum preparado para o nada; e, por conseguinte, quando o Sino bateu a Uma Hora e não apareceu forma nenhuma, ele foi tomado por um violento tremor. Passaram-se cinco minutos, dez minutos, quinze minutos, e nada. Durante esse tempo todo, permaneceu deitado na cama, o verdadeiro núcleo e centro de um clarão de luz avermelhada, que jorrou sobre ele assim que o relógio bateu a hora; e, sendo apenas luz, era mais alarmante que uma dúzia de fantasmas, pois Scrooge não conseguia compreender o que significava e o que poderia sair dela; e, por vezes, temia estar sendo, naquele exato momento, um interessante caso de combustão espontânea, sem ter o consolo da consciência do fato. Por fim, porém, ele começou a achar — como o Leitor ou eu logo teríamos achado, pois é sempre a pessoa que não está em apuros que sabe o que deveria ter sido feito então e que, sem dúvida, o teria feito também — por fim, digo, ele começou a achar que a origem e o segredo daquela luz espectral podia estar no cômodo ao lado: de onde, ao rastreá-la, em seguida, ela parecia brilhar. Tomando tal ideia plena posse de sua mente, ele se ergueu devagar e, com seus chinelos, caminhou pé ante pé até a porta.

No momento em que a mão de Scrooge segurou a maçaneta, uma voz estranha chamou-o pelo nome e pediu que entrasse. Ele obedeceu.

Era a sua própria sala, sem dúvida. Mas sofrera uma surpreendente transformação. As paredes e o teto estavam tão repletos de folhagens verdes que pareciam um autêntico matagal, onde, por toda parte, brilhavam cintilantes frutinhas. As folhas frescas de azevinho, visco e hera refletiam a luz, como se uma multidão de espelhinhos se tivesse esparramado por ali; e um fogo tão possante subia rugindo pela chaminé, que essa enfadonha lareira de pedra não conhecera igual nos tempos de Scrooge ou de Marley ou de muitos invernos passados. Amontoados sobre o assoalho, formando uma espécie de trono, havia perus, gansos, animais de caça, galináceos, carne de porco, grandes postas de carne, porquinhos de leite, presuntos, longas guirlandas feitas de salsichas, tortas de carne, pudins, barris de ostras, castanhas assadas, maçãs vermelhas, suculentas laranjas, peras reluzentes, bolos imensos e canecas ferventes de ponche, que obscureciam o quarto com seu delicioso vapor. Muito à vontade sobre esse divã estava sentado um jubiloso Gigante, de gloriosa aparência; que carregava alto, bem alto, uma tocha, de forma não muito dessemelhante à de uma cornucópia, para derramar sua luz sobre Scrooge, enquanto ele vinha espiar pela porta entreaberta.

— Entra! — exclamou o Fantasma. — Entra! Vem conhecer-me melhor, rapaz!

E Scrooge entrou, tímido, e inclinou a cabeça diante do Espírito. Não era o teimoso que havia sido; e, embora os olhos do Espírito fossem claros e bondosos, não gostou de cruzar com eles.

— Sou o Fantasma do Natal Presente — disse o Espírito. — Olha para mim!

Scrooge olhou, com reverência. Ele vestia uma simples túnica ou manta verde-escura, com bordas brancas de pele. Esse traje pendia tão folgado sobre o corpo que seu largo peito permanecia nu, como se desdenhasse ser protegido ou ocultado por algum artifício. Seus pés, que podiam ser observados por baixo das amplas pregas da túnica, também estavam descalços; e sobre a cabeça havia apenas uma coroa de azevinho, enfeitada, aqui e ali, com sincelos cintilantes. Seus cabelos, de um castanho escuro, eram compridos e esvoaçavam em liberdade: livres como o rosto simpático, os olhos brilhantes, a mão aberta, a voz alegre, as maneiras desenvoltas e o ar jubiloso. Presa à cintura estava uma velha bainha, mas sem espada dentro e toda enferrujada.

— Nunca viste alguém como eu antes! — exclamou o Espírito.

— Nunca — respondeu Scrooge.

— Nunca passeaste com os membros mais jovens da minha família, ou seja — pois sou muito jovem —, com meus irmãos mais velhos, nascidos nesses últimos anos? — prosseguiu o Espírito.

Ilustração: John Leech

— Acho que não — disse Scrooge. — Receio que não. Tiveste muitos irmãos, Espírito?

— Mais de mil e oitocentos — disse o Fantasma.

— Uma tremenda família para sustentar! — murmurou Scrooge.

O Fantasma do Natal Presente ergueu-se.

— Espírito — disse Scrooge, submisso —, leva-me onde quiseres. Na noite passada, fui forçado a ir e aprendi uma lição que hoje está surtindo efeito. Esta noite, se tiveres algo que me ensinar, só peço poder tirar bom proveito.

— Segura a minha túnica!

Scrooge obedeceu e a agarrou firme.

Azevinho, visco, frutinhas vermelhas, hera, perus, gansos, a carne de caça, as galináceas, os presuntos, as postas de carne, os porcos, as salsichas, as ostras, as tortas, os pudins, as frutas e o ponche, tudo sumiu em um instante. O mesmo aconteceu com a sala, a lareira, a luz vermelha, a hora da noite, e eles se viram nas ruas da cidade, numa manhã de Natal, em que (pois o frio era intenso) as pessoas compunham uma espécie de música primitiva, mas animada e nada desagradável, varrendo a neve das calçadas em frente de suas residências e do teto de suas casas. Para os garotos, era doidamente gostoso vê-la desabar do teto para a rua, partindo-se em pequenas nevascas artificiais.

Tinham as fachadas das casas uma aparência escura, e as janelas ficavam mais negras pelo contraste com a lisa e branca camada de neve que cobria os telhados e com a neve mais suja do chão, cuja camada superior fora perfurada em sulcos profundos pelas rodas pesadas dos carros e das carruagens; sulcos que se cruzavam e tornavam a se cruzar uns aos outros, centenas de vezes, nos cruzamentos das ruas principais, e formavam intricados canais, difíceis de rastrear, em meio à espessa lama amarelada e à água enregelada. O céu estava escuro, e as ruas mais estreitas mergulhadas numa neblina espessa, meio derretida, meio congelada, cujas partículas mais pesadas caíam numa ducha de fuligem, como se todas as chaminés da Grã-Bretanha tivessem entrado em acordo para pegar fogo e ardessem em chamas com intenso prazer. Nada havia de muito jubiloso no clima ou na cidade, e, no entanto, reinava por toda parte uma atmosfera de alegria, que o mais límpido ar de verão e o mais fulgurante sol de verão talvez tivessem tentado em vão disseminar.

Pois as pessoas que varriam os telhados estavam entusiasmadas e cheias de alegria; chamavam-se das casas umas às outras e, vez por outra, lançavam, de pirraça, umas às outras, bolas de neve — um míssil de natureza mais afável que muitos sarcasmos — dando deliciosas gargalhadas quando acertavam e não menos deliciosas quando erravam. As lojas que vendiam galináceos ainda estavam semiabertas, e os fruteiros resplandeciam de glória. Havia grandes cestos redondos, barrigudos, repletos de castanhas, com a forma dos coletes de velhos pândegos, que se exibiam às portas e tombavam pela rua, em apoplética opulência. Havia cebolas espanholas, avermelhadas, escuras e obesas, brilhantes na gordura de sua corpulência como frades espanhóis, que piscavam de suas prateleiras, em sonsa travessura, para as moças que passavam e olhavam recatadamente para os azevinhos suspensos. Havia peras e maçãs, amontoadas em altas e vicejantes pirâmides; havia cachos de uva, suspensos pela benevolência dos lojistas em ganchos bem visíveis, para dar água na boca gratuitamente aos pedestres que passavam; havia pilhas de avelãs, musgosas e escuras, lembrando, em sua fragrância, antigos passeios pelos bosques e o prazer de afundar os pés até o calcanhar nas folhas secas; havia maçãs de Norfolk, rechonchudas e trigueiras, que realçavam o amarelo das laranjas e dos limões e, na forte compactação de suas suculentas pessoas, rogavam e imploravam que as levassem para casa em pacotes de papel para serem comidas depois do jantar. Até as carpas, expostas numa bacia entre as frutas, embora de raça triste e apática, pareciam saber que alguma coisa estava acontecendo; e, como peixes, iam arquejantes, dando voltas e mais voltas, em lenta e desapaixonada empolgação.

As mercearias! Ah, as mercearias! Quase fechadas, talvez com uma ou duas portinholas baixadas; mas, entre as brechas, o que não se podia entrever! Não era só o som alegre das balanças que caíam sobre o balcão, ou as fitas e os carretéis se separando com tanta rapidez, ou as bobinas subindo e descendo com estrépito, como em malabarismos, ou mesmo os aromas misturados do café e do chá, tão gratos ao olfato, ou mesmo a plenitude e beleza das uvas passas, a brancura extrema das amêndoas, os longos e retos paus de canela, as outras especiarias, tão deliciosas, as frutas cristalizadas, tão apetitosas e cobertas de açúcar, que faziam os mais indiferentes se sentirem tontos e, depois, invejosos. Nem que os figos fossem úmidos e suculentos, ou que as ameixas francesas corassem, em sua modesta acidez, em caixas finamente decoradas, ou que tudo fosse gostoso de comer e estivesse em seu envoltório de Natal: mas os clientes estavam todos tão apressados e tão ávidos, em meio às esperançosas promessas do dia, que topavam uns com os outros na porta, chocando duramente uns contra os outros seus cestos de provisões, e deixavam suas compras sobre o balcão e voltavam correndo para apanhá-las e cometiam centenas de erros parecidos, com o melhor humor possível; enquanto o dono da mercearia e seus funcionários se mostravam tão sinceros e honestos que os botões dourados em forma de coração com que fechavam seus aventais nas costas podiam ser os deles próprios, exibidos exteriormente para inspeção geral e para que as gralhas os picassem, se quisessem.

Mas logo os sinos chamaram todas as pessoas de bem para a igreja e para a capela, e lá se foram elas, enchendo as ruas com suas melhores roupas e com suas melhores caras. E ao mesmo tempo surgiu das ruas laterais, das passagens e de quebradas sem nome uma multidão incontável, levando seus jantares para as padarias. A visão daqueles pobres patuscos pareceu despertar muito interesse da parte do Espírito, pois permaneceu, com Scrooge ao seu lado, à porta de uma padaria e, levantando a tampa dos pratos quando passavam os que os carregavam, derramava o incenso de sua tocha sobre seus jantares. E aquele era um tipo muito especial de tocha, pois, uma ou duas vezes, quando soaram palavras ríspidas entre carregadores de jantar que topavam uns com os outros, dela respingaram algumas gotas d'água sobre eles, e o bom humor logo tornava a reinar. Pois diziam que era uma vergonha brigar no dia de Natal. E era mesmo, meu Deus, era mesmo!

Pouco a pouco, os sinos silenciaram e as padarias se fecharam; e, no entanto, havia como um agradável antegosto de todos esses jantares e o progresso de seu preparo no vapor úmido sobre cada forno de padaria, cujo assoalho esfumaçava como se as pedras também estivessem assando.

— Há algum sabor especial no que derramas de tua tocha? — perguntou Scrooge.

— Sim: o meu.

— Pode ele ser comunicado a todo tipo de jantar esta noite? — perguntou Scrooge.

— Para toda ceia oferecida de coração. Principalmente as mais pobres.

— Por que principalmente as mais pobres?

— Porque são as que mais precisam dele.

— Espírito — disse Scrooge, depois de refletir por um momento —, muito me admira que tu, entre tantos seres em tantos e tantos mundos ao nosso redor, queiras estragar as ocasiões de inocente entretenimento justamente dessa gente.

— Eu! — exclamou o Espírito.

— Tu não lhes permites jantar no domingo, quase sempre o único dia em que se pode dizer que eles realmente jantem — disse Scrooge. — Ou não?

— Eu! — exclamou o Espírito.

— Não procuras fechar esses lugares no domingo? — disse Scrooge. — E não dá no mesmo?

— *Eu* procuro? — exclamou o Espírito.

— Peço perdão se estiver errado. Isso foi feito em teu nome, ou pelo menos em nome da tua família — disse Scrooge.

— Há algumas pessoas nessa tua terra — replicou o Espírito — que afirmam conhecer-nos e se comportam com paixão, orgulho, má vontade, ódio, inveja, fanatismo e egoísmo em nosso nome, e são tão estranhas a nós e a todo o nosso clã, como se nem tivessem nascido. Lembra-te disso e de que são eles os responsáveis por seus próprios atos, não nós.

Prometeu Scrooge que assim o faria, e eles, invisíveis, como haviam estado antes, prosseguiram seu caminho pelos subúrbios da cidade. Era notável qualidade do Fantasma (que Scrooge havia observado na padaria) poder, apesar da gigantesca estatura, acomodar-se a qualquer lugar, sem dificuldade; e que ele se postava sob um teto baixo quase com igual graça e com ar igualmente sobrenatural, como o teria feito em qualquer imponente mansão.

E talvez tenha sido o prazer que o bom Espírito sentia em exibir esse seu poder, ou a sua natureza bondosa, generosa e cordial e sua simpatia por todos os pobres, que o levou direto à morada do auxiliar de escritório de Scrooge; pois lá foi ele, levando Scrooge, sempre agarrado à sua túnica; e, à soleira da porta, o Espírito sorriu e parou para abençoar a residência de Bob Cratchit com a aspersão de sua tocha. Vejam só! Bob ganhava só quinze *bobs*[4] por semana; embolsava a cada sábado só quinze cópias de seu nome de batismo e, mesmo assim, o Fantasma do Natal Presente abençoava sua casa de quatro cômodos!

Ergueu-se, então, a Sra. Cratchit, a esposa de Bob, pobremente trajada em seu vestido revirado duas vezes, mas cheio de fitas, que são baratas e dão uma boa aparência por alguns vinténs; ela punha a mesa, ajudada por Belinda Cratchit, a segunda de suas filhas, também toda enfeitada de fitas; e enquanto Peter Cratchit mergulhava um garfo numa marmita de batatas, as pontas de seu monstruoso colarinho (propriedade particular de Bob, concedida ao filho e herdeiro em homenagem à data) se elevavam

---

[4] Nome popular do xelim inglês.

até a boca; vendo-se tão elegante, o menino estava louco para ir exibir-se nos parques da moda. E, em seguida, os dois Cratchits caçulas, um menino e uma menina, entraram correndo na sala, exclamando que de fora da padaria haviam sentido o cheiro do ganso e reconhecido que era o deles; e imersos em luxuriantes ideias de sálvia e cebola, esses jovens Cratchits dançavam ao redor da mesa e levavam às nuvens Peter Cratchit, enquanto este (nada orgulhoso, embora seu colarinho quase o sufocasse) atiçava o fogo, até que as morosas batatas subissem com a fervura e batessem sonoramente na tampa da marmita, pedindo para ser retiradas e descascadas.

— O que, então, estará retendo seu maravilhoso pai — disse a Sra. Cratchit. — E teu irmão, Tiny Tim, e Martha? No Natal passado, ela já tinha chegado havia meia hora!

— A Martha chegou, mamãe! — disse uma garota, aparecendo enquanto falava.

— A Martha chegou, mamãe! — gritaram os dois Cratchits caçulas. — Viva! Vai ter um ganso *daqueles*, Martha!

— Minha querida, que Deus abençoe você! Mas como está atrasada! — disse a Sra. Cratchit, dando-lhe uma dúzia de beijos e tirando-lhe o xale e a touca, num gesto carinhoso.

— Tivemos muito trabalho na noite passada — tornou a moça — e hoje de manhã tivemos de fazer as entregas, mamãe!

— Muito bem! O importante é que você veio — disse a Sra. Cratchit. — Sente perto do fogo, querida, e se esquente um pouco! Que Deus a abençoe!

— Não, não! Aí vem o papai — exclamaram os dois Cratchits caçulas, que estavam em toda parte ao mesmo tempo. — Esconda-se, Martha, esconda-se!

E Martha se escondeu, enquanto o pequeno Bob, o pai, entrava com pelo menos um metro de cachecol suspenso à sua frente, sem contar as franjas; e seus trajes puídos estavam bem cerzidos e escovados, para parecerem dignos da data; carregando Tiny

Tim nos ombros, o coitadinho, que segurava uma muleta e tinha uma armação de ferro ao redor das pernas!

— Ué, onde está a Martha? — exclamou Bob Cratchit, olhando ao redor.

— Não veio — disse a Sra. Cratchit.

— Não veio! — disse Bob, com súbito desânimo; pois fora o cavalo de corrida de Tim desde a igreja e chegara em casa exultante. — Não vir no dia de Natal!

Martha não gostou de vê-lo decepcionado, mesmo que fosse só de brincadeira, e saiu antes da hora prevista de trás da porta e correu para abraçá-lo, enquanto os dois Cratchits caçulas se apoderavam de Tiny Tim e o levavam até a lavanderia, para que ouvisse o canto do pudim na panela.

— E como se comportou o pequeno Tim? — perguntou a Sra. Cratchit, depois de caçoar da credulidade de Bob, e de Bob abraçar carinhosamente a filha.

— Um menino de ouro — disse Bob —, ou mais precioso ainda! Por ficar tanto tempo sozinho, ele tem as mais estranhas ideias que se possam imaginar. De volta para casa, ele me disse que esperava que as pessoas o tivessem visto na igreja, por ser paralítico: para elas, poderia ser bom lembrarem-se, no dia de Natal, daquele que fez os pobres aleijados caminharem e os cegos verem.

A voz de Bob estava trêmula ao lhes contar isso, e tremeu ainda mais quando disse que Tiny Tim estava ficando cada vez mais forte e vigoroso.

Ouviu-se a batida de sua ativa muleta sobre o assoalho e lá estava de volta Tiny Tim antes que se pronunciasse mais uma palavra, escoltado pelo irmão e pela irmã até o seu banquinho junto ao fogo; enquanto Bob, arregaçando as mangas — como se, pobre coitado, elas pudessem desgastar-se ainda mais —, preparava numa caneca uma mistura quente com gengibre e limão e, depois de mexê-la bem, a colocava sobre a chapa, para ferver; Peter e os onipresentes Cratchits caçulas foram buscar o ganso, com o qual logo voltaram, em triunfal procissão.

Pelo tumulto, até parecia que o ganso era a mais rara das aves; um fenômeno de penas, comparado ao qual um cisne negro seria algo trivial; e, na verdade, era exatamente isso, naquela casa. A Sra. Cratchit esquentou o molho (feito com antecedência numa marmitinha); Peter amassou as batatas, com incrível vigor; a Srta. Belinda adoçou o molho de maçã; Martha enxugou os pratos quentes; Bob fez Tiny Tim sentar-se ao seu lado, a um cantinho da mesa; os dois Cratchits caçulas colocaram as cadeiras para todos, sem se esquecerem de si mesmos e, montando guarda diante de seus postos, mordiam as colheres na boca, para impedir que ela pedisse o ganso antes que chegasse a sua vez de se servirem. Por fim, os pratos foram servidos, e deram graças a Deus pela refeição. Em seguida, sobreveio um silêncio geral, em que todos prenderam a respiração, enquanto a Sra. Cratchit, passeando o olhar ao longo do facão, se preparava para cravá-lo no peito; mas, quando o fez e quando jorrou de dentro o tão esperado recheio, soou uma exclamação de delícia ao redor de toda a mesa, e até Tiny Tim, atiçado pelos dois Cratchits caçulas, bateu na mesa com o cabo da faca e gritou "Viva!" com sua vozinha.

Nunca houve um ganso como aquele. Disse Bob que não acreditava que alguma vez se tivesse preparado um ganso como aquele. Tão macio e cheiroso, tão grande e tão barato, eis os temas da admiração geral. Com o molho de maçãs e o purê de batatas, era um jantar suficiente para a família inteira; de fato, como disse a Sra. Cratchit, com grande alegria (reparando num átomo de osso que restara no prato), eles não o comeram inteiro, afinal! E, no entanto, estavam todos satisfeitos, principalmente os Cratchits caçulas, mergulhados em sálvia e cebola até as sobrancelhas! Mas agora, enquanto os pratos eram retirados pela Srta. Belinda, a Sra. Cratchit — emocionada demais para suportar testemunhas — saiu sozinha da sala para trazer o pudim.

Imaginem se não estivesse bom! Imaginem se ele se desmanchasse ao ser retirado! Imaginem se alguém tivesse entrado pelo muro do quintal e o roubado, enquanto a família se empanturrava com o ganso: ideia que fez os dois Cratchits caçulas empalidecerem! Imaginou-se todo tipo de horror.

Ah! Um monte de vapor! O pudim estava fora da panela. Um cheirinho bom de roupa lavada! Era o pano que o envolvia. Um cheirinho de restaurante, tendo ao lado uma pastelaria e do outro lado uma lavanderia! Eis o pudim. Em meio minuto, a Sra. Cratchit estava de volta: toda vermelha, mas com um sorriso orgulhoso, trazendo o pudim, como uma bala de canhão pintadinha, rígida e firme, fulgurante em meio à metade de metade de um litro de *brandy* flambado e coberto por um raminho de visco de Natal.

Ah, que pudim maravilhoso! Disse Bob Cratchit que considerava tranquilamente aquele o maior sucesso culinário da Sra. Cratchit, desde o casamento. A Sra. Cratchit confessou, agora que tirara o peso dos ombros, que teve dúvidas sobre a quantidade de farinha. Todos tinham algo a dizer sobre isso, mas ninguém disse ou pensou que fosse um pudim pequeno demais para uma família tão grande. Teria sido uma flagrante heresia. Qualquer dos Cratchit teria tido vergonha de dizer uma coisa dessas.

Por fim, terminado o jantar, a toalha de mesa foi retirada, a lareira varrida e aceso o fogo. Experimentado o drinque preparado por Bob na caneca, que foi considerado perfeito, puseram maçãs e laranjas sobre a mesa e um punhado de castanhas sobre o fogo. Toda a família Cratchit, então, se reuniu ao redor da lareira, formando o que Bob Cratchit chamou de círculo, no sentido de um semicírculo, e ao lado de Bob Cratchit foram dispostos todos os cristais da família: dois copos e um potinho de creme de alça quebrada.

Foram usados para servir a bebida quente tirada da caneca, porém, missão cumprida tão bem como se fossem taças de ouro; e Bob os serviu, radiante, enquanto as castanhas partiam com estrondo sobre o fogo. E Bob, então, propôs:

— Um feliz Natal para todos nós, meus queridos. Deus nos abençoe!

Palavras que foram repetidas por toda a família.

— Deus nos abençoe a todos nós! — disse Tiny Tim, por último.

Ele estava sentado bem pertinho do pai, em seu banquinho. Bob segurava a mãozinha murcha do filho na sua, como se amasse a criança e quisesse mantê-la junto de si, temendo que alguém a pudesse tomar.

— Espírito — disse Scrooge, com um interesse que jamais sentira antes —, conta-me se Tiny Tim vai sobreviver.

— Vejo uma cadeira vazia — respondeu o Fantasma — no canto da pobre lareira, e uma muleta sem dono, que é guardada com muito carinho. Se essas sombras permanecerem inalteradas no Futuro, a criança vai morrer.

— Não, não — disse Scrooge. — Ah, não, meu bom Espírito! Diz-me que ele será poupado.

— Se essas sombras permanecerem inalteradas no Futuro, mais ninguém de minha raça — replicou o Fantasma — vai encontrá-lo aqui. E daí? Se morrer, vai ser até melhor, pois vai diminuir o excesso de população.

Scrooge baixou a cabeça ao ouvir suas próprias palavras citadas pelo Espírito, e foi tomado pela dor e pelos remorsos.

— Homem — disse o Fantasma —, se tiveres um coração de homem, não de pedra, evita usar esse linguajar perverso, até descobrir Qual é o excesso e Onde ele está. Queres decidir qual homem há de viver e qual há de morrer? Pode ser que, aos olhos do Céu, sejas de menor valor e menos apto a viver do que milhões de outras crianças pobres como essa. Meu Deus! Ouvir o inseto sobre a folha pronunciar-se acerca do número excessivo de famélicos irmãos na poeira!

Scrooge curvou-se ante a censura do Fantasma e, trêmulo, baixou os olhos para o chão. Mas os ergueu de imediato, ao ouvir seu próprio nome.

— Ao Sr. Scrooge! — disse Bob. — Um brinde ao Sr. Scrooge, o Patrono da Festa!

— O Patrono da Festa, de verdade! — exclamou a Sra. Cratchit, enrubescendo. — Como gostaria que ele estivesse aqui! Eu lhe prepararia um banquete ao meu gosto, e ele precisaria ter bom apetite para empanturrar-se com ele!

— Querida — disse Bob —, as crianças estão aqui. Hoje é Natal.

— Só mesmo no Natal, é claro — disse ela —, se pode beber pela saúde de alguém tão detestável, tão mesquinho, tão duro e tão insensível como o Sr. Scrooge. Você sabe que é verdade, Robert! Ninguém sabe disso mais do que você, pobre querido!

— Minha querida — respondeu Bob mansamente —, hoje é Natal.

— Vou beber à saúde dele, por sua causa e por ser Natal — disse a Sra. Cratchit — mas não por causa ele. Que tenha vida longa! Feliz Natal e feliz Ano-Novo! Ele há de ser muito feliz e muito contente, não tenho dúvida.

Os filhos beberam àquele brinde depois dela. Foi a primeira vez que fizeram algo sem animação. Tiny Tim foi o último a beber, mas não deu dois tostões por aquilo. Scrooge era o Ogro da família. A menção de seu nome lançou uma escura sombra sobre a festa, que demorou mais de cinco minutos para se dissipar.

Depois que ela passou, ficaram dez vezes mais alegres que antes, só pelo alívio de se livrarem do Abominável Scrooge. Bob Cratchit lhes contou estar de olho num emprego para o Peter que, se o conseguisse, lhes renderia belos cinco xelins e seis *pence* por semana. Os dois Cratchits caçulas deram muitas risadas à ideia de Peter vir a ser um homem de negócios; e o mesmo Peter encarava pensativo o fogo, entre as golas do colarinho, como se deliberasse que investimentos fazer quando chegasse a seus bolsos tão ingente montante. Martha, que era uma pobre aprendiz numa chapeleira, contou-lhes, então, quais eram os seus afazeres e quantas horas em seguida trabalhava; falou-lhes, então, de seus planos de permanecer na cama na manhã seguinte, para um longo descanso no feriado passado em casa. Contou, também, como havia visto uma condessa e um lorde alguns dias antes, e que o lorde "era mais ou menos da altura do Peter"; ao ouvir isso, Peter levantou tanto seu colarinho que, se o Leitor estivesse lá, mal conseguiria distinguir sua cabeça. Enquanto isso, as castanhas e o drinque passavam de mão em mão entre os presentes; e logo veio uma canção sobre um menininho que viajava pela neve, muito bem cantada por Tiny Tim, com sua vozinha queixosa.

Nada havia de muito aristocrático naquilo tudo. Não formavam uma esplêndida família; não estavam bem-vestidos; seus sapatos estavam longe de ser à prova d'água; as roupas estavam puídas; e Peter, muito provavelmente, havia travado relações com um agiota. Mas estavam muito felizes, agradecidos, contentes uns com os outros e com o dia; e quando sumiram, parecendo ainda mais felizes sob as fagulhas da tocha do Fantasma que se despedia, os olhos de Scrooge permaneceram cravados neles, e em especial em Tiny Tim, até o fim.

Àquela altura, já estava ficando escuro, e a neve caía pesada; e enquanto Scrooge e o Espírito caminhavam pelas ruas, era maravilhoso o brilho do crepitante fogo nas cozinhas, nas salas e toda espécie de cômodos. Aqui, a chama vacilante iluminava o preparo de um aconchegante jantar de família, com pratos quentes a assar ante o fogo, e cortinas de um vermelho escuro, que logo seriam puxadas para afugentar o frio e a escuridão. Ali, todas as crianças da casa saíam correndo na neve, para encontrar as irmãs casadas, os irmãos, os primos, os tios, as tias e para ser as primeiras a saudá-los. Aqui, mais uma vez, havia sombras sobre a janela, de convidados que chegavam; e um grupo de lindas mocinhas, todas elas encapuzadas e de botas forradas de pele, falavam todas de uma vez, a caminho de alguma casa vizinha; ai do homem solteiro — como manhosas bruxinhas, elas bem sabiam disso! — que as visse entrar, como num clarão!

Mas a julgar pela quantidade de gente a caminho de amigáveis encontros, poderia parecer que não houvesse ninguém em casa para dar as boas-vindas aos convidados, em vez de estar cada lar à espera das visitas, empilhando o carvão nas lareiras, até o topo. Meu Deus, como o Fantasma exultava com tudo aquilo! Como descobria o largo peito e abria a enorme mão e planava sobre a multidão derramando generosamente sua cintilante e inocente alegria sobre tudo que estivesse a seu alcance! Até o acendedor de lampiões, que corria à sua frente pontuando a rua escura com manchinhas de luz, já convenientemente trajado para passar a noite em algum lugar, dava gargalhadas quando o Espírito passava, embora não soubesse que tinha por companhia ninguém menos que o Natal em pessoa!

E agora, sem uma palavra de alerta da parte do Fantasma, eles se viram numa charneca triste e deserta, cheia de massas monstruosas de rocha bruta, como um cemitério de gigantes; esparramava-se a água à vontade por toda parte — ou assim teria sido, se não fosse o gelo que a mantinha prisioneira; e nada crescia a não ser o musgo e o tojo, além de um mato grosseiro e cerrado. Para as bandas do ocidente, o sol poente deixara um rastro vermelho e ardente, que brilhou sobre aquela desolação por um instante, como um olho sombrio, cujas pálpebras iam descendo, descendo, descendo, até se perderem nas espessas trevas da mais escura noite.

— Que lugar é este? — perguntou Scrooge.

— Um lugar onde vivem Mineiros, que trabalham nas entranhas da terra — respondeu o Espírito. — Mas eles me conhecem. Vê!

Acendeu-se uma luz pela janela de uma cabana, e eles rapidamente se dirigiram até lá. Ao passarem pelo muro de barro e pedras, descobriram um bando alegre reunido ao redor de uma fulgurante lareira. Um velho, bem velho, e uma mulher, com os filhos e os filhos dos filhos, e outra geração além daquela, todos ali reunidos com suas melhores roupas. O velho, com uma voz que raramente se elevava acima do uivo do vento sobre as terras desertas, cantava para eles uma cantiga de Natal; já era uma cantiga muito antiga quando ele era criança; e, de quando em quando, todos eles se uniam ao coro. Assim que eles erguiam a voz, o ancião resplandecia de alegria e elevava o volume da voz; e assim que paravam, seu vigor também diminuía.

O Espírito não se deteve ali, mas pediu a Scrooge que se agarrasse com força à sua túnica e, passando por sobre o pântano, levou-o para onde? Não para o mar? Para o mar. Para o terror de Scrooge, ao olhar para baixo, viu a última das terras, uma medonha fileira de rochas, às suas costas; e seus ouvidos foram ensurdecidos pelo trovejar das águas, enquanto rolavam e rosnavam e rasgavam entre as medonhas cavernas que escavaram, na tentativa de solapar a terra.

Construído sobre um triste recife, a algumas léguas da costa, batido pelas águas o ano inteiro, ali se erguia um solitário farol. Amontoavam-se as algas em grande quantidade em sua base, e as aves da tempestade — que nasciam do vento, ao que parece, como nascem as algas das águas — subiam e desciam ao seu redor, como as ondas em que relavam em seus voos.

Mas mesmo ali dois faroleiros haviam acendido um fogo que, através da abertura na parede espessa, lançava um raio de luz sobre o mar terrível. Dando-se as mãos calosas sobre a mesa grosseira à qual estavam sentados, desejaram-se um ao outro feliz Natal, enquanto bebiam sua caneca de quentão; e um deles, o mais velho também, com o rosto todo maltratado e ferido pelo clima duro, como a figura de proa de um velho navio, começou a cantar, com sua voz rouca, uma rija canção, que era em si mesma como uma rajada de vento.

Mais uma vez o Fantasma partiu sobre o mar escuro e inquieto — sempre mais adiante — até que, muito longe de qualquer litoral, como contou a Scrooge, desceram sobre um navio. Postaram-se ora ao lado do timoneiro ao leme, ora na proa, junto aos oficiais de vigia; figuras sombrias, espectrais em suas diversas posturas; mas cada um desses homens cantarolava uma cantiga de Natal ou pensava no Natal ou contava ao camarada ao seu lado alguma história de um Natal passado, cheia das esperanças da volta para casa. E cada um dos homens a bordo, desperto ou adormecido, bom ou mau, teve para com os outros uma palavra mais gentil naquele dia do que em qualquer outro dia do ano; e todos eles, de alguma forma, compartilharam o espírito da festa; e se lembraram daqueles que amavam e estavam longe e esperavam também ser por eles lembrados.

Para Scrooge, foi grande a surpresa ao ouvir os gemidos do vento e pensar no quão solene era mover-se pelas trevas solitárias sobre um abismo ignoto, cujas profundezas eram segredos tão obscuros como a Morte: foi para Scrooge grande surpresa, enquanto assim cismava, ouvir uma alegre gargalhada. E a surpresa foi ainda maior ao nela reconhecer o sobrinho e encontrá-lo num quarto iluminado, seco e brilhante, com o Espírito a sorrir ao seu lado e a olhar para o mesmo sobrinho com simpatia e carinho!

— Ah, ah! — ria o sobrinho de Scrooge. — Ah, ah, ah!

Se o Leitor, por um acaso improvável, conhecer alguém com uma risada melhor que a do sobrinho de Scrooge, só posso dizer que também eu gostaria de conhecê-lo. Apresente-o a mim, e cultivarei sua amizade.

É uma combinação justa, equitativa e nobre que se, por um lado, temos transmissão de doenças e aflições, por outro, nada há de mais irresistivelmente contagioso que a gargalhada e o bom humor. Enquanto o sobrinho de Scrooge ria com as mãos nos flancos, sacudindo a cabeça e contorcendo o rosto do jeito mais extravagante, a sobrinha de Scrooge, por matrimônio, ria tão gostoso como ele. E, como os amigos reunidos não ficavam nem um pouco para trás, todos riam às gargalhadas.

— Ah, ah! Ah, ah, ah, ah!

— Ele disse que o Natal era uma bobagem, meu Deus! — exclamava o sobrinho de Scrooge. — E até acreditava nisso!

— Que vergonha para ele, Fred! — disse a sobrinha de Scrooge, indignada. Abençoadas sejam essas mulheres, nada deixam pela metade. Levam tudo a ferro e fogo.

Ela era muito bonita, bonita demais. Com covinhas, um ar de surpresa, um rosto sincero; uma boquinha madura, que parecia feita para ser beijada — como, sem dúvida, o era; todo tipo de adoráveis covinhas no queixo, que se fundiam numa só quando ela ria; e o mais luminoso par de olhos que já se viu na cabecinha de uma criatura. Enfim, era o que se podia chamar de sedutora, mas também de fonte de satisfação. Ah, muita satisfação!

— É um sujeito cômico — disse o sobrinho de Scrooge —, esta é que é a verdade: nem tão simpático como poderia ser. Mas seus defeitos trazem consigo seu próprio castigo, e nada tenho contra ele.

— Tenho certeza de que ele é muito rico, Fred — sugeriu a sobrinha de Scrooge. — Pelo menos, é o que você sempre *me* disse.

— E daí, querida? — disse o sobrinho de Scrooge. — A riqueza é inútil para ele. Não faz nenhum bem com ela. Não leva uma vida confortável. Não tem o prazer de pensar — ah, ah, ah! — que Nos vai beneficiar com ela.

— Não tenho paciência com ele — observou a sobrinha de Scrooge. As irmãs da sobrinha de Scrooge exprimiram a mesma opinião.

— Eu tenho! — disse o sobrinho de Scrooge. — Tenho pena dele; não conseguiria zangar-me com ele, mesmo que quisesse. Quem é que sofre com seus maus bofes? Ele mesmo, sempre. Pôs na cabeça que não gosta de nós e não quer vir jantar conosco. E daí? Não vai perder um grande jantar.

— Eu acho que perde um ótimo jantar — interrompeu a sobrinha de Scrooge. Todos concordaram, e deve-se admitir que eram juízes competentes, pois mal tinham acabado de jantar e, com a sobremesa servida, estavam reunidos ao redor do fogo, à luz de uma lâmpada.

— Fico feliz em ouvir isso — disse o sobrinho de Scrooge —, porque não levo muita fé nessas jovens donas de casa. O que *você* me diz disso, Topper?

Topper estava evidentemente de olho numa das irmãs da sobrinha de Scrooge, pois respondeu que um homem solteiro é um pária desqualificado, sem direito a dar sua opinião sobre o assunto. Ao ouvir isso, a irmã da sobrinha de Scrooge — a gorduchinha de lenço de renda, não a de rosas — enrubesceu.

— Vá em frente, Fred — disse a sobrinha de Scrooge, batendo as mãos. — Ele nunca termina o que começa a dizer! É um sujeito ridículo!

O sobrinho de Scrooge caiu de novo na gargalhada, e foi impossível evitar o contágio, embora a irmã gorduchinha fizesse de tudo para isso, cheirando vinagre aromático; o exemplo dela foi imitado por todos.

— Eu ia dizer — disse o sobrinho de Scrooge — que a consequência de não simpatizar conosco e não vir divertir-se aqui é, a meu ver, que ele perde alguns bons momentos, que não poderiam fazer-lhe nenhum mal. Tenho certeza de que perde companheiros mais divertidos do que os que pode encontrar em suas próprias ideias, tanto no escritório úmido como no apartamento empoeirado. Pretendo oferecer-lhe a mesma oportunidade todos os anos, goste ele disso ou não, pois sinto pena dele. Pode caçoar do Natal até morrer, mas não vai conseguir evitar ter uma melhor opinião a respeito — eu o desafio — ao me ver chegar de bom humor, ano após ano, e dizer: Tio Scrooge, como vai? Se isso só lhe der vontade de entregar cinquenta libras ao pobre auxiliar de escritório, já *é* alguma coisa; e acho que mexi com ele, ontem.

Era a vez de eles rirem, agora, à ideia de ele ter abalado Scrooge. Dono, porém, de um temperamento de profunda bondade, e sem se preocupar com aquilo de que riam, encorajou-os em sua hilaridade, fazendo circular alegremente a garrafa.

Depois do chá, música. Pois formavam uma família musical, e posso garantir que sabiam o que faziam quando cantavam em conjunto ou em solo: principalmente o Topper, que podia rosnar para valer no baixo, sem inchar as largas veias da testa ou ficar de cara vermelha. A sobrinha de Scrooge tocava harpa muito bem, e executou, entre outros números, uma arieta bem simples (algo de nada, que se pode aprender a assobiar em dois minutos), bem conhecida da menininha que fora buscar Scrooge na escola, como lhe fez lembrar o Fantasma do Natal Passado. Ao ouvir aquela melodia, voltaram-lhe à mente todas as coisas que o Fantasma lhe mostrara; cada vez mais comovido, pensou que, se pudesse ouvi-la com frequência, anos atrás, teria cultivado, com suas próprias mãos, para sua própria felicidade, os bons sentimentos da vida, sem recorrer à pá do coveiro que enterrara Jacob Marley.

Mas não dedicaram a noite inteira à música. Pouco depois, começaram a jogar *forfeits*,[5] pois é bom ser criança às vezes, e melhor do que nunca no Natal, em que seu onipotente Fundador era ele mesmo uma criança. Espere! Houve antes um jogo de cabra-cega! É claro que sim. E não creio que Topper estivesse realmente cego, tampouco que tivesse olhos nas botas. Na minha opinião, a coisa foi combinada entre ele e o sobrinho de Scrooge, e o Fantasma do Natal Presente estava a par. A maneira como ele saiu atrás da irmã gorduchinha de lenço de renda foi um insulto à credulidade da natureza humana. Derrubando o guarda-fogo, tropeçando nas cadeiras, topando com o piano ou sufocando preso entre as cortinas, onde quer que ela fosse, lá ia ele atrás. Ele sempre sabia onde a irmã gorduchinha estava. Não pegava mais ninguém. Se você topasse com ele, como aconteceu com alguns, e ficasse ali parado, ele fingiria que tentava agarrar você, o que teria sido uma afronta à sua inteligência, e logo em seguida sairia de novo atrás da irmã gorduchinha. Ela gritava que não era justo, e de fato não era. Mas quando, finalmente, ele a agarrou; quando, apesar do frufru da seda do vestido dela

---

[5] Antigo jogo infantil inglês, que consiste em colocar uma prenda sobre a cabeça de um dos participantes, que para recuperá-la devia obedecer às ordens de um juiz.

e dos movimentos rápidos para escapar de seu perseguidor, ele a encurralou num canto, sem escapatória, o comportamento de Topper foi realmente execrável. Pois, ao fingir não a reconhecer, ao fingir que era necessário tocar os cabelos dela e, para certificar-se da sua identidade, enfiar um anel no dedo dela e um colar ao redor de seu pescoço, ele foi vil, monstruoso! Não há dúvida de que ela lhe disse a sua opinião a respeito, quando, com outra cabra-cega no exercício da função, os dois permaneceram tanto tempo trocando confidências por trás das cortinas.

A sobrinha de Scrooge não participou do jogo de cabra-cega, mas se instalou numa poltrona, com os pés sobre um escabelo, num cantinho da sala; o Fantasma e Scrooge estavam logo atrás dela. Mas participou do jogo de prendas e se saiu admiravelmente bem, contando como era o seu amor com todas as letras do alfabeto. O mesmo aconteceu no jogo do Como, Quando, Onde, no qual, para secreta alegria do sobrinho de Scrooge, ela vencia de lavada as irmãs, embora estas também fossem garotas espertas, como Topper podia garantir. Talvez houvesse vinte pessoas ali, entre jovens e velhos, mas todos participaram das brincadeiras, até mesmo o Scrooge, que, esquecendo-se completamente do interesse que tinha no que estava acontecendo e de que sua voz não produzia nenhum som nos ouvidos dos presentes, às vezes dava seu palpite em voz alta, e muitas vezes acertava em cheio, até. Pois a agulha mais fina, a melhor Whitechapel,[6] com as melhores garantias de fabricação, não era mais aguçada que Scrooge, apesar da mania de se mostrar grosseirão.

O Fantasma estava felicíssimo em vê-lo assim animado, e o encarava com um ar de tanta condescendência que Scrooge lhe pediu, como um menininho, que o deixasse ficar até os convidados partirem. Mas o Espírito respondeu que não era possível.

---

[6] Bairro operário de Londres, famoso pelas manufaturas de metal e, em especial, de agulhas.

— Vai começar uma nova brincadeira — disse Scrooge. — Só mais meia hora, Espírito, por favor!

Era um jogo chamado *Sim e Não*, em que o sobrinho de Scrooge tinha de pensar em alguma coisa e os demais deviam descobrir o que era; ele só respondia às perguntas com um sim ou um não, conforme o caso. O pesado fogo de perguntas a que foi submetido fez com que ele tivesse de admitir estar pensando num animal, num animal vivo, um animal um tanto desagradável, um animal selvagem, um animal que às vezes rosnava e grunhia, às vezes falava, vivia em Londres e passeava pelas ruas sem usar coleira, e não participava de exposições nem vivia num zoológico, não era morto no mercado e não era nem cavalo, nem burro, nem vaca, nem touro, nem tigre, nem cachorro, nem porco, nem gato, nem urso. A cada nova pergunta que lhe faziam, o sobrinho caía de novo na gargalhada; e o riso era tão irresistível que ele era obrigado a se levantar e bater com os pés no chão. Por fim, a irmã gorduchinha, caindo num estado parecido, exclamou:

— Descobri! Já sei o que é, Fred! Já sei o que é!

— E o que é? — exclamou Fred.

— É o seu tio Scro-o-o-o-oge!

E era mesmo. A sensação geral foi de admiração, embora alguns objetassem que a resposta a "É um urso?" devia ter sido "Sim"; uma vez que a resposta negativa foi suficiente para descartarem o Sr. Scrooge, supondo que alguma vez seu nome lhes tivesse passado pela cabeça.

— Ele fez com que nos divertíssemos para valer — disse Fred —, e seria ingratidão de nossa parte não brindar à saúde dele. Aqui tenho um copo de ponche na mão, e digo "Ao tio Scrooge!".

— Muito bem! Ao tio Scrooge! — exclamaram todos.

— Um feliz Natal e um feliz Ano-Novo ao velho, o que quer que ele seja! — disse o sobrinho de Scrooge. — Ele não o aceitaria de mim, mas aqui vai, mesmo assim. Ao tio Scrooge!

O tio Scrooge tornara-se imperceptivelmente tão alegre e de coração tão leve que teria brindado de volta à companhia que desconhecia a sua presença e lhes teria dirigido um discurso inaudível de agradecimento, se o Fantasma lhe tivesse dado tempo para isso. Mas o cenário inteiro desapareceu assim que foi pronunciada a última palavra do sobrinho; e ele e o Espírito retomaram suas viagens.

Muitas coisas viram, e muito distante foram, e muitos lares visitaram, mas sempre com um final feliz. O Espírito esteve ao lado do leito de doentes, e estavam contentes; em terras estrangeiras, e estavam perto de casa; junto a homens em liça, e tinham paciência em sua esperança maior; junto à pobreza, e ela era rica. Em casas de caridade, hospitais, prisões, em cada refúgio da miséria, cuja porta não houvesse sido barrada por homens vãos, em sua breve e mesquinha autoridade, ele deixou a sua bênção e ensinou a Scrooge os seus preceitos.

Foi uma noite longa, se fosse só uma noite; mas Scrooge tinha suas dúvidas, porque os feriados de Natal pareciam concentrar-se no espaço de tempo que passaram juntos. Também era estranho que, enquanto Scrooge permanecia inalterado em sua forma exterior, o Fantasma claramente envelhecia cada vez mais. Observara Scrooge essa mudança, mas nenhuma vez tocou no assunto, até saírem de uma festa infantil de Dia dos Reis, quando, ao olhar para o Espírito num lugar aberto, notou que seu cabelo estava grisalho.

— É assim tão breve a vida dos Espíritos? — perguntou Scrooge.

— A minha vida neste globo é brevíssima — respondeu o Fantasma. — Acaba esta noite.

— Esta noite! — exclamou Scrooge.

— Esta noite, à meia-noite. Ouve! A hora está chegando!

Os sinos batiam quinze para a meia-noite naquele momento.

— Peço perdão se não tenho direito de lhe perguntar isto — disse Scrooge, olhando atentamente para a túnica do Espírito —, mas estou vendo algo estranho, que não lhe pertence, saindo de tuas vestes. É um pé ou uma pata!

— Podia ser uma pata, pela carne que há sobre ela — foi a triste resposta do Espírito. — Olha.

Das pregas de sua túnica, ele tirou duas crianças: desgraçadas, abjetas, assustadoras, medonhas, miseráveis. Elas se ajoelharam a seus pés e se agarraram às dobras de sua roupa.

— Homem, olha isto. Olha, olha isto aqui! — exclamou o Fantasma.

Eram um menino e uma menina. Amarelentos, raquíticos, enrugados, carrancudos, vorazes, mas prostrados, também, em sua humildade. Ali onde a graciosa infância deveria ter enchido seus traços e os retocado com suas mais suaves tintas, uma mão ressecada e atrofiada, como a da velhice, os havia apertado e retorcido e puxado até reduzi-los a farrapos. Ali onde os anjos poderiam ter estabelecido seus tronos, os diabos espreitavam e lançavam olhares ameaçadores. Nenhuma metamorfose, nenhuma degradação, nenhuma perversão da humanidade, em nenhum grau, em todos os mistérios da maravilhosa criação, produziram monstros cujo horror e pavor chegassem à metade daqueles.

Scrooge deu um salto para trás, aterrorizado. Tendo-lhe sido mostradas daquela maneira, tentou dizer que eram lindas crianças, mas as palavras se engasgaram por si mesmas na garganta, não querendo participar de mentira tão deslavada.

— Espírito, elas são suas? — Nada mais Scrooge conseguiu dizer.

— São do Homem — disse o Espírito, abaixando os olhos para elas. — E elas se agarram a mim, para se queixar dos pais. Este menino é a Ignorância. A menina é a Carência. Cuidado com os dois, e com toda a espécie deles, mas, antes de tudo, cuidado com o menino, pois vejo que em sua testa está escrito Juízo Final, a menos que as palavras sejam apagadas. Nega-o! — exclamou o Espírito, estendendo a mão para a cidade. — Calunia aqueles que te falam! Aceita-o para teus propósitos facciosos, e piora ainda as coisas! Mas cuidado com o final!

Ilustração: John Leech

— Eles não têm nenhum amparo ou refúgio? — exclamou Scrooge.

— Não há prisões? — disse o Espírito, devolvendo-lhe pela última vez suas próprias palavras. — Não há asilos?

O sino bateu meia-noite.

Olhou Scrooge ao seu redor, à procura do Fantasma, mas não o viu. Quando a última badalada parou de vibrar, lembrou-se da predição do velho Jacob Marley e, erguendo os olhos, viu um solene Fantasma, vestido de uma túnica de capucho, vindo na sua direção, como uma nuvem de neblina.

QUARTA ESTROFE
O ÚLTIMO DOS ESPÍRITOS

Aproximou-se o Fantasma, lento, grave, calado. Quando chegou perto, Scrooge caiu de joelhos, pois até no ar em que o Espírito se movia parecia espalhar desalento e mistério.

Envolvia-o um traje negro, que lhe ocultava a cabeça, o rosto e as formas, e nada deixava visível, salvo a mão estendida. A não ser por isso, seria difícil distinguir da noite a sua figura e separá-la das trevas que a rodeavam.

Percebeu que ele era alto e imponente quando chegou ao seu lado, e que a sua presença misteriosa o enchia de um solene pavor. Nada mais sabia, pois o Espírito não falava nem se movia.

— Estou na presença do Fantasma do Natal Vindouro? — disse Scrooge.

O Espírito não respondeu, mas apontou para a frente com a mão.

— Vais mostrar-me as sombras das coisas que ainda não aconteceram, mas acontecerão nos tempos futuros — prosseguiu Scrooge. — É isso, Espírito?

A parte superior da veste contraiu-se por um momento, como se o Espírito inclinasse a cabeça. Foi essa a única resposta que recebeu.

Embora já acostumado, a essa altura, às companhias espectrais, Scrooge sentiu tanto medo da silenciosa figura que suas pernas começaram a tremer, e percebeu que mal conseguia permanecer de pé enquanto se preparava para segui-la. Parou o Espírito por um momento, como se observasse o seu estado e lhe desse tempo para se recuperar.

Mas Scrooge ficou ainda mais perturbado com isso. Causava-lhe um vago e incerto horror saber que, por trás daquele lençol escuro, havia dois olhos fantasmais cravados sobre ele, enquanto ele, mesmo esforçando-se ao máximo, nada podia ver, senão a mão espectral e uma grande massa preta.

— Fantasma do Futuro! — exclamou. — Temo a ti mais do que a qualquer outro Espectro que tenha visto antes. Mas como sei que o teu objetivo é ajudar-me, e como espero ser outro homem, bem diferente do que fui, estou preparado para te fazer companhia, com um coração cheio de gratidão. Não vais falar comigo?

Não obteve resposta. A mão apontava direto à frente deles.

— Guia-me! — disse Scrooge. — Guia-me! A noite declina rapidamente, e sei que este é um tempo precioso para mim. Guia-me, Espírito!

Afastou-se o Espírito como se havia aproximado. Scrooge o seguiu à sombra de sua túnica, que o elevou e o levou consigo, segundo lhe pareceu.

Não parecia que houvessem adentrado a cidade, mas que a cidade tivesse surgido diante deles e os envolvido, por sua própria iniciativa. Mas lá estavam eles, no coração dela; na Bolsa, entre os corretores, que corriam para cima e para baixo, faziam tilintar o dinheiro nos bolsos, conversavam em grupos e consultavam os relógios etc. etc., como Scrooge os vira tantas vezes.

Parou o Espírito junto a um grupinho desses homens de negócios. Observando que sua mão apontava para eles, Scrooge adiantou-se para ouvir o que falavam.

— Não — disse um homem alto e obeso, com um queixo monstruoso —, seja como for, não sei muito sobre isso. Só sei que ele morreu.

— Quando foi? — perguntou outro.

— Na noite passada, acho.

— Como, qual era o problema com ele? — perguntou um terceiro, tomando uma enorme quantidade de rapé de uma grande caixa. — Eu achava que ele não morreria nunca.

— Deus é que sabe — disse o primeiro, num bocejo.

— O que ele fez com o dinheiro? — perguntou um cavalheiro de rosto corado, com uma excrescência suspensa à ponta do nariz, que se balançava como a papada de um peru.

— Nada ouvi sobre isso — disse o homem de queixo grande, bocejando outra vez. — Talvez o tenha deixado para a empresa. Não o deixou para *mim*. É tudo o que sei.

A piada foi recebida com uma risadaria geral.

— Provavelmente será um funeral bem barato — disse o mesmo sujeito —, pois juro que não conheço ninguém que vá estar presente. O que acham de irmos todos, mesmo sem convite?

— Não me importo de ir, se oferecerem uma refeição — observou o cavalheiro com a excrescência no nariz. — Mas tem de haver algo para comer, se eu for.

Outra risadaria.

— Parece que eu sou o mais abnegado entre nós, afinal — disse o primeiro que falou —, pois jamais uso luvas pretas e jamais aceito os lanches oferecidos. Mas me proponho a ir, se ninguém mais for. Pensando bem, acho até que eu era o melhor amigo dele, pois costumávamos parar para conversar sempre que nos encontrávamos. Adeus!

Dispersou-se o grupo, tanto os que falaram como os que ouviram, e se misturaram com outros grupos. Scrooge conhecia aqueles homens e se voltou para o Espírito em busca de uma explicação.

O Fantasma entrou por uma rua. Seu dedo apontava para duas pessoas que se encontravam. Scrooge voltou a escutar, julgando que a explicação pudesse estar ali.

Também conhecia aqueles homens perfeitamente. Eram homens de negócios, riquíssimos e de grande importância. Fizera questão de estar sempre de bem com eles, de um ponto de vista comercial, é claro, estritamente comercial.

— Como vai? — disse um deles.

— Como vai? — replicou o outro.

— Bem! — disse o primeiro. — Parece que chegou finalmente a hora do Velho Diabo, não é?

— É o que me disseram — replicou o segundo. — Está frio, não?

— O normal em tempos de Natal. Você não patina, não é?

— Não, não. Tenho mais em que pensar. Tenha um bom dia!

Nem mais uma palavra. Assim foi o encontro, a conversa e a despedida.

De início, Scrooge estava inclinado à surpresa por ver que o Espírito dava importância a conversas aparentemente tão triviais, mas, na certeza de que elas deviam ter algum sentido oculto, pôs-se a matutar sobre qual seria. Dificilmente poderiam ter algo que ver com a morte de Jacob, seu velho sócio, pois aquilo era Passado, e a província desse Fantasma era o Futuro. Nem conseguiu pensar em ninguém diretamente ligado a ele, a quem pudesse relacioná-las. Mas sem duvidar por um instante que, aplicassem-se elas a quem quer que fosse, possuíam alguma moral latente para sua própria edificação, resolveu guardar para si cada palavra que ouvia e cada coisa que via e, em especial, observar a sombra de si mesmo quando aparecesse. Pois tinha a expectativa de que o comportamento de seu futuro eu lhe daria a chave que faltava e lhe tornaria fácil a solução do enigma.

Ficou à espreita, naquele mesmo lugar, da sua própria imagem, mas outro homem ocupava o seu canto habitual, e, embora o relógio marcasse a hora do dia em que costumava passar por ali, não viu ninguém que se parecesse consigo em meio à multidão que se espremia para passar pelo Pórtico. Aquilo não o deixou muito surpreso, porém, pois vinha planejando uma mudança de vida, e julgou e esperou ver naquilo a realização de seus novos projetos de vida.

Calado e soturno, a seu lado estava o Fantasma, com a mão esticada. Quando despertou de sua pensativa investigação, imaginou, pela posição da mão e por sua situação relativamente a ele mesmo, que os Olhos Não Vistos o estivessem observando atentamente. Isso lhe provocou arrepios e um frio intenso.

Deixaram o cenário agitado e foram a uma parte obscura da cidade, onde Scrooge jamais penetrara antes, embora reconhecesse a sua localização e a sua má fama. Eram estreitas e sujas as ruas; as casas e lojas, miseráveis; as pessoas, seminuas, bêbadas, desmazeladas, feias. Becos e arcadas, como cloacas, vomitavam fedores, sujeiras e vidas sobre as ruas irregulares; e o bairro inteiro respirava crime, lixo e miséria.

No fundo daquele fim de mundo infame, havia uma loja saliente e baixa, sob um toldo, onde se vendiam ferragens, farrapos velhos, vasilhames, ossos e os restos dos pratos do jantar passado. Dentro, sobre o chão, se empilhavam chaves enferrujadas, pregos, correntes, gonzos, limas, pratos de balança, pesos e todo tipo de ferragem. Segredos que poucos gostariam de investigar esparramavam-se e se escondiam em montanhas de trapos repugnantes, massas de gordura podre e sepulcros de ossos. Sentado em meio às mercadorias, ao lado de um fogão de tijolos velhos, estava um pilantra septuagenário de cabelos grisalhos, que se protegera do ar frio de fora com uma cortina embolorada, feita de retalhos díspares, suspensa a uma corda; e fumava seu cachimbo, na volúpia de sua calma solidão.

Scrooge e o Fantasma chegaram à presença desse homem ao mesmo tempo que uma mulher com um pesado pacote entrava na loja. Mal entrara ela, e já outra mulher, igualmente carregada, também entrava; e esta foi logo seguida por um homem vestido de preto desbotado, cuja surpresa não foi menor ao vê-las ali, do que a delas ao se reconhecerem uma à outra. Depois de um breve momento de muda estupefação, compartilhada pelo homem de cachimbo, os três caíram na gargalhada.

— Primeiro as faxineiras! — exclamou a que entrara primeiro. — Depois a lavadeira; e por último, o papa-defuntos. Veja só, velho Joe, que sorte! Nos encontramos aqui sem ter combinado nada.

— Não podiam ter-se encontrado em lugar melhor — disse o velho Joe, tirando o cachimbo da boca. — Entrem no salão. A entrada é franca para você já faz tempo, como sabe; e os outros dois não são estranhos. Esperem que vou fechar a porta da loja. Ah! Como é barulhenta! Não se encontram por aí mais gonzos enferrujados que aqui; e tenho certeza de que não há ossos velhos como estes meus. Ah, ah! Nosso estoque é perfeito. Vamos entrando no salão. Vamos entrando.

O salão era o espaço que ficava por trás da cortina de retalhos. O velho atiçou o fogo com uma vara tirada de uma escada e, depois de reavivar a lamparina esfumaçada (pois já era noite) com a haste do cachimbo, tornou a levá-lo até a boca.

Enquanto isso, a mulher que já havia falado jogou seu pacote no chão e se sentou, numa postura desenvolta, sobre um banquinho; cruzou os cotovelos sobre os joelhos e olhou provocadoramente para os outros dois.

— Quais as novidades, Sra. Dilber? — disse a mulher. — Todos têm o direito de se cuidar. É o que *ele* sempre fez!

— É verdade — disse a lavadeira. — Ninguém mais que ele.

— Então, não precisa ficar aí arregalando os olhos, mulher, como se estivesse com medo! Quem é mais esperta? Não vamos criticar uns aos outros, não é?

— Claro que não! — disseram a Sra. Dilber e o homem em uma só voz. — É o que esperamos.

— Muito bem, então! — exclamou a mulher. — É o que basta. Quem é prejudicado com a perda de umas coisinhas destas? Não o defunto, com certeza.

— Claro que não — disse a Sra. Dilber, rindo.

— Se ele quisesse conservá-las depois de morto, o mão de vaca — prosseguiu a mulher —, por que não levou uma vida natural, como todo o mundo? Teria tido alguém ao seu lado para cuidar dele quando a Morte o levou, em vez de dar o último suspiro sozinho.

— Nunca se disse nada mais verdadeiro — disse a Sra. Dilber. — Teve o que mereceu.

— Por mim, ele teria um castigo ainda mais pesado — replicou a mulher —, e teria sido assim, pode ter certeza, se eu conseguisse pôr a mão em mais alguma coisa. Abra o pacote, velho Joe, e me diga quanto vale. Nada de embromações. Não tenho medo de ser a primeira, nem que eles vejam as coisas que eu trouxe. Sabíamos muito bem que estávamos ali para tirar nosso proveito, antes de nos encontrarmos aqui. Não é pecado. Abra o pacote, Joe.

Mas a galanteria de seus amigos não permitiu isso; e o homem vestido de petro desbotado, aproveitando primeiro a oportunidade, mostrou o fruto da *sua* pilhagem. Não era muita coisa. Um ou dois carimbos, um estojo de caneta, um par de abotoaduras e um pingente de pouco valor, e nada mais. Tudo foi severamente examinado e avaliado pelo velho Joe, que marcou com giz na parede o valor que estava disposto a pagar e calculou o total quando viu que não havia mais nada.

— Esta é a sua conta — disse Joe —, e não pagaria mais um tostão, mesmo que me mergulhassem em água fervente. Quem é o próximo?

A seguinte foi a Sra. Dilber. Lençóis e toalhas, um terno, duas colheres de chá de prata à moda antiga, uma pinça de açúcar e algumas botas. O valor total também foi calculado na parede, do mesmo modo.

— Sempre pago demais às mulheres. É uma fraqueza minha, que vai acabar me arruinando — disse o velho Joe. — Aqui está o que lhe pago. Se me pedisse mais um tostão e quisesse barganhar, me arrependeria de ser tão generoso e retiraria meia coroa da minha oferta.

— E agora, abra o *meu* pacote, Joe — disse a primeira mulher.

Joe se ajoelhou para melhor executar a operação de abertura e, depois de desatar bom número de nós, tirou de dentro um grande e pesado rolo de alguma coisa escura.

— O que é isso? — disse Joe. — Cortinados de cama?

— Ah! — replicou a mulher, rindo e curvando-se para a frente de braços cruzados. — Cortinados de cama!

— Você não vai me dizer que os arrancou, com os anéis e tudo, com ele deitado lá, vai? — disse o Joe.

— Foi isso mesmo — respondeu a mulher. — E por que não?

— Você nasceu para ganhar muito dinheiro — disse o Joe. — E com certeza vai conseguir.

— Com certeza não vou recuar a mão quando posso esticá-la para agarrar alguma coisa, só por causa de um homem daqueles, eu lhe garanto, Joe — replicou a mulher, com frieza. — E não derrame óleo sobre os cobertores, agora.

— Os cobertores dele? — perguntou Joe.

— E de quem mais poderiam ser? — respondeu a mulher. — Ele não vai pegar um resfriado por estar sem eles, garanto.

— Espero que ele não tenha morrido de alguma doença contagiosa. Não é? — disse o velho Joe, interrompendo o trabalho e erguendo a cabeça.

— Não precisa ter medo disso — tornou a mulher. — Não era tão apegada a ele a ponto de permanecer ao lado dele se tivesse uma dessas doenças. Ah! Pode olhar para esta camisa até os olhos começarem a doer, e não vai achar nenhum buraquinho nela, nem algum puído. Era a melhor que ele tinha, muito elegante. Se eu não estivesse lá, eles a teriam desperdiçado.

— O que você chama de desperdiçar?

— Vesti-la nele para ser enterrado, é claro — respondeu a mulher, com uma risada. — Algum louco a vestiu nele, mas eu a tirei. Se o calicó não servir para essas ocasiões, não serve para mais nada. É ótimo para cobrir um corpo. Ele não pode ficar mais feio do que estava com aquela.

Scrooge ouviu horrorizado aquele diálogo. Enquanto estavam sentados ao redor dos seus despojos, à minguada luz da lamparina do velho, observava-os com tamanha abominação e repulsa que ela não poderia ser maior mesmo se fossem demônios obscenos, a negociar seu próprio cadáver.

— Ah, ah! — riu a mesma mulher, enquanto o velho Joe, mostrando uma bolsa de flanela com dinheiro dentro, contava o devido a cada um sobre o assoalho. — Este é o fim, meus amigos! Ele espantou todos para longe enquanto estava vivo, para nos favorecer depois de morto! Ah, ah, ah!

— Espírito! — disse Scrooge, tremendo da cabeça aos pés. — Entendi, entendi. A sorte desse homem desgraçado poderia ser a minha. É a isso que leva uma vida como a minha. Deus de misericórdia, o que é isso?

Recuou de terror, pois o cenário havia mudado e agora estava junto a uma cama: uma cama sem cortinado: sobre ela, em cima de um pano rasgado, jazia alguma coisa que, embora silenciosa, anunciava a si mesma numa linguagem terrível.

O quarto estava muito escuro, escuro demais para poder ser visto com alguma precisão, embora Scrooge olhasse ao redor, obedecendo a um impulso secreto, ansioso por conhecer que tipo de quarto fosse. Uma luzinha pálida, erguendo-se no ar exterior, bateu direto sobre a cama; e sobre ela, jazia o corpo daquele homem despojado, roubado, abandonado, junto a quem ninguém chorava e com quem ninguém se preocupava.

Scrooge lançou um olhar para o Fantasma. Sua mão ereta apontava para a cabeça. O lençol fora jogado sobre ele com tamanha negligência que o mero movimento de um dedo da parte de Scrooge teria revelado seu rosto. Ele pensou nisso, percebeu como seria fácil fazê-lo e quis fazê-lo; mas não tinha nenhum poder de levantar o pano, como tampouco podia mandar embora o espectro ao seu lado.

Ó fria, fria, rígida, terrível Morte, ergue aqui o teu altar, e enfeita-o com todos os terrores que tens sob teu comando: pois este é o teu reino! Mas da cabeça amada, reverenciada e honrada, não podes fazer um único fio de cabelo servir a teus terríveis planos ou tornar odioso um único traço. Não que a mão não se torne pesada e caia quando erguida; não que o coração e o pulso não estejam silenciosos; mas a mão ERA aberta, generosa e verídica; o coração corajoso, caloroso e carinhoso; e o pulso, o de um homem. Golpeia, Sombra, golpeia! E vê suas boas ações jorrarem da ferida, para espalhar pelo mundo a vida imortal!

Nenhuma voz pronunciou essas palavras ao ouvido de Scrooge e, no entanto, ele as ouviu ao olhar para a cama. Pensou: se esse homem pudesse erguer-se agora, quais seriam seus primeiros pensamentos? Avareza, crueldade, cobiça? Elas o levaram a um belo fim, de fato!

Jaz ele na casa vazia e escura, sem ninguém, homem, mulher ou criança, para dizer: ele foi bom comigo nisto ou naquilo e em memória de uma só palavra boa eu serei bom com ele. Um gato arranhava a porta, e se ouvia o barulho dos ratos a roerem alguma coisa atrás da lareira. O que *eles* queriam no quarto mortuário, e por que estavam tão agitados e excitados, Scrooge não ousava imaginar.

— Espírito! — disse ele. — Este é um lugar medonho. Ao deixá-lo, não vou esquecer-me de sua lição, garanto. Vamos embora!

Mas o Fantasma continuava apontando com o dedo imóvel para a cabeça.

— Compreendo-te — tornou Scrooge —, e faria isso, se pudesse. Mas não posso, Espírito. Não posso.

Mais uma vez ele pareceu observá-lo.

— Se houver alguém na cidade que se sinta comovido pela morte deste homem — disse Scrooge, agoniado —, mostra-me essa pessoa, Espírito, eu lhe imploro!

Estendeu o Fantasma a sua túnica negra à sua frente por um instante, como uma asa; e, ao retirá-la, revelou um quarto iluminado pelo sol, onde havia uma mãe com seus filhos.

Ela estava ansiosamente à espera de alguém, pois caminhava de um lado para o outro pela sala; assustava-se com qualquer barulhinho; espreitava pela janela; consultava o relógio; tentava, sem resultado, costurar; e mal conseguia suportar a voz das crianças que brincavam.

Por fim, fez-se ouvir a tão esperada batida à porta. Ela correu até lá e deu com seu marido; um homem de rosto preocupado e deprimido, embora jovem. Nele havia agora uma expressão notável; uma espécie de prazer triste, do qual sentia vergonha, e que se empenhava em reprimir.

Sentou-se para comer o jantar que fora mantido quente para ele, junto ao fogo; e, quando ela lhe perguntou por notícias (o que só aconteceu depois de um longo silêncio), ele pareceu não saber como responder.

— É boa notícia — disse ela — ou má? — para ajudá-lo.

— Má — respondeu ele.

— Estamos completamente falidos?

— Não. Ainda há esperança, Caroline.

— Se *ele* ceder — disse ela, estupefata —, haverá! Se tal milagre tiver acontecido, pode-se esperar tudo.

— Ele não pode mais ceder — disse o marido. — Ele morreu.

Era ela uma criatura mansa e paciente, e seu rosto demonstrava isso; mas se sentia grata, do fundo do coração, por ouvir aquilo, e o confessou, batendo palmas. Um instante depois, ela pediu desculpas e se sentiu arrependida; mas a primeira era a verdadeira emoção que sentia no coração.

— Aquilo que a mulher meio bêbada, a respeito de quem lhe falei, me disse na noite passada, quando tentei vê-la para obter um adiamento de uma semana, e que pensei que fosse mera desculpa para me evitar, era pura verdade. Ele não estava só muito doente, estava agonizante.

— Para quem a sua dívida vai passar?

— Não sei. Mas antes disso teremos o dinheiro para pagar; e mesmo que não o tenhamos, será muito azar se seu sucessor for tão cruel como ele. Hoje, podemos dormir aliviados, Caroline!

Sim. Por mais que disfarçassem, seus corações estavam aliviados. Estavam mais luminosos os rostos das crianças, que se haviam reunido ao redor deles para ouvir o que tão pouco entendiam; e aquela era uma casa mais feliz pela morte daquele homem! A única emoção que o Fantasma foi capaz de lhe mostrar, causada por sua morte, foi o contentamento.

— Mostra-me alguma ternura relacionada com essa morte — disse Scrooge —, ou esse quarto escuro, Espírito, de que acabamos de sair, permanecerá para sempre presente na minha lembrança.

Guiou-o o Espírito por várias ruas que seus pés conheciam muitíssimo bem; e, enquanto caminhavam, Scrooge olhava para lá e para cá, em busca de si mesmo, mas não conseguiu ver-se em nenhum lugar. Entraram na casa do pobre Bob Cratchit, a mesma que ele visitara antes, e se depararam com a mãe e as crianças sentadas ao redor do fogo.

Tudo estava calmo, muito calmo. Os barulhentos pequenos Cratchits estavam estáticos como estátuas, num cantinho, e olhavam para Peter, que tinha um livro à sua frente. A mãe e as filhas costuravam. Mas com certeza estavam muito tranquilas!

— "E Ele chamou para si uma criança e a sentou entre eles."[7]

Onde ouvira Scrooge aquelas palavras? Não havia sonhado com elas. O menino devia tê-las lido em voz alta, enquanto ele e o Espírito entravam. Por que ele não ia adiante?

A mãe largou seu trabalho sobre a mesa, e levou a mão ao rosto.

— Essa cor me faz doerem os olhos — disse ela.

A cor? Ah, pobre Tiny Tim!

— Estão melhores agora — disse a esposa de Cratchit. — A luz das velas os irrita, e eu não gostaria de mostrar olhos irritados a seu pai quando ele chegar, por nada neste mundo. Ele já deve estar chegando.

---

[7] Mateus, 18:2.

— Já passou da hora — respondeu Peter, fechando o livro. — Mas acho que ele tem caminhado um pouco mais devagar que de costume nesses últimos dias, mamãe.

Estavam todos calados de novo. Por fim, disse ela, com uma voz firme e alegre, que estremeceu uma só vez:

— Eu o vi caminhar muito depressa... eu o vi caminhar muito depressa com Tiny Tim sobre os ombros...

— Eu também — exclamou Peter. — Muitas vezes.

— Eu também! — exclamou outro. E todos disseram o mesmo.

— Mas ele era muito levinho — prosseguiu ela, absorta no trabalho —, e seu pai o amava tanto que aquilo não era problema. E aí vem o seu pai!

Ela correu para recebê-lo; e o pequeno Bob entrou, enrolado em seu cachecol — o pobre sujeito precisara dele. Seu chá estava à sua espera, junto ao fogo, e todos começaram a disputar quem mais o ajudaria a se servir. Então, os dois Cratchits caçulas subiram nos joelhos do pai e apoiaram cada um o próprio rostinho contra a face do pai, como se dissessem: "Não se importe com isso, papai! Não se aborreça!".

Bob mostrou-se muito alegre com eles e falou em tom divertido com toda a família. Olhou para o trabalho de costura da mãe sobre a mesa e elogiou a habilidade e a rapidez da Sra. Cratchit e das meninas. Aquilo estaria acabado bem antes do domingo, disse ele.

— Domingo! Você foi lá hoje, então, Robert? — disse a esposa.

— Fui, sim, querida — respondeu Bob. — Gostaria que você tivesse podido ir. Ia gostar de ver como é verde o lugar. Mas você vai poder vê-lo muitas vezes. Prometi a ele que iria passear por lá um domingo. Meu menininho! — exclamou Bob. — Meu menininho!

Ele desabou de uma só vez. Não conseguiu resistir. Se tivesse conseguido, ele e o filho teriam estado ainda mais distantes um do outro, talvez, do que já estavam.

Saiu da sala e subiu as escadas até o quarto de cima, que estava iluminado alegremente e decorado de visco e azevinho para o Natal. Havia uma cadeira colocada ao lado da cama da criança, com sinais de que alguém havia estado ali havia pouco. O pobre Bob sentou-se nela e, depois de refletir por um momento e se compor, beijou o rostinho querido. Resignou-se com o que acontecera, e desceu muito contente.

Reuniram-se junto ao fogo para conversar; as meninas e a mãe continuaram a trabalhar. Bob lhes falou da extraordinária bondade do sobrinho do Sr. Scrooge, que antes mal havia visto uma única vez e que, encontrando-o na rua naquele dia e vendo que ele tinha um ar um pouco — "um pouquinho desanimado, sabe como é", disse Bob, perguntou-lhe o que havia acontecido para aborrecê-lo assim.

— Então — disse Bob —, por ele ser o cavalheiro mais afável que se possa imaginar, eu lhe contei o que se passara. "Lamento profundamente tudo isso, Sr. Cratchit", disse ele, "e lamento muitíssimo por sua excelente esposa." Aliás, como ele sabia *disso*, não tenho a mínima ideia.

— Sabia o quê, meu querido?

— Que você é uma excelente esposa — respondeu Bob.

— Todos sabem disso! — disse Peter.

— Muito bem observado, garoto! — exclamou Bob. — Espero que eles saibam. "Lamento muitíssimo", disse ele, "por sua excelente esposa. Se eu lhe puder ser útil de algum modo", disse ele, entregando-me o seu cartão, "é aí que eu moro. Por favor, procure-me." Ora, não foi — exclamou Bob — pelo que ele pudesse fazer por nós, mas pelas suas maneiras tão afáveis, que aquilo tanto me encantou. Parecia até que ele conhecera o nosso Tiny Tim e sentisse saudades dele, como nós.

— Tenho certeza de que tem uma boa alma! — disse a Sra. Cratchit.

— Estaria ainda mais certa disso, querida — tornou Bob —, se o visse e conversasse com ele. Não me surpreenderia, escreva o que lhe digo, se ele conseguisse um emprego melhor para Peter.

— Ouviu isso, Peter? — disse a Sra. Cratchit.

— E então — exclamou uma das meninas — Peter vai casar e se estabelecer por conta própria.

— Vá passear! — replicou Peter, com um esgar.

— Pode ser que sim, pode ser que não — disse Bob —, um dia desses, mas ainda há muito tempo para isso. Mas, seja como e quando for que nos separemos uns dos outros, tenho certeza de que nenhum de nós vai esquecer-se do pobre Tiny Tim — não é? — ou dessa primeira despedida que houve entre nós!

— Nunca, papai! — exclamaram todos.

— E eu sei — disse Bob —, eu sei, meus queridos, que quando nos lembrarmos de como ele era doce e paciente, embora fosse pequenininho, pequeninho, não vai ser fácil brigarmos uns com os outros, esquecendo-nos do pobre Tiny Tim ao fazer isso.

— Não, nunca, papai! — exclamaram todos eles.

— Fico muito contente — disse o pequeno Bob —, fico muito contente!

A Sra. Cratchit o beijou, suas filhas o beijaram, os dois Cratchits caçulas o beijaram e até Peter lhe apertou a mão. Espírito de Tiny Tim, tua essência infantil vinha de Deus!

— Espectro — disse Scrooge —, algo me diz que a nossa despedida está próxima. Sei disso, mas não sei como. Dize-me de quem era aquele cadáver que vimos?

O Fantasma do Natal Vindouro transportou-o, como antes — embora num tempo diferente, pensou ele: de fato, parecia não haver ordem nessas últimas visões, salvo pertencerem ao Futuro —, para lugares frequentados por homens de negócios, mas não lhe mostrou seu outro eu. Na verdade, o Espírito não se deteve em nenhum lugar, mas passou direto, seguindo na direção do destino desejado, até que Scrooge lhe implorou que parasse por um momento.

— Aquele pátio — disse Scrooge —, pelo qual passamos apressados, é onde fica o meu local de trabalho, há muitos anos. Posso ver a casa. Permite-me ver o que serei no futuro.

O Espírito estacou, com a mão apontada para outro lugar.

— A casa fica ali — exclamou Scrooge. — Por que apontas em outra direção?

O inexorável dedo permaneceu imóvel.

Scrooge correu até a janela do seu escritório e olhou para dentro. Ainda era um escritório, mas não o seu. A mobília não era a mesma, e a pessoa que ocupava a cadeira não era ele. O Fantasma continuava apontando na mesma direção.

Juntou-se a ele mais uma vez e, perguntando-se por que partira e para onde fora, acompanhou-o até chegarem a um portão de ferro. Parou para examinar o ambiente antes de entrar.

Um cemitério. Aqui jazia sob a terra, portanto, o desgraçado cujo nome iria agora conhecer. Era um lugar digno. Cercado pelo muro das casas; invadido pela grama e pelo mato, a exuberância da morte vegetal, não da vida; superlotado de sepulturas, obeso até a repugnância. Um lugar digno!

O Espírito parou em meio aos túmulos e apontou para Um deles. Scrooge avançou até lá, trêmulo. O Fantasma estava exatamente como sempre fora, mas Scrooge teve medo de descobrir um novo significado em sua figura solene.

— Antes de me aproximar mais dessa terra para a qual apontas — disse Scrooge —, responde a uma pergunta. São estas as sombras das coisas Futuras, ou são as sombras das coisas que Podem Vir a Ser, apenas?

O Fantasma continuou apontando para o túmulo junto ao qual estava.

— Os itinerários dos homens prenunciam certos destinos aos quais, se palmilhados até o fim, devem chegar — disse Scrooge. — Mas se se afastarem desses percursos, os destinos mudarão. Diz-me se o mesmo acontece com as cenas que me mostras!

O Espírito permaneceu imóvel, como sempre.

Scrooge arrastou-se até ele, todo trêmulo; e, acompanhando o dedo, leu sobre a pedra da sepultura abandonada o seu próprio nome: EBENEZER SCROOGE.

Ilustração: John Leech

— Sou *eu* aquele homem que jaz sobre a cama? — gritou, caindo de joelhos.

O dedo apontou do túmulo para ele e dele para o túmulo.

— Não, Espírito! Ah, não! Não!

O dedo continuava imóvel.

— Espírito! — exclamou ele, agarrando-se firme à sua túnica. — Escuta-me! Já não sou o mesmo homem que fui. Não serei o homem que eu seria, se não fosse por este encontro. Por que me mostras estas coisas, se já não há nenhuma esperança?

Pela primeira vez, a mão pareceu hesitar.

— Bom Espírito — prosseguiu ele, prosternado à sua frente —, tua natureza intercede por mim e tem piedade de mim. Diz-me que ainda posso mudar essas sombras que me mostraste, se levar uma vida nova!

A boa mão estremeceu.

— Honrarei de coração o Natal e me esforçarei para fazer isso a cada ano. Viverei no Passado, no Presente e no Futuro. Os Espíritos dos três hão de empenhar-se dentro de mim. Não vou esquecer-me das lições que eles me ensinam. Ah, diz-me que posso apagar a inscrição desta pedra!

Em sua agonia, segurou a mão espectral. Ela tentou soltar-se, mas ele foi mais forte em sua súplica, e a deteve. O Espírito, ainda mais forte, repeliu-o.

Erguendo as mãos numa última súplica para reverter o próprio destino, viu uma alteração na túnica e no capucho do Fantasma. Ele encolheu, caiu e se transformou numa coluna de cama.

QUINTA ESTROFE
O FIM

Sim! E a coluna era a da sua própria cama, em seu próprio quarto. E o que era ainda melhor, o Tempo à sua frente ainda era seu, para poder corrigi-lo!

— Viverei no Passado, no Presente e no Futuro! — repetiu Scrooge, enquanto pulava da cama. — Os Espíritos de todos os Três hão de se esforçar ao máximo dentro de meu peito. Ah, Jacob Marley! Glória a Deus e ao Natal por isto! Digo-o de joelhos, velho Jacob, de joelhos!

Estava também tão animado e tão empolgado com suas boas intenções que sua voz mal correspondia ao seu ímpeto. Havia soluçado violentamente no conflito com o Espírito, e seu rosto estava banhado em lágrimas.

— Elas não foram retiradas — exclamou Scrooge, dobrando uma das cortinas nos braços —, não foram retiradas, com os anéis e tudo. Estão aqui; eu estou aqui; a sombra das coisas que teriam sido podem ser exorcizadas. E serão. Sei que serão!

Suas mãos estavam ocupadas com as roupas durante todo esse tempo: virando-as do avesso, vestindo-as de ponta-cabeça, rasgando-as, deixando-as cair, submetendo-as a toda espécie de extravagâncias.

— Não sei o que faço! — exclamou Scrooge, rindo e chorando ao mesmo tempo e fazendo de si mesmo um perfeito Laocoonte com suas meias. — Sinto-me leve como uma pluma, feliz como um anjo, alegre como um colegial, tonto como um bêbado. Feliz Natal para todos! Feliz Ano-Novo para o mundo inteiro! Olé! Uau! Olé!

Entrara pulando na sala de estar, e agora estava lá, parado, completamente sem fôlego.

— Ali está a panelinha com a papa de aveia! — exclamou Scrooge, saltando de novo ao redor da lareira. — Lá está a porta, pela qual entrou o Fantasma de Jacob Marley! Ali está o canto onde apareceu o Espírito do Natal Presente! Lá está a janela através da qual vi os Espíritos errantes! Está tudo certo, tudo é verdade, tudo isso aconteceu mesmo! Ah, ah, ah!

De fato, para um homem fora de forma por tantos anos, até que foi uma esplêndida, ilustríssima gargalhada. A mãe de uma longa linhagem de brilhantes gargalhadas!

— Não sei que dia do mês é hoje! — disse Scrooge. — Não sei quanto tempo passei entre os Espíritos. Não sei nada. Sou um verdadeiro bebezinho. Não importa. Prefiro ser um bebê, mesmo. Olé! Uau! Alô aí!

Foi interrompido em seus arroubos pelas igrejas, que repicavam os mais entusiasmados sinos que ele jamais ouvira. Tam, plam, pam, ding, dong, plim. Plom, dong, ding, plam, tum! Ah! Glória! Glória!

Correndo até a janela, ele a abriu e colocou a cabeça para fora. Nada de neblina, nem névoa; um frio puro, límpido, alegre e buliçoso; um frio que incitava o sangue a dançar; luz do sol dourada; céu incomparável; ar fresco e perfumado; sinos alegres. Ah! Glória! Glória!

— Que dia é hoje? — exclamou Scrooge, chamando da janela um menino que passava em trajes de domingo, que talvez tivesse parado para observá-lo.

— Hã?? — tornou o menino, espantadíssimo.

— Que dia é hoje, meu amiguinho? — disse Scrooge.

— Hoje! — respondeu o garoto. — Mas hoje é NATAL!

— É Natal! — disse Scrooge com seus botões. — Não perdi o Natal! Os Espíritos fizeram tudo aquilo numa única noite. Podem fazer o que quiserem. Claro que podem. Claro que podem. Olá, meu amiguinho!

— Olá! — respondeu o menino.

— Você conhece o vendedor de aves, na segunda rua, na esquina?

— Acho que sim!

— Menino inteligente! — disse Scrooge. — Um garoto notável! Sabe se eles venderam o belo Peru que estava pendurado lá? Não o Peru barato, mas o grandão?

— Aquele do meu tamanho? — perguntou o menino.

— Que garoto sensacional! — disse Scrooge. — É um prazer conversar com ele. Aquele mesmo, meu caro!

— Ainda está pendurado lá — respondeu o menino.

— Está? — disse Scrooge. — Vá lá e o compre.

— Não acredito! — exclamou o menino.

— Não, não — disse Scrooge —, falo sério. Vá lá e o compre e diga a eles que o tragam aqui, para que eu lhes passe o endereço aonde devem entregá-lo. Traga o homem aqui e eu lhe darei um xelim. Volte com ele em menos de cinco minutos e eu lhe darei meia coroa!

O menino saiu correndo como uma flecha. Para conseguir disparar uma flecha com a metade da velocidade do menino, o arqueiro deve ter uma mão muito, mas muito firme mesmo!

— Vou mandá-lo para a casa de Bob Cratchit! — sussurrou Scrooge, torcendo as mãos e estourando de rir. — Eles não vão saber quem o mandou. O peru é o dobro do Tiny Tim. Nem o Joe Miller[8] jamais armou uma cena como esta de mandar o peru para o Bob!

---

[8] Ator cômico inglês do século XVIII.

A letra com que escreveu o endereço não estava firme, mas conseguiu escrevê-lo, de qualquer modo, e desceu as escadas para abrir a porta da rua, pronto para receber o empregado da loja de aves. Enquanto esperava, seus olhos deram com a aldraba.

— Vou amar você por toda a minha vida! — exclamou Scrooge, acariciando-a com a mão. — Eu mal havia olhado para ela alguma vez! Que expressão honesta no rosto! Magnífica aldraba! — Aí vem o peru. Olá! Uau! Como vai? Feliz Natal!

Aquele era um Peru! Ela jamais conseguiria ficar de pé, aquela ave. Teria quebrado as pernas em menos de um minuto, como bastõezinhos de cera de lacre.

— Uau, vai ser impossível carregar isso até Camden Town — disse Scrooge. — Você tem de pegar um cabriolé de aluguel.

O riso com que disse isso e o riso com que pagou o Peru e o riso com que pagou o cabriolé, e o riso com que recompensou o menino só podiam ser superados pelo riso com que tornou a se sentar, ofegante, em sua cadeira, e riu até as lágrimas.

Barbear-se não foi tarefa fácil, pois a mão continuava a tremer muito, e barbear-se exige atenção, mesmo quando não dançamos enquanto nos barbeamos. Mas se tivesse arrancado fora a ponta do nariz, teria colocado uma peça de gesso no lugar e teria ficado muito satisfeito.

Vestiu "a melhor roupa" e finalmente saiu. A multidão, naquele momento, invadia as ruas, como pudera observar com o Espírito do Natal Presente; e, caminhando com as mãos para trás, Scrooge olhava para todos com um sorriso maravilhado. Ele parecia tão irresistivelmente simpático, em suma, que três ou quatro sujeitos bem-humorados lhe disseram: "Bom dia, meu senhor! Um feliz Natal para o senhor!" E, mais tarde, disse Scrooge muitas vezes que, de todos os sons agradáveis que já ouvira, aqueles foram os mais agradáveis a seus ouvidos.

Não caminhara muito quando, vindo na sua direção, viu o distinto cavalheiro que entrara em seu escritório na véspera e dissera: "Scrooge & Marley's, creio eu". Sentiu uma dor no coração ao pensar como o velho cavalheiro o encararia quando se encontrassem, mas conhecia o caminho que se abria à sua frente e o seguiu.

— Meu caro senhor — disse Scrooge, apertando o passo e segurando o velho cavalheiro com ambas as mãos. — Como vai? Espero que tenha conseguido o que queria ontem. Foi muita gentileza sua. Um feliz Natal, meu senhor!

— Sr. Scrooge?

— Sim — disse Scrooge. — Esse é o meu nome, e receio que ele, talvez, não lhe seja agradável. Quero pedir-lhe perdão. Teria o Senhor a bondade... — e aqui Scrooge sussurrou alguma coisa em seu ouvido.

— Meu Deus do Céu! — exclamou o cavalheiro, como sem fôlego. — Meu caro Sr. Scrooge, está falando sério?

— Por favor — disse Scrooge. — Nem um centavo a menos. Vão incluídos aí muitos juros de mora, eu lhe garanto. O senhor me faria esse favor?

— Meu caro senhor — disse o outro, apertando-lhe a mão. — Nem sei o que dizer ante tanta gener...

— Não diga nada, por favor — replicou Scrooge. — Venha visitar-me. Posso contar com isso?

— Claro! — exclamou o velho cavalheiro. E estava claro que era essa a sua intenção.

— Muito obrigado! — disse Scrooge. — Agradeço-lhe de coração. Mil vezes obrigado! Deus o abençoe!

Foi à igreja e caminhou pelas ruas e observou a multidão correndo para cima e para baixo, e deu tapinhas na cabeça das crianças, e conversou com mendigos, e espiou a cozinha das casas e pelas janelas, e descobriu que tudo lhe podia proporcionar prazer. Jamais havia sonhado que um passeio — ou qualquer outra coisa — pudesse proporcionar-lhe tanta felicidade. Ao cair da tarde, dirigiu-se para a casa do sobrinho.

Passou pela porta umas dez vezes antes de ganhar coragem para subir e bater. Mas respirou fundo e conseguiu:

— Seu patrão está em casa, minha cara? — disse Scrooge à criada. Bela moça! Muito bonita.

— Está, sim, senhor.

— Onde está ele, meu bem? — disse Scrooge.

— Está na sala de jantar, com a patroa. Vou levar o senhor até o salão, por favor.

— Obrigado! Ele me conhece — disse Scrooge, com a mão já na maçaneta da porta da sala de jantar. — Vou entrar aqui, minha cara.

Girou-a devagar e introduziu o rosto pela fresta. Eles estavam olhando para a mesa (servida como para uma festa), pois esses casais jovens são muito sensíveis a essas coisas e gostam de se certificar de que tudo está certo.

— Fred! — disse Scrooge.

Meu Deus, que susto levou a sua sobrinha por casamento! Scrooge se esquecera, por um momento, de que ela estava sentada num canto, com um escabelo sob os pés, ou jamais teria feito aquilo, de jeito nenhum.

— Ai de mim! — exclamou Fred. — Quem está aí?

— Sou eu. Seu tio Scrooge. Vim jantar. Posso entrar, Fred?

Deixá-lo entrar! Por pouco não lhe arrancava o braço fora, tão caloroso foi o aperto de mão! Em cinco minutos, já se sentia em casa. Nada podia ser mais cordial. A sobrinha parecia a mesma. O mesmo se pode dizer de Topper quando *ele* chegou. E também da irmã gorduchinha, quando *ela* chegou. E também de todos os demais, quando *eles* chegaram. Que festa maravilhosa, que jogos maravilhosos, que maravilhosa unanimidade, que ma-ra--vi-lho-sa felicidade!

Mas chegou cedo ao escritório na manhã seguinte. Ah, chegou bem cedinho. Se pudesse ser o primeiro a chegar e surpreender Bob Cratchit chegando atrasado! Era isso o que mais queria.

E conseguiu; é, conseguiu! O relógio deu as nove horas. Nada de Bob. Nove e quinze. Nada de Bob. Estava dezoito minutos e meio atrasado. Scrooge sentou-se com a porta escancarada, para poder vê-lo chegar à Cisterna.

Já tinha tirado o chapéu, quando abriu a porta, e o cachecol também. Num piscar de olhos já estava sentado em seu banquinho, fazendo correr a pluma, como se quisesse alcançar as nove horas.

— Olá! — rosnou Scrooge, imitando o melhor que podia a sua voz habitual. — O que tem na cabeça para chegar a esta hora do dia?

— Sinto muito, Senhor Scrooge — disse Bob. — Eu *estou* atrasado.

— Está? — repetiu Scrooge. — É verdade, acho que está, mesmo. Chegue mais perto, por favor.

— É só uma vez por ano, Senhor Scrooge — desculpou-se Bob, vindo da Cisterna. — Não vai acontecer de novo. Eu me diverti muito ontem, patrão.

— Agora, vou dizer-lhe uma coisa, meu amigo — disse Scrooge —, não vou mais tolerar esse tipo de coisa. E por isso... — prosseguiu ele, saltando do banco onde estava sentado e dando tal cutucão em seu colete que o empurrou de volta para a Cisterna — e por isso vou aumentar o seu salário!

Bob estremeceu e chegou um pouco mais perto da régua. Passou-lhe pela cabeça, por um momento, derrubar Scrooge com ela, segurá-lo e chamar o pessoal do pátio para ajudá-lo, trazendo uma camisa de força.

— Feliz Natal, Bob! — disse Scrooge, com uma voz séria que não deixava margem a dúvidas, enquanto lhe dava um tapinha nas costas. — Um Natal mais feliz, Bob, meu amigo, do que os que lhe tenho dado por muitos anos! Vou aumentar o seu salário e tentar ajudar a sua família batalhadora, e vamos discutir os seus problemas esta tarde mesmo, junto a uma caneca natalina de ponche fumegante, Bob! Acenda os fogos e vá comprar outro balde de carvão, antes de pingar outro *i*, Bob Cratchit!

Scrooge fez mais do que prometera. Fez tudo aquilo, e infinitamente mais; e para Tiny Tim, que NÃO morreu, foi um segundo pai.

Ilustração: John Leech

Tornou-se um amigo tão bom, um patrão tão bom e um homem tão bom, como jamais a boa e velha cidade conhecera, ou qualquer outra boa e velha cidade, vila ou aldeia do bom e velho mundo. Algumas pessoas riram ao ver como ele mudara, mas ele as deixou rir e não se importou; pois era sábio o bastante para saber que nada de bom jamais aconteceu neste globo que no começo não tenha provocado o riso; e sabendo que aquela gente era cega mesmo, pensou que, afinal, mais valia que a doença se manifestasse por não conseguirem abrir os olhos de tanto rirem, do que por formas menos atraentes. Seu próprio coração ria, e isso era o suficiente para ele.

Não teve mais encontros com Espíritos, mas passou a viver segundo o Princípio de Total Abstinência; e sempre diziam dele que sabia festejar o Natal melhor que ninguém. Possam dizer o mesmo de nós, de todos nós! E então, como observou Tiny Tim, Deus Nos abençoe a Todos e a Cada Um de Nós!

O HOMEM POSSESSO E O PACTO COM O FANTASMA
UMA FANTASIA DE NATAL

❄

Ilustração: J. Tenniel

CAPÍTULO I
O DOM CONCEDIDO

Era o que todos diziam.
Longe de mim afirmar que o que todos dizem deva ser verdade. Muitas vezes, todos podem estar errados ou certos. Segundo a experiência geral, todos têm estado errados tantas vezes, e na maioria dos casos demoram tanto tempo para descobrir quão errados estão, que a sua autoridade se demonstrou falível. Às vezes, todos podem estar certos; "mas não é *esta* a regra", como diz o fantasma de Giles Scroggins na balada.[1]

A medonha palavra, FANTASMA, faz-me lembrar.

Todos diziam que ele parecia um possesso. A razão de minha atual menção à opinião de todos é que, neste caso, ela era correta. Ele, de fato, parecia possesso.

Quem poderia ter visto suas faces cavadas, seus olhos fundos e brilhantes, sua figura vestida de negro, indefinivelmente sinistra, embora de belo porte e proporção; seus cabelos grisalhos que escorriam, como algas do mar, sobre o rosto — como se ele tivesse sido, a vida inteira, o alvo da ira e da crueldade do

---

[1] *Giles Scroggins Ghost*, canção do compositor inglês Charles Dibdin (1745 – 1814).

profundo oceano da humanidade — sem dizer que ele parecia um homem possesso?

Quem poderia observar as suas maneiras taciturnas, introspectivas, melancólicas, obscurecidas pela habitual reserva, sempre retraído e jamais alegre, com um jeito atormentado de quem retorna a tempos e lugares passados ou de quem ouve velhos ecos em sua mente, sem dizer que aquele era o comportamento de um homem possesso?

Quem poderia ter ouvido a sua voz, lenta, profunda, grave, com uma plenitude natural e uma melodia própria, contra as quais ele parecia manter-se alerta, sem dizer que aquela era a voz de um possesso?

Quem, tendo-o visto em seus aposentos secretos, parte biblioteca, parte laboratório — pois era ele, como sabiam todos, um químico de alta competência e um professor de cujos lábios uma multidão de olhos e ouvidos aspirantes estava diariamente suspensa —, quem, tendo-o visto ali, numa noite de inverno, sozinho, rodeado por suas substâncias e instrumentos e livros; com a sombra de sua lamparina encoberta, como um monstruoso besouro sobre a parede, imóvel entre uma multidão de formas espectrais lá projetadas pelo bruxuleio do fogo sobre os estranhos objetos que o circundavam; alguns desses fantasmas (o reflexo de recipientes de vidro cheios de líquidos) tremendo convulsivamente, como coisas que soubessem do poder dele de decompor e de devolver suas partes constituintes ao fogo e ao vapor; quem, tendo-o visto então, encerrado o trabalho, meditando em sua poltrona diante da grade enferrujada e da chama avermelhada, movendo os lábios finos como se falasse, mas silencioso como a morte, não diria que aquele homem parecia possesso, assim como seu quarto?

Quem, por um óbvio ímpeto de imaginação, não teria acreditado que tudo ao redor dele adquiria aquele seu ar possesso e que ele vivia em terreno possesso?

Sua morada era tão solitária, tão semelhante a uma câmara mortuária, uma parte antiga e retirada de uma velha residência estudantil, outrora um glorioso edifício, situado num espaço amplo e aberto, mas hoje o obsoleto capricho de esquecidos arquitetos, enegrecido pela fumaça, pelo tempo e pelas intempéries, esmagado de todos os lados pelo crescimento descontrolado da cidade grande e estrangulado, como um velho poço, por pedras e tijolos; seus pequenos pátios, que jaziam como poços formados pelas ruas e pelos edifícios que, ao longo do tempo, haviam sido construídos mais altos que suas maciças chaminés; suas velhas árvores, feridas pela neblina ambiente, que se dignava a descer tão baixo quando era muito leve e o tempo, muito instável; seus canteiros, que lutavam com a terra coberta de fungos para sobreviverem como tais, ou pelo menos chegarem a algum tipo de compromisso; seus calçamentos silenciosos, desacostumados ao rumor dos passos e até à observação dos olhos, salvo quando um rosto perdido os observava do alto, dando tratos à bola para imaginar que lugar fosse aquele; seu relógio de sol, situado num cantinho formado por tijolos, onde nenhum raio de sol batia havia mais de um século, mas onde, em compensação pela negligência do sol, a neve se acumulava durante semanas depois que já não se encontrava em mais nenhum lugar, e o escuro vento leste, zunindo, rodopiava como um pião, quando em todos os outros lugares permanecia silencioso e imóvel.

Sua morada, na sua parte mais íntima — internamente — junto à lareira — era tão baixa e velha, tão maluca, mas tão forte, com suas vigas de madeira comidas pelos vermes no teto e seu pavimento inclinado para a grande lareira de carvalho; tão espremida e cercada pela pressão da cidade, mas tão distante da moda, da época e dos costumes; tão silenciosa, mas tão ribombante de ecos quando se erguia uma voz ou quando se fechava uma porta, ecos que não se limitavam aos muitos corredores estreitos e quartos vazios, mas urravam e murmuravam até ser sufocados pelo ar pesado da esquecida Cripta em que as arcadas normandas se enterravam pela metade no solo.

Vocês deveriam vê-lo em sua residência ao crepúsculo, nos dias mortos de inverno.

Quando o vento soprava, agudo e penetrante, com o pôr do sol opaco. Quando a escuridão era tal que as formas das coisas se tornavam indistintas e vastas, mas não completamente perdidas. Quando os que se sentavam ao redor do fogo começavam a ver estranhos rostos e figuras, montanhas e abismos, emboscadas e exércitos, nos carvões. Quando a gente nas ruas abaixava a cabeça e corria contra a intempérie. Quando aqueles que foram obrigados a enfrentá-la foram encurralados num canto obscuro, atormentados por flocos de neve que se prendem aos cílios — flocos que caíam raros demais e eram dispersos rápido demais para deixar algum rastro no solo gelado. Quando as janelas das residências estavam bem fechadas, para preservar o calor. Quando os lampiões de gás começavam a se acender nas ruas caladas e agitadas, enquanto tudo ao redor escurecia. Quando os passantes ocasionais, tiritando pelas calçadas, observavam a viva chama das cozinhas subterrâneas e aguçavam o apetite aguçado cheirando o aroma de milhas e milhas de jantares.

Quando os que viajavam por terra, açoitados pelo frio, observavam a sombria paisagem, tremendo às rajadas de vento. Quando os marujos no mar, navegando pelas águas geladas, eram sacudidos e jogados de lá para cá pelo oceano uivante, medonhamente. Quando os faróis, sobre rochedos e promontórios, se mostravam solitários e atentos; e os pássaros, surpreendidos pela noite, se chocavam contra suas imensas lanternas e caíam mortos. Quando os jovens leitores de livros de historinhas, à luz da lareira, tremiam ao pensar em Cassim Baba esquartejado e pendurado na caverna dos ladrões, ou eram tomados pela dúvida de se poderiam, uma dessas noites, topar, no andar de cima, na longa jornada até a cama, com aquela velhinha carregando a jarra, que costumava saltar da caixa no quarto de Abudah, o mercador.

Quando, em paragens rústicas, a última centelha da luz do dia morria no fim das veredas, e as árvores se curvavam para a frente, soturnas e negras. Quando, nos parques e nos bosques, as altas e úmidas samambaias e o musgo encharcado e camadas de folhas caídas e os troncos das árvores se perdiam de vista, em massas de impenetrável sombra. Quando a neblina subia dos aterros e dos pântanos e dos rios. Quando as luzes dos velhos prédios e das janelas dos chalés formavam uma alegre visão. Quando o moinho parava, os mecânicos e os ferreiros fechavam suas oficinas, as cancelas dos pedágios eram baixadas, o arado e o rastelo eram largados nos campos, o lavrador voltava para casa com seus ajudantes, e o dobrar do sino da igreja tinha um som mais fundo que ao meio-dia, e a portinhola do cemitério não mais se abriria essa noite.

Quando o crepúsculo libertava as sombras, prisioneiras durante todo o dia, que agora se reuniam e se comprimiam como um enxame de fantasmas. Quando elas se agachavam nos cantos das salas e faziam caretas por trás das portas entreabertas. Quando tomavam posse absoluta dos aposentos desocupados. Quando dançavam sobre o assoalho, as paredes e o teto dos quartos inabitados, quando o fogo estava baixo, e recuavam como a maré baixa quando o fogo se reavivava. Quando zombavam fantasticamente das formas dos objetos caseiros, transformando a criada em ogra, o cavalinho de pau em monstro, a criança espantada, meio assustada, meio divertida, numa estrangeira a si mesma, e até as pinças suspensas sobre a lareira num gigante escarranchado, com as mãos nos quadris, obviamente a farejar o sangue dos ingleses e louco para moer os ossos da gente, para fazer pão.

Quando essas sombras insinuavam no espírito dos anciãos outras ideias e lhes mostravam diferentes imagens. Quando saíam de seus esconderijos, tomando a forma e o rosto de seres do passado, vindos das sepulturas, do profundíssimo abismo em que as coisas que poderiam ter sido, mas nunca foram, estão sempre a vagar.

Quando ele se sentava, como dissemos, a observar o fogo. Quando, ao acender-se e esmorecer-se da chama, as sombras iam e vinham. Quando ele não dava atenção a elas com seus

Ilustração: C. Stanfield, RA

olhos corpóreos, mas, em meio ao ir e vir das sombras, observava fixamente o fogo. Deveria o leitor vê-lo nesse momento.

Quando os ruídos que surgiram com as sombras e saíram de seus pontos de observação ao chamado do crepúsculo pareciam criar uma imobilidade mais profunda ao seu redor. Quando o vento ribombava na chaminé, ora cantarolando, ora uivando, pela casa. Quando as velhas árvores lá fora eram tão sacudidas e surradas que uma velha gralha lamuriosa, não conseguindo dormir, protestava de quando em quando, com gritos fracos, sonolentos e agudos. Quando, a intervalos, a janela estremecia, o cata-vento enferrujado sobre o campanário se queixava, o relógio embaixo dele anunciava que mais um quarto de hora se passara e o fogo se desfazia e caía com estrépito.

Quando bateram à sua porta, em suma, enquanto ele estava assim sentado, e o despertaram.

— Quem é? — disse ele. — Entre!

Por certo, não havia ninguém debruçado sobre o espaldar da sua poltrona; nenhum rosto o observava por sobre ela. Não há dúvida de que nenhum passo havia tocado o chão quando ele ergueu a cabeça, assustado, e falou. E embora tampouco houvesse um espelho no quarto, em cuja superfície sua própria figura pudesse ter lançado sua sombra por um instante, Algo passara, obscuramente, por ali, para logo sumir!

— Receio, humildemente, meu Senhor — disse um homem corado e atarefado, que segurava a porta com o pé para que ele e uma bandeja que carregava pudessem entrar, e retirando o pé com todo cuidado, muito gradualmente, depois de ele e a bandeja terem passado, para que a porta não se fechasse com estrondo —, que eu esteja muito atrasado esta noite. Mas a Sra. William levou tantos tombos...

— Por causa do vento? Ah! Eu o ouvi soprar.

— Por causa do vento, meu senhor; e por milagre ela conseguiu chegar em casa. Ah, meu Deus. Foi por causa do vento, sim, Sr. Redlaw. Por causa do vento.

A essa altura, ele já havia largado a bandeja com o jantar, e estava ocupado em acender a lamparina e esticar a toalha de mesa. Mas logo desistiu daquilo, para atiçar e alimentar o fogo e, em seguida, retomar o que estava fazendo; a lamparina que ele acendera e a chama que se ergueu sob sua mão mudaram tão rapidamente a aparência do quarto que até parecia que a mera chegada de seu rosto corado e jovial e de suas maneiras ativas tivesse causado aquela agradável alteração.

— A Sra. William, é claro, está sujeita a ser derrubada a qualquer momento pelos elementos. *Isso* ela não consegue evitar.

— Não — tornou, bem-humorado, o Sr. Redlaw, ainda que bruscamente.

— Não. A Sra. William pode ser derrubada pela Terra, como, por exemplo, domingo retrasado; com toda aquela lama escorregadia, ela saiu para tomar chá com sua nova cunhada, e, orgulhosa como é, quis chegar sem nenhuma manchinha na roupa, mesmo indo a pé. A Sra. William pode ser derrubada pelo Ar, como quando foi convencida por uma amiga a experimentar um balanço na feira de Peckham, que imediatamente agiu sobre a sua constituição como a oscilação de um barco a vapor. A Sra. William pode ser derrubada pelo Fogo, como durante um falso alarme dos bombeiros na casa de sua mãe, quando correu duas milhas com a toca de dormir. A Sra. William pode ser derrubada pela Água, como em Battersea, quando seu sobrinho, Charley Swidger Jr., de doze anos, que nada entende de barcos a remo, a jogou contra o píer. Mas assim são os elementos. A Sra. William deve ser preservada deles, para que a força do *seu* caráter possa manifestar-se.

Quando parou à espera de resposta, a resposta foi "Sim", no mesmo tom de antes.

— Sim, senhor. Mas claro! — disse o Sr. Swidger, prosseguindo com os preparativos e os conferindo enquanto os fazia. — Assim é que é. É o que sempre digo. Somos tantos, os Swidgers!... Pimenta. O meu pai, por exemplo, zelador aposentado desta

Instituição, aos oitenta e sete anos. Ele é um Swidger!... Colher.

— É verdade, William — foi a paciente e abstrata resposta, quando ele mais uma vez parou de falar.

— É verdade — disse o Sr. Swidger. — É o que sempre digo. Podemos chamá-lo de tronco da árvore!... Pão. Chegamos, então, ao sucessor dele, minha indigna pessoa... Sal... e a Sra. William, ambos Swidgers... Garfo e faca. Temos, então, todos os meus irmãos, com as respectivas famílias, Swidgers, homens e mulheres, meninos e meninas. E com os primos, tios, tias e os parentes de todos os graus e não graus e os casamentos e os nascimentos, os Swidgers... copo... poderiam dar as mãos e formar uma roda ao redor da Inglaterra!

Ao não receber, dessa vez, nenhuma resposta do homem pensativo a que se dirigia, o Sr. William chegou mais perto dele e fingiu bater na mesa acidentalmente com um copo, para chamar a sua atenção. Tendo sido bem-sucedido, prosseguiu, como se tivesse pressa em aquiescer.

— Sim, Senhor! É exatamente o que digo. A Sra. William e eu sempre dizemos isso. "Há Swidgers demais", dizemos, "sem a *nossa* contribuição voluntária"... Manteiga. Na verdade, o meu pai é, por si só, uma família inteira... Galhetas... para se cuidar; e ainda bem que não temos filhos, embora isso tenha tornado a Sra. William um tanto sorumbática, também. Posso servir a galinha e o purê de batatas? A Sra. William disse que estaria tudo pronto em dez minutos, quando saí da guarita.

— Pode servir, sim — disse o outro, como se acordasse de um sonho, caminhando devagar de um lado para o outro.

— A Sra. William repetiu a dose, senhor! — disse o zelador, enquanto aquecia um prato na chama e se protegia do fogo com ele. O Sr. Redlaw interrompeu o seu ir e vir, e uma expressão de interesse surgiu em seu rosto.

— É o que sempre digo. Ela *vai* conseguir! Há um coração de mãe batendo no peito da Sra. William que deve e vai desafogar-se.

— O que ela fez?

— Não satisfeita em ser uma espécie de mãe para todos os jovens cavalheiros que chegam aqui de toda parte, para seguir os seus cursos nesta antiga instituição... é surpreendente como a porcelana absorve o calor neste tempo frio! — Ele, então, virou o prato e assoprou os dedos.

— E então? — disse o Sr. Redlaw.

— É o que sempre digo — tornou o Sr. William, falando sobre o ombro, como em pronta e completa anuência. — É exatamente isso! Não há nenhum de nossos estudantes que não veja a Sra. William sob esta luz. Todos os dias, eles mostram a cara na guarita, um depois do outro, todos eles com algo para lhe contar ou algo para lhe pedir. "Swidge", é assim que a chamam entre eles, segundo me disseram; mas é o que eu digo. É melhor ser chamado por um nome equivocado, se isso for feito com carinho, do que pelo nome correto, sem nenhuma ternura! Para que serve o nome? Para se conhecer a pessoa por ele. Se a Sra. William é conhecida por algo melhor que o nome dela — refiro-me às qualidades e ao caráter dela —, pouco importa seu nome, embora *seja* Swidger. Podem chamá-la de Swidge, Widge, Bridge... meu Deus!! London Bridge, Blackfriars, Chelsea, Putney, Waterloo ou Hammersmith Suspension, como quiserem!

O fim dessa triunfante oração trouxe a ele e ao prato de volta à mesa, sobre a qual ele em parte o colocou, e em parte o jogou, com a viva sensação de estar plenamente aquecido, no exato momento em que o tema de seus louvores entrava no quarto, trazendo outra bandeja e uma lamparina, e seguido de um venerável ancião de longos cabelos grisalhos.

A Sra. William, como o Sr. William, era uma pessoa simples, de ar inocente, em cujas faces macias o alegre vermelho do colete oficial de seu marido se repetia de um jeito muito agradável. Mas enquanto os cabelos loiros do Sr. William eram espetados e eretos sobre toda a cabeça e pareciam puxar seus olhos para cima, com um excesso de zelo pronto para o que desse e viesse, os cabelos castanho-escuros da Sra. William eram cuidadosamente penteados para baixo e ondulavam-se sob uma linda touca, do modo mais exato e sereno que se possa imaginar. Enquanto as calças do Sr. William se suspendiam sobre os calcanhares, como se contrariasse a sua natureza acinzentada permanecerem quietas sem observar o que acontecia ao redor, as saias da Sra. William, com estampas florais vermelhas e brancas, como seu rosto encantador, eram tão alinhadas e ordeiras como se mesmo o vento que soprava com tanta força lá fora não pudesse perturbar uma única de suas pregas. Enquanto o casaco do Sr. William tinha algo de fugidio e não caía bem na altura do colarinho e do peito, o miúdo corpete de sua esposa era tão plácido e correto que ela encontraria nele proteção, em caso de necessidade, até contra as pessoas mais rudes. Quem teria coragem de fazer um tão calmo colo arfar de aflição, ou palpitar de medo ou de vergonha! Quem seria surdo ao seu apelo pacífico e sereno contra as turbulências, como o sono inocente de uma criança!

— Pontual como sempre, Milly — disse o marido, tirando a bandeja das mãos dela —, ou não seria você. Eis aqui a Sra. William, professor!... Ele parece mais desolado do que nunca, esta noite — sussurrou ao ouvido da mulher, enquanto pegava a bandeja —, e também fantasmagórico.

Sem nenhuma pressa ou rumor e sem nenhuma ostentação pessoal, sempre calma e reservada, Milly colocou sobre a mesa os pratos que trouxera, enquanto o Sr. William, depois de muita correria e agitação ao redor da mesa, se apoderara de uma molheira, que segurava, pronto para servir.

— O que é isso que o velho traz nos braços? — perguntou o Sr. Redlaw, enquanto se sentava para a refeição solitária.

— Azevinho, professor — respondeu Milly, com sua voz calma.

— É o que sempre digo — cortou o Sr. William, avançando com a molheira. — Esta é a estação das frutas vermelhas! Molho escuro!

— Mais um Natal que chega, mais um ano que se vai! — murmurou o Químico, com um suspiro lúgubre. — Mais um número na longa soma de lembranças que volvemos e revolvemos, para nosso tormento, até que a Morte as misture todas e as jogue todas fora. Então, Philip! — disse, interrompendo-se e erguendo a voz, dirigindo-se ao velho, que permanecia à parte com seu reluzente fardo sobre os braços, do qual a serena Sra. William tomava uns raminhos, que cortava silenciosamente com as tesouras, e com eles decorava a sala, enquanto seu velho sogro observava a cena com muito interesse.

— Meus obséquios, professor — tornou o velho. — Eu deveria ter falado antes, mas conheço o seu jeito, Sr. Redlaw — e tenho orgulho disso — e aguardo até que o senhor me fale! Feliz Natal, professor, e um feliz Ano-Novo, e muitos deles! Eu mesmo já passei por muitos — ah, ah! — e posso tomar a liberdade de desejá-los ao senhor. Tenho oitenta e sete anos!

— Desses oitenta e sete, muitos foram alegres e felizes? — perguntou o outro.

— Muitos, professor. Muitos mesmo! — tornou o ancião.

— Sua memória foi afetada pela idade? É de se esperar — disse o Sr. Redlaw, voltando-se para o filho e falando em voz baixa.

— Nem um pouquinho, professor — tornou o Sr. William. — É exatamente o que sempre digo. Nunca houve memória como a do meu pai. Ele é o homem mais maravilhoso do mundo. Não sabe o que significa esquecer. É o que sempre comento com a Sra. William, professor, eu lhe garanto.

O Sr. Swidger, em seu delicado desejo de parecer concordar com tudo sempre, disse isso como se não houvesse nem um pingo de contradição naquilo e como se tudo tivesse sido dito em total e absoluto assentimento.

O Químico afastou de si o prato e, erguendo-se da mesa, caminhou pelo quarto até onde estava o velho, que observava um raminho de azevinho nas mãos.

— Isso o faz lembrar o tempo em que muitos desses velhos anos eram novos, não é? — disse ele, observando-o atentamente e segurando-o pelo ombro. — Não é mesmo?

Ilustração: F. Stone

— Ah, muitos e muitos! — disse Philip, como que acordando de seus devaneios. — Tenho oitenta e sete anos!

— Alegres e felizes, não é? — perguntou o químico, em voz baixa. — Alegres e felizes, velho?

— Lembro que eu talvez fosse deste tamanhinho — disse o ancião, baixando a mão um pouco acima do joelho e voltando-se para o seu interlocutor — quando os vi pela primeira vez! Era um dia frio e de sol, estava caminhando ao ar livre, quando alguém — era a minha mãe, com certeza, embora não me lembre do seu santo rosto, pois ela adoeceu e morreu naquele Natal mesmo — me disse que era comida de passarinho. O sujeitinho pensou — sou eu, claro — que os olhos dos passarinhos brilhavam tanto, talvez, porque as frutinhas vermelhas que comiam no inverno eram tão reluzentes. Lembro-me disso. E eu tenho oitenta e sete anos!

— Alegres e felizes! — cismou o outro, cravando seus olhos escuros na figura curvada do velho, com um sorriso de compaixão. — Alegres e felizes... e se lembra bem?

— Ai, ai, ai! — prosseguiu o ancião, retendo as últimas palavras. — Eu me lembro bem do meu tempo de escola, ano após ano, e de toda a farra que costumava vir com eles. Eu era um garoto durão, Sr. Redlaw, na época; e, posso garantir, não tinha páreo no futebol por toda a redondeza. Onde está o meu filho William? Não tinha páreo no futebol, William, por toda a redondeza!

— É o que sempre digo, papai! — tornou prontamente o filho, e com grande respeito. — O Senhor É um Swidger, se é que houve algum em toda a família!

— Meu querido! — disse o velhinho, balançando a cabeça enquanto tornava a observar o azevinho. — A mãe dele — do meu filho caçula, William — e eu nos sentamos entre eles, meninos e meninas, criancinhas e bebês, por muitos anos, quando o brilho das frutinhas como estas não chegavam nem perto do brilho dos rostinhos deles. Muitos deles já se foram; ela se foi; e o meu filho

George (o mais velho, que era o maior orgulho dela, mais que todos os outros!) está muito mal: mas posso vê-los, quando olho para isto, vivos e saudáveis, como eram naquele tempo; e posso vê-lo, graças a Deus, em sua inocência. É uma bênção para mim, aos oitenta e sete anos.

O olhar penetrante que nele fixara com tanta seriedade aos poucos foi buscando o chão.

— Quando a minha situação passou a ser não tão boa como antes, por não terem sido honestos comigo, e cheguei aqui para ser o zelador — disse o velho —, o que faz mais de cinquenta anos... onde está o meu filho William? Mais de meio século, William!

— É o que sempre digo, papai — tornou o filho, com a mesma rapidez e o mesmo respeito de antes —, é exatamente isso. Duas vezes tanto é tanto, duas vezes cinco é dez, e de lá se vai a cem.

— Era uma enorme satisfação saber que um de nossos fundadores... ou, melhor dizendo — disse o velho, muito orgulhoso do assunto e de seu conhecimento sobre ele —, um dos grandes eruditos que ajudaram a nos patrocinar nos tempos da rainha Elizabeth, pois a fundação é daqueles tempos — deixou em seu testamento, entre outros favores que nos fez, um montante para comprar azevinho, como enfeite para as paredes e as janelas, no Natal. Havia algo de familiar e amigo nisso. Sendo um estranho aqui, na época, e tendo chegado justo no tempo do Natal, sentimos uma espécie de simpatia pelo retrato que está no que costumava ser o nosso grande Salão de Banquetes, antes da mudança decidida pelos nossos pobres cavalheiros, em troca de uma quantia em dinheiro. Um senhor de ar tranquilo, barba pontuda, com um rufo ao redor do pescoço e um rolo de pergaminho por baixo, que, em velhas letras inglesas, dizia: "Senhor! Conserva fresca a minha memória!". O senhor sabe tudo sobre ele, professor Redlaw?

— Sei que o retrato ainda está lá, Philip.

— Com certeza, é o segundo à direita, em cima dos painéis de madeira. Eu ia dizer — ele tem ajudado a conservar fresca a *minha* memória, e lhe agradeço por isso; pois andar pelo prédio a cada ano, como estou fazendo agora, enfeitando as salas vazias com estes ramos e estas frutinhas, refresca o meu velho cérebro vazio. Um ano traz de volta o outro e este outro e os outros, muitos deles! Por fim, até parece que o dia do aniversário de Nosso Senhor é o dia do aniversário de todos aqueles por quem tive carinho, ou por quem chorei, ou que me divertiram — e eles são muitíssimos, pois tenho oitenta e sete anos!

— Alegres e felizes — murmurou Redlaw com seus botões.

O quarto começou estranhamente a escurecer.

— O senhor vê — prosseguiu o velho Philip, cujo rosto gelado se aquecera e assumira um brilho avermelhado, e cujos olhos azuis cintilavam enquanto falava —, tenho muito a preservar, quando preservo os tempos de Natal. Mas onde está a minha Ratinha? Falar demais é o pecado da minha idade, e ainda tenho metade do prédio para enfeitar, se o frio não nos enregelar antes ou se o vento não nos levar embora ou se o escuro não nos engolir.

A Ratinha aproximara o seu rosto sereno do dele e tomara silenciosamente as mãos do ancião, antes que ele acabasse de falar.

— Vamos embora, minha querida — disse o velhinho. — Senão, o Sr. Redlaw não vai acabar o seu jantar até ele ficar frio como o inverno. Espero que me desculpe pela tagarelice, professor. Eu lhe desejo uma boa noite e, mais uma vez, um feliz...

— Fique! — disse o Sr. Redlaw, voltando a ocupar o seu lugar à mesa, mais, a julgar pelo seu jeito, para tranquilizar o velho zelador do que em razão do próprio apetite. — Reserve para mim mais alguns momentos, Philip. William, você ia contar-me algo em honra de sua excelente esposa. Não há de ser desagradável para ela ouvir os seus elogios. O que era?

— Ah, é como lhe disse, professor — replicou o Sr. William Swidger, olhando para a mulher, muito constrangido. — A Sra. William está de olho em mim.

— Mas você não tem medo dos olhos da Sra. William, tem?

— Claro que não, professor — tornou o Sr. Swidger —, é o que sempre digo. Eles não foram feitos para dar medo. Se fosse essa a intenção, não teriam sido feitos com tanta mansidão. Mas eu não gostaria... Milly!... ele, você sabe; lá nos Edifícios.

O Sr. William, de pé por trás da mesa e inspecionando desconcertado os objetos que estavam sobre ela, lançava olhares persuasivos à Sra. William e misteriosos acenos de cabeça e de polegar ao Sr. Redlaw, como convidando-a a se aproximar dele.

— Ele, você sabe quem, meu amor — disse o Sr. William. — Lá nos Edifícios. Diga, minha querida! Você é a obra de Shakespeare, comparada a mim. Lá embaixo, nos Edifícios, você sabe, meu amor... O estudante.

— Estudante? — repetiu o Sr. Redlaw, erguendo a cabeça.

— É o que sempre digo, professor! — exclamou o Sr. William, concordando entusiasticamente. — Se não fosse o pobre do estudante lá nos Edifícios, por que o Senhor gostaria de ouvi-lo dos lábios da Sra. William? Sra. William, querida... os Edifícios.

— Eu não sabia — disse Milly, com tranquila sinceridade, sem nenhuma pressa ou confusão — que William havia falado sobre isso. Se soubesse, não teria vindo. Eu lhe pedi que não falasse. É um jovem doente, professor — e receio que muito pobre —, doente demais para voltar para casa nestes feriados, que vive, desconhecido de todos, numa espécie de pensão para cavalheiros, nos Edifícios de Jerusalém. É só isso, professor.

— Por que nunca ouvi falar dele? — disse o químico, erguendo-se apressado. — Por que esse caso não chegou ao meu conhecimento? Doente!... Deem-me o chapéu e a capa. Pobre!... que casa?... Que número?

— Ah, o senhor não deve ir até lá, professor — disse Milly, largando o sogro e enfrentando-o calmamente, com o rostinho sério e as mãos cruzadas.

— Não ir até lá?

— Ah, não! — disse Milly, balançando a cabeça ante a mais manifesta e óbvia impossibilidade. — Nem pensar!

— O que a senhora quer dizer? Por que não?

— Como o senhor pode ver, professor — disse o Sr. William Swidger, convincente e confidencialmente —, é o que sempre digo. Pode ter certeza de que o rapaz jamais revelaria a sua situação a ninguém do mesmo sexo. A Sra. William conquistou a confiança dele, mas isso é muito diferente. Todos eles confiam na Sra. William; todos põem a mão no fogo por *ela*. Um homem, professor, jamais tiraria um suspiro dele, mas uma mulher, e uma mulher como a Sra. William...!

— Há bom senso e perspicácia no que diz, William — tornou o Sr. Redlaw, observando o rosto delicado e sério que tinha ao seu lado. E, levando o indicador aos lábios, pôs secretamente sua carteira nas mãos dela.

— Ah, não, professor! — exclamou Milly, devolvendo-a. — As coisas vão de mal a pior. Nem sonhando!

Era uma dona de casa tão séria e positiva, e se deixara tão pouco perturbar pela momentânea precipitação da recusa, que, um instante depois, já estava agachada placidamente recolhendo umas folhas que haviam caído de entre as tesouras e o avental, ao arrumar o azevinho.

Percebendo, ao levantar-se, que o Sr. Redlaw ainda a observava, entre duvidoso e admirado, ela repetiu calmamente — procurando ao redor, por um instante, outros fragmentos que pudessem ter escapado à sua observação:

— Ah, isso não, professor! Ele disse que por nada neste mundo queria que o senhor soubesse do seu caso, nem receber nenhuma ajuda sua — embora ele seja um aluno da sua classe. Não pedi segredo da parte do senhor, mas confio plenamente em sua honra, professor.

— Por que ele disse isso?

— Realmente, não sei, professor — disse Milly, depois de refletir por um instante —, porque eu não sou nem um pouco inteligente, como o senhor sabe; e eu quis ser útil a ele, arrumando as coisas por lá, e tenho me esforçado nisso. Mas sei que ele é pobre e solitário e acho que foi um pouco abandonado, também. Como está escuro!

Escurecera-se mais e mais o quarto. Pesadas sombras e trevas envolviam a cadeira do Químico.

— O que mais a senhora sabe dele? — perguntou.

— Está noivo e deve casar quando tiver condições financeiras para isso — disse Milly —, e está estudando, acho, para poder sustentar-se. Tenho observado que há tempos ele vem aplicando-se muito nos estudos, com muitas privações... Mas como está escuro!

— Está mais frio, também — disse o velho, torcendo as mãos. — Há uma sensação hostil e lúgubre no quarto. Onde está o meu filho William? William, meu menino, acenda a lamparina e atice o fogo!

A voz de Milly fez-se de novo ouvir, como uma serena melodia, tocada muito suavemente:

— Ontem à tarde, depois de ter conversado comigo, ele murmurou em seu sono agitado alguma coisa sobre uma morte e sobre erros muito graves, que jamais poderiam ser esquecidos; mas, se foi com ele ou com alguma outra pessoa, eu não sei. Não *por* ele, tenho certeza.

— E, em suma, Sra. William, como vê... o que ela jamais diria, Sr. Redlaw, se permanecesse aqui até o ano novo depois deste que está aí... — disse o Sr. William, chegando perto dele para lhe sussurrar ao ouvido — ela lhe fez um mundo de coisas boas! Deus do céu, um mundo de coisas boas! Em casa, tudo como sempre — meu pai, como sempre, bem tratado e paparicado —, não se podia encontrar uma migalha de lixo na casa, se pagassem cinquenta libras à vista por isso... a Sra. William, aparentemente, sem jamais largar suas tarefas... e, no entanto, a Sra. William ia de lá para cá, de lá para cá, para cima e para baixo, de cima para baixo, como uma mãe para ele!

O quarto ficava cada vez mais frio e cada vez mais escuro, e a escuridão e a sombra por trás da cadeira eram cada vez mais densas.

— Não contente com isso, a Sra. William descobre, esta noite mesmo, ao voltar para casa (umas poucas horas atrás), uma criatura mais parecida com uma fera selvagem do que com uma criancinha, toda trêmula de frio à porta de uma casa. E o que faz a Sra. William? Ela a traz para casa para aquecê-la e alimentá-la e abrigá-la até que seja distribuída a nossa velha provisão de alimentos e agasalhos, na manhã de Natal! Se alguma vez essa criatura havia sentido o calor do fogo antes, era como se isso nunca tivesse acontecido, pois está sentada em frente à velha lareira da guarita, olhando para nós como se seus olhinhos vorazes jamais voltassem a se fechar. Está sentada lá, a menos... — disse o Sr. William, corrigindo-se, depois de refletir por um instante — a menos que tenha fugido!

— Que o Céu a abençoe! — disse em voz alta o Químico. — E a você também, Philip. E a você, William. Devo refletir sobre o que fazer neste caso. Talvez vá ver esse estudante. Não vou retê-los por mais tempo, agora. Boa noite!

— Muito obrigado, professor, muito obrigado! — disse o velho. — Pela Ratinha e por meu filho William e por mim mesmo. Onde está o meu filho William? William, você carrega a lamparina e vai na frente, pelos corredores estreitos e escuros, como no ano passado e no retrasado também. Ah, ah! Eu me lembro... apesar de ter oitenta e sete anos! "Senhor, conserva fresca a minha memória!" É uma bela oração, Sr. Redlaw, essa do erudito de barba pontuda, com um rufo ao redor do pescoço — é o segundo retrato à direita, sobre os painéis de madeira, ali onde costumava ser, antes que os dez pobres cavalheiros o transferissem, o nosso grande Salão de Banquetes. "Senhor, conserva fresca a minha memória!" É muito boa e muito piedosa, professor. Amém! Amém!

Quando saíram e fecharam atrás de si, com cuidado, a porta pesada, a qual, porém, ribombou uma longa série de reverberações até enfim se silenciar, o quarto ficou ainda mais escuro.

E quando ele se viu sozinho em sua poltrona, entregue a seus devaneios, os verdes ramos do azevinho murcharam na parede e caíram ao chão, mortos.

Enquanto as trevas e a sombra se tornavam mais densas às suas costas, naquele lugar onde se haviam concentrado em tanta escuridão, elas foram tomando, aos poucos — ou delas se formaram, por algum processo irreal e não substancial, não apreensível por nenhum sentido humano —, uma forma espantosamente semelhante à do químico!

Espectral e frio, pálido no rosto e nas mãos plúmbeas, mas com seus traços e seus olhos brilhantes e seus cabelos grisalhos, e vestido com os mesmos trajes escuros, aquilo assumiu uma terrível aparência de existência, imóvel e silenciosa. Quando *ele* apoiou o próprio braço no braço da poltrona, meditando diante do fogo, *aquilo* se apoiou ao espaldar da poltrona, pouco acima dele, com aquela estarrecedora cópia do seu rosto olhando para onde o rosto dele olhava, e assumindo a mesma expressão que o rosto dele assumia.

Isso, então, era o Algo que já passara e se fora. Era esse o terrível companheiro do possesso!

Durante alguns momentos, aquilo não deu mais atenção a ele do que ele àquilo. As bandas de Natal tocavam em algum lugar distante e, em meio a suas reflexões, ele parecia ouvir a música. Aquilo também parecia escutar.

Por fim ele falou; sem mover ou erguer o rosto.

— De novo aqui! — disse ele.

— De novo aqui! — tornou o Fantasma.

— Eu te vejo no fogo — disse o possesso —; ouço-te na música, no vento, no silêncio morto da noite.

Balançou o Fantasma a cabeça, em sinal de assentimento.

— Por que me vieste perseguir assim?

— Venho quando sou chamado — respondeu o Espírito.

— Não. Não te chamei — exclamou o químico.

— Não me chamaste — disse o Espectro. — Como quiseres. Aqui estou.

Até então, a luz do fogo iluminara os dois rostos — se é que os terríveis traços do que estava atrás da poltrona podiam ser chamados de rosto — e ambos estavam voltados para ele, e nenhum dos dois olhava para o outro. Mas agora, de repente, o homem possuído se voltou e encarou o Fantasma. O Fantasma, num movimento igualmente brusco, foi postar-se diante da poltrona e o encarou.

O homem vivo e a imagem móvel e morta de si mesmo puderam assim se entreolhar. Um exame terrível, num canto solitário e remoto de um velho conjunto de edifícios, numa noite de inverno, com o vento uivante a passar em sua viagem misteriosa — vindo de onde, indo para onde, ninguém sabe desde a criação do mundo — e as estrelas, em inimagináveis milhões, cintilando através dele, no espaço eterno, onde a massa da Terra é como um grãozinho, e sua senil idade, a infância.

— Olha para mim! — disse o Espectro. — Eu sou aquele que, desdenhado na juventude e miseravelmente pobre, tanto lutou e sofreu, até arrancar da mina o conhecimento que lá estava enterrado e construir rústicos degraus onde apoiar meus pés exaustos, para que descansassem e subissem.

— Eu *sou* esse homem — tornou o Químico.

— Nenhum amor abnegado de mãe — prosseguiu o Fantasma —, nenhum conselho de pai *me* ajudou. Um estranho ocupou o lugar de meu pai quando eu era criancinha, e logo fui banido do coração de minha mãe. Meus pais, no melhor dos casos, eram daqueles cuja atenção logo cessa e cujo dever logo se cumpre; que cedo se livram de seus rebentos, como os pássaros dos filhotes; e, se eles se saem bem, reivindicam o mérito; se mal, lhes oferecem a sua piedade.

Fez uma pausa e pareceu tentá-lo e atiçá-lo com o olhar e com o jeito de falar e com o sorriso.

— Eu sou aquele — prosseguiu o Fantasma — que, nessa belicosa ascensão, encontrou um amigo. Eu o fiz, eu o conquistei e o prendi a mim! Trabalhamos juntos, ombro a ombro. Todo o

Ilustração: J. Leech

amor e a confiança que na minha juventude não tiveram onde desafogar-se, eu dediquei a ele.

— Nem todo — disse Redlaw, com voz rouca.

— Não, nem todo — tornou o Fantasma. — Eu tinha uma irmã.

O possesso, com a cabeça apoiada nas mãos, replicou:

— Eu tinha!

Com um sorriso maligno, o Fantasma chegou mais perto da poltrona e, apoiando o queixo sobre suas mãos cruzadas sobre o espaldar da poltrona e olhando para o rosto do professor com olhos inquisidores, que pareciam cheios de fogo, prosseguiu:

— Dela vieram os raros vislumbres da luz de um lar que jamais conheci. Como era jovem, como era linda, como era adorável! Levei-a para a primeira pobre casa de que fui dono e a tornei rica. Ela veio às trevas de minha vida e a iluminou. Ela está à minha frente.

— Acabo de vê-la no fogo. Ouço a sua música no vento, no silêncio morto da noite — tornou o possesso.

— *Amou*-a ele? — disse o fantasma, ecoando seu tom contemplativo. — Acho que sim, uma vez. Tenho certeza que sim. Teria sido melhor que ela o tivesse amado menos — menos secretamente, menos intensamente, nas águas mais rasas de um coração mais dividido!

— Deixa-me esquecer isso — disse o Químico, com um movimento irado da mão. — Deixa-me apagar isso da memória!

Sem se mover e com os olhos fixos e cruéis ainda cravados no rosto do professor, prosseguiu o Espectro:

— Um sonho como o dela aproximou-se de minha vida.

— Sim — disse Redlaw.

— Um amor como o dela — prosseguiu o Fantasma —, tal como a minha natureza inferior podia cultivar, nasceu em meu coração. Eu era, na época, pobre demais para unir o objeto desse amor à minha fortuna, por qualquer tipo de promessa ou de súplica. Eu a amava demais para tentar fazer isso. Mas, mais do que nunca na vida, eu me esforcei por subir! Cada polegada conquistada me aproximava do topo. Eu dei duro! Nas derradeiras pausas do trabalho, então, quando a minha irmã (doce companheira!) ainda compartilhava comigo as moribundas brasas e a lareira já quase fria, quando o dia raiava, que imagens do futuro eu não via!

— Acabo de vê-las no fogo — murmurou ele. — Elas voltam a mim na música, no vento, no silêncio morto da noite, nos anos passados.

— Imagens de minha futura vida doméstica com ela, a inspiração de meu duro trabalho. Imagens da minha irmã, já esposa de meu caro amigo em igualdade de condições — pois ele dispunha de uma herança, nós não —, imagens de nossa sóbria idade e madura felicidade, e dos vínculos de ouro, que, estendendo-se tão longe no passado, podiam unir a nós e a nossos filhos numa radiosa grinalda — disse o Fantasma.

— Imagens — disse o possesso — que eram alucinações. Por que este tormento de me lembrar delas tão bem?

— Alucinações — ecoou o Fantasma com sua voz inalterável e o encarando com seus inalteráveis olhos. — Pois o meu amigo (em cujo peito a minha confiança estava guardada, como se fosse o meu próprio), interpondo-se entre mim e o centro de meu sistema de esperanças e lutas, conquistou-a e espatifou meu frágil universo. Minha irmã, duplamente querida, duplamente dedicada, duplamente alegre em minha casa, vivia na esperança de me ver famoso e a minha velha ambição recompensada, quando o motor dessa ambição se partiu e então...

— Então morreu — prosseguiu o outro. — Morreu, gentil como sempre; feliz e só preocupada com o irmão. Paz!

O Fantasma observava-o em silêncio.

— Lembro-me! — disse o possesso, depois de uma pausa. — Sim, lembro-me tão bem que ainda hoje, anos passados, quando nada é mais inútil ou mais visionário para mim do que esse amor infantil que sobrevive há tanto tempo, penso nele com simpatia, como se fosse de um irmão caçula ou de um filho. Às vezes fico pensando quando e como o coração dela se inclinou pela primeira vez para ele, e como esse coração se sentira em relação a mim. Não com frivolidade, creio. Mas isso não é nada. A desgraça precoce, uma ferida causada pela mão que amei e em que confiei e uma perda que nada pode reparar, tudo isso sobrevive a tais fantasias.

— Assim — disse o Fantasma —, trago dentro de mim uma Aflição e uma Injustiça. Assim me torturo a mim mesmo. Assim, a memória é a minha maldição; e, se pudesse me esquecer da minha aflição e da minha injustiça, eu o faria!

— Trocista! — disse o químico, saltando da poltrona, e ameaçando, com mão furiosa, agarrar o pescoço do seu outro eu. — Por que sempre esse sarcasmo em meus ouvidos?

— Controla-te! — exclamou o Espectro, com voz terrível. — Se encostares a mão em Mim, morres!

Ele parou a meio caminho, como se aquelas palavras o tivessem paralisado, e permaneceu ali, olhando para o Fantasma. Este se havia afastado dele, com o braço erguido numa admoestação e com um sorriso em seus traços sobrenaturais, enquanto se compunha novamente, em triunfo.

— Se eu pudesse esquecer-me da minha aflição e da injustiça, eu o faria — repetiu o Espírito. — Se eu pudesse me esquecer da minha aflição e da injustiça, eu o faria!

— Espírito maligno de mim mesmo — replicou o possesso, em voz baixa e trêmula —, esse incessante sussurro torna tenebrosa a minha vida.

— É um eco — disse o Fantasma.

— Se é um eco dos meus pensamentos... como agora, tenho certeza, realmente é — tornou o possesso —, por que deveria eu então ser torturado? Não é um pensamento egoísta. Permito que vague muito além de mim. Todos os homens e todas as mulheres têm suas aflições, e a maioria, suas injustiças: a ingratidão, os ciúmes sórdidos e o interesse ocupam todas as fases da vida.

Quem não gostaria de se esquecer das próprias aflições e das próprias injustiças sofridas?

— Quem não gostaria, honestamente, e não seria mais feliz e melhor com isso? — disse o Fantasma.

— Essas passagens de ano que comemoramos — prosseguiu Redlaw —, do que *elas* não nos fazem lembrar! Haverá muitas mentes em que não despertem alguma dor ou alguma angústia? Qual era a recordação do velho que esteve aqui esta noite? Uma longa série de aflições e de angústias.

— Mas as naturezas comuns — disse o Fantasma, com um sorriso mau no rosto vítreo —, as inteligências pouco iluminadas e as mentes comuns não percebem estas coisas como os homens de alta cultura e de ideias mais profundas, nem raciocinam sobre elas.

— Tentador — respondeu Redlaw —, cuja aparência e voz vazias me apavoram mais do que as palavras podem exprimir, e de quem me chega um obscuro pressentimento de espantos ainda maiores enquanto falo, ouço mais uma vez um eco de minha própria mente.

— Recebe-o como prova de meus poderes — tornou o Fantasma. — Ouve o que te ofereço! Esquece a dor, o erro e a angústia por que tens passado!

— Esquecê-los! — repetiu ele.

— Tenho o poder de apagar a memória deles — deixar apenas indistintos e confusos rastros, que logo hão de morrer — tornou o Espectro. — Diz! Negócio fechado?

— Para! — gritou o possesso, detendo com um gesto de terror a mão que se erguia. — Tremo de desconfiança e de dúvida a teu respeito; e o obscuro medo que lanças sobre mim se aprofunda num horror inominável, que mal posso suportar. Não gostaria de me privar de nenhuma doce lembrança ou de nenhuma compaixão que seja boa para mim ou para os outros. Que perderei, se concordar com isso? O que mais desaparecerá de minha memória?

— Nenhum conhecimento, nenhum resultado dos estudos, nada além do emaranhado de sentimentos e associações, cada um dos quais, por sua vez, dependente das memórias apagadas e por elas alimentado. Estes hão de sumir.

— São muitos? — disse o possesso, alarmado em suas reflexões.

— Costumam revelar-se no fogo, na música, no vento e no silêncio morto da noite e na passagem dos anos — tornou o Fantasma, com desdém.

— Em mais nada?

O Fantasma permaneceu calado.

Mas, tendo permanecido silencioso à sua frente por um instante, aproximou-se do fogo e, então, parou.

— Decide — disse ele —, antes que a oportunidade se perca!

— Um momento! Chamo o Céu por testemunha — disse o homem, perturbado — de que nunca odiei meus semelhantes, nunca fui frio, indiferente ou duro com nada ao meu redor. Se, vivendo aqui sozinho, dei importância demais ao que foi e ao que poderia ter sido, e pouco demais ao que é, o preço disso, creio, sou eu quem pago, não outros. Mas, se houvesse veneno em meu corpo e eu tivesse os antídotos e o conhecimento de como usá--los, não deveria usá-los? Se há veneno em minha mente, e dele posso livrar-me graças a essa terrível sombra, não devo fazê-lo?

— Diz — disse o Espectro —, negócio fechado?

— Mais um momento! — respondeu ele, apressado. — *Eu gostaria de me esquecer se eu pudesse!* Fui *eu* que, sozinho, pensei isso, ou isso tem sido pensado por milhares e milhares de pessoas, geração após geração? Toda a memória humana está cheia de aflições e angústias. A minha memória é como a de qualquer outro homem, mas os outros homens não têm essa escolha. Sim, aceito a oferta. Sim! Eu QUERO esquecer-me da minha dor, das injustiças sofridas e da minha angústia!

— Diz — disse o Espectro —, negócio fechado?

— Negócio fechado!

— Negócio fechado. E recebe o presente que lhe faço, homem que aqui repudio! O presente que lhe dei, terás de tornar a dá-lo, onde quer que estejas. Não só não poderás recuperar para ti o poder de que abriste mão, mas, daqui por diante, hás de destruí-lo em todos aqueles de que te aproximares. Tua sabedoria descobriu que a memória de aflições, erros e angústias é o quinhão de toda a humanidade e que a humanidade seria mais feliz, com suas outras recordações, sem ele. Vai! Sê o benfeitor dela! Livre de tais lembranças, a partir de agora, carrega contigo, involuntariamente, a bênção de tal liberdade. A sua difusão é inseparável e inalienável de ti. Vai! Sê feliz com o bem que conquistaste e com o bem que fizeres!

O Fantasma, que mantivera erguida sobre ele a mão exangue enquanto falava, como numa sacrílega invocação ou numa excomunhão, e que aos poucos foi avançando seus olhos para tão perto dos dele que Redlaw podia ver como eles não participavam do terrível sorriso que cobria seu rosto, mas mostravam um terror fixo, inalterável e imóvel, dissipou-se à sua frente e sumiu.

Enquanto permanecia paralisado, possuído pelo medo e pelo espanto, e imaginando ouvir, repetidas em melancólicos ecos, cada vez mais fracos, as palavras: "hás de destruí-los em todos aqueles de que te aproximares", um berro estridente chegou aos seus ouvidos. Vinha, não dos corredores atrás da porta, mas de outra parte do velho edifício, e soou como o grito de alguém no escuro, que se tivesse perdido no caminho.

Olhou confuso para os braços e as pernas, como para se certificar da própria identidade, e, então, gritou como em resposta, com força e estridor; pois se sentia estranho e apavorado, como se também ele estivesse perdido.

Ouvindo um grito de resposta, vindo de mais perto, ele apanhou a lamparina e ergueu uma pesada cortina que cobria a parede, pela qual costumava entrar e sair do anfiteatro pegado ao seu quarto, em que dava aulas. Associado à juventude e à animação e a um amplo leque de rostos que seu ingresso enchia imediatamente de interesse, aquele era um lugar fantasmagórico quando toda essa vida desaparecia, e o observava como um emblema da Morte.

— Olá! — exclamou ele. — Olá! Aqui! Venha até a luz! — Foi então que, enquanto segurava a cortina com uma mão e com a outra erguia a lamparina e tentava perfurar as trevas que enchiam aquele lugar, algo entrou correndo no quarto à sua frente, como um gato selvagem, e foi agachar-se num canto.

— O que é isso? — disse ele, de imediato.

Poderia ter dito "o que é isso?" mesmo se o tivesse enxergado bem, como agora o enxergava, observando-o, de pé, agachado num canto.

Um pacote de farrapos, juntados por uma mão cuja forma e o tamanho eram quase os de um bebê, mas, pelo modo voraz e desesperado como o agarrava, mais parecia a de um velho maligno. Um rosto arredondado e alisado por meia dúzia de anos, mas esticado e retorcido pelas experiências de toda uma vida. Olhos brilhantes, mas não infantis. Pés descalços, belos na sua delicadeza infantil, feios pelo sangue e a sujeira que sobre eles se acumulavam. Um bebê selvagem, um jovem monstro, uma criança que nunca foi criança, uma criatura que talvez viesse a viver sob a forma exterior de homem, mas, por dentro, viveria e morreria como mero animal.

Já acostumado a ser escorraçado e caçado como uma fera, o menino agachou-se enquanto era observado e devolveu o olhar, enquanto erguia o braço para defender-se do esperado safanão.

— Se me bater, eu mordo! — disse ele.

Tempos atrás, e desde então não se haviam passado muitos minutos, tal espetáculo teria feito o Químico sentir um aperto no coração. Agora olhava para aquilo friamente; mas, depois de um grande esforço para se lembrar de algo — não sabia o quê — perguntou ao menino o que fazia ali e de onde vinha.

— Cadê a mulher? — replicou ele. — Quero achar a mulher.

— Quem?

Ilustração: J. Leech

— A mulher. Aquela que me trouxe aqui e me pôs junto do fogo grande. Faz tanto tempo que ela saiu que vim procurá-la e me perdi. Não quero você. Quero a mulher.

E deu um pulo tão brusco para ir embora que o som surdo de seus pés descalços sobre o assoalho já estava perto da cortina, quando Redlaw o agarrou pelos farrapos.

— Vai! Me deixa sair! — resmungou o garoto, debatendo-se e rangendo os dentes. — Não fiz nada para você. Me deixa ir procurar a mulher!

— Não é por aí. Há outro caminho mais curto — disse Redlaw, segurando-o, no mesmo vão esforço de se lembrar de alguma recordação que devia naturalmente estar ligada àquele monstruoso objeto. — Qual é o seu nome?

— Não tenho.

— Onde você vive?

— Viver? O que é isso?

O menino afastou o cabelo de sobre os olhos para olhar por um momento para ele e, então, dobrando as pernas e lutando com ele, começou de novo com seu "Me larga! Quero achar a mulher".

O Químico conduziu-o até a porta.

— Por aqui — disse ele, observando-o ainda desconcertado, mas com repugnância e repulsa, que nasciam de sua frieza. — Vou levá-lo até ela.

Os olhos aguçados do menino, vagando pela sala, iluminaram-se ao ver a mesa com os restos do jantar.

— Me dá um pouco daquilo! — disse ele, avidamente.

— Ela não lhe deu comida?

— Eu vou ficar com fome amanhã de novo, não vou? Não fico com fome todos os dias?

Vendo-se livre, saltou até a mesa como um predadorzinho e, agarrando junto ao peito o pão e a carne e seus próprios farrapos, tudo junto, disse:

— Ótimo! Agora me leva até a mulher!

Quando o Químico, com sua recente repulsa em tocá-lo, empurrou-o com impaciência para segui-lo e já ia atravessando a porta, estremeceu e estacou.

"O presente que lhe dei, terás de tornar a dá-lo, onde quer que estejas!"

As palavras do Fantasma sopravam com o vento, e o sopro do vento lhe dava calafrios.

— Não vou lá esta noite — murmurou em voz baixa. — Não vou a lugar nenhum esta noite. Garoto! Vá direto por este corredor em arco e atravesse a porta escura que dá para o jardim; lá você vai ver, por uma das janelas, uma lareira acesa.

— A lareira da mulher? — perguntou o menino.

O professor fez que sim com a cabeça, e os pés descalços saíram correndo. Ele retornou com a lamparina, trancou a porta apressado e se sentou na poltrona, cobrindo o rosto como alguém que tem medo de si mesmo.

No momento estava, de fato, só. Só, muito só.

CAPÍTULO II
O DOM TRANSMITIDO

Um homenzinho estava sentado numa salinha, separada de uma lojinha por uma cortininha, recheada de recortinhos de jornal. Na companhia do homenzinho, havia uma enorme quantidade de criancinhas — pelo menos, é o que parecia; elas provocavam, nessa limitadíssima esfera de ação, um efeito bastante considerável, em termos de número.

Dessas criancinhas, duas, por algum possante mecanismo, haviam sido postas para dormir num dos cantos, onde poderiam ter repousado confortavelmente no sono da inocência, se não fosse uma propensão constitutiva a permanecerem acordadas e também a brigarem dentro e fora da cama. A ocasião imediata dessas incursões predatórias ao mundo dos despertos era a construção de um muro de conchas num dos cantos, por duas outras crianças de tenra idade; contra tal fortaleza os dois da cama fizeram sucessivas investidas (como as daqueles malditos pictos e escoceses que sitiavam os primeiros estudos históricos da maioria dos jovens britânicos) e, em seguida, se retiravam para os seus territórios.

Além do alvoroço causado por essas batalhas e pelas retaliações dos invadidos, que os perseguiam ferozmente e assaltavam os cobertores sob os quais os saqueadores se refugiavam, outro menininho, em outra caminha, contribuía com seu bocadinho de confusão para o estoque da família, lançando suas botas sobre as águas; ou seja, lançando esses e muitos outros pequenos objetos, em si mesmos inofensivos, mas de dura consistência, como mísseis, sobre aqueles que perturbavam o seu repouso e que não se faziam de rogados ao devolver os cumprimentos.

Ao lado dele, outro menininho — o maior deles, mas, mesmo assim, pequeno — balançava de um lado para o outro, curvado para um lado e com os joelhos consideravelmente afetados pelo peso de um enorme bebê, que ele devia, por uma ficção que por vezes dá certo em famílias otimistas, ninar até dormir. Mas, ah!, quantas inesgotáveis regiões de contemplação e de observação, para as quais os olhos do bebê apenas começavam a se preparar, se abriam sobre seu inconsciente ombro!

Aquele era um verdadeiro bebê Moloch, em cujo insaciável altar a existência inteira daquele específico irmãozinho era oferecida em diário holocausto. Pode-se dizer que a sua personalidade consistia em jamais ficar quieto em lugar nenhum por cinco minutos e em jamais querer dormir quando preciso. O "bebê de Tetterby" era tão conhecido na vizinhança quanto o carteiro ou o leiteiro. Perambulava, de porta em porta, nos braços do pequeno Johnny Tetterby, que se arrastava pesadamente atrás das tropas de jovens que seguiam os Acrobatas ou o Macaco e sempre chegava, todo encurvado para um lado, um pouco tarde demais para todas as atrações, de segunda de manhã até sábado à noite. Onde quer que as crianças se reunissem para brincar, lá estava o pequeno Moloch, fazendo Johnny esfalfar-se e rastejar. Onde quer que o Johnny quisesse ficar, o pequeno Moloch se irritava e queria ir embora. Sempre que o Johnny queria sair, Moloch dormia e tinha de ser vigiado. Sempre que Johnny queria ficar em casa, o Moloch acordava e tinha de ser levado para passear. Mesmo assim, Johnny estava convencido de que se tratava de um bebê inocente, sem igual em todo o reino da Inglaterra, e estava muito contente de poder entrever vagamente os objetos em geral por trás da roupinha do Moloch ou por sobre sua touca, e de vagar, de lá para cá, com ele, como um carregador bem pequenininho com um enorme pacote, que não era endereçado a ninguém e não podia ser entregue em nenhum lugar.

O homenzinho sentado na salinha, tentando inutilmente ler com tranquilidade o jornal no meio de toda aquela bagunça, era o pai da família e o chefe da firma descrita na tabuleta sobre a porta da lojinha, com o nome e o título de A. Tetterby e Cia., Vendedores de Jornais. De fato, estritamente falando, ele era o único responsável por essa designação, pois "Cia." era uma abstração meramente poética, ao mesmo tempo infundada e impessoal.

O negócio de Tetterby era a loja da esquina dos Edifícios de Jerusalém. Havia uma boa amostra de literatura na vitrine, que consistia principalmente em números atrasados de jornais ilustrados e de publicações piratas e plagiárias. O estoque da loja incluía também bengalas e bolas de gude. Certa vez, ele abrangeu também os confeitos leves, mas parece que não havia muita procura por essas delicadezas da vida nas cercanias dos Edifícios de Jerusalém, pois nada relacionado com esse ramo do comércio permaneceu na vitrine, salvo uma espécie de lamparina de vidro com uma desfalecente massa de balas, que se haviam derretido no verão e congelado no inverno, até se perder para sempre toda esperança de vendê-las ou de chupá-las, sem chupar também a lamparina. Tetterby tentara várias carreiras. Uma vez, fez uma breve incursão no ramo dos brinquedos; pois, em outra lamparina, havia um monte de minúsculas bonecas de cera, todas juntas de cabeça para baixo, na maior confusão, com os pés de uma na cabeça de outra e um precipitado de pernas e braços quebrados no fundo. Tentara também o ramo da chapelaria, como demonstravam alguns bonés ressecados e enrijecidos que permaneciam num canto da vitrine. Imaginara que pudesse haver um sustento para a família escondido atrás do comércio de tabaco, e colara a imagem de um habitante de cada uma das partes integrantes do Império Britânico no ato de consumir essa planta aromática, tendo ao lado uma legenda poética que dizia que os três estavam ali sentados unidos por uma causa comum: um mastigava o tabaco, outro o cheirava e outro o fumava. Mas parece que aquilo nada lhe trouxe, a não ser moscas. Houve um tempo em que fez uma aposta desesperada nas bijuterias, pois em uma caixa de vidro havia um cartão com selos baratos e outra com estojos para lápis e um misterioso amuleto preto de inescrutável significado, com o preço de nove *pence*. Mas, até o momento, os Edifícios de Jerusalém não haviam comprado nenhum deles. Em suma, Tetterby havia tentado de todas as maneiras conseguir o seu sustento junto aos Edifícios de Jerusalém e se dera tão mal em tudo que o melhor cargo da firma era evidentemente o da Cia., pois, como incorpórea criação, não era perturbada pelos vulgares inconvenientes da fome e da sede, não tendo que pagar a taxa dos pobres nem os demais impostos, nem tampouco família para sustentar.

O próprio Tetterby, porém, em sua salinha, como já mencionamos, tendo a presença da jovem família impressa em sua mente de maneira demasiado clamorosa para ser desdenhada ou para coadunar-se com a tranquila leitura do jornal, dobrou-o e, distraído, deu algumas voltas pela sala, como um indeciso pombo-correio, até se atirar inutilmente contra uma ou duas esvoaçantes figurinhas de pijama, que escaparam de suas mãos. Em seguida, precipitou-se, de repente, contra o único membro inofensivo da família e deu um safanão na orelha do jovem babá do bebê Moloch.

— Menino mau! — disse o Sr. Tetterby. — Não tem pena do pobre pai, depois das fadigas e das ansiedades de um duro dia de inverno, desde as cinco da manhã, mas teima em arruinar seu descanso e corroer até a leitura das últimas notícias, com os *seus* truques sujos? Não basta, meu senhor, que o seu irmão Dolphus esteja exposto à neblina e ao frio, enquanto o senhor rola em meio ao luxo com... com um bebê e tudo o mais que possa desejar — disse o Sr. Tetterby, descrevendo aquilo como o cúmulo da beatitude —, mas tem de transformar a casa numa selva e enlouquecer seus pais? Tem, Johnny? Responda! — A cada pergunta, o Sr. Tetterby fingia dar outro tapa em suas orelhas, mas se continha e retinha a mão.

— Ah, papai! — choramingava Johnny. — Eu não estava fazendo nada, juro, só tomando conta da Sally e levando-a para dormir. Ah, papai!

— Ah, como queria que a minha esposinha voltasse para casa! — disse o Sr. Tetterby, acalmando-se e arrependendo-se. — Só queria que a minha esposinha voltasse para casa! Não sei lidar com eles. Eles me deixam tonto e me levam no bico. Ah, Johnny! Não basta que a sua querida mãe lhe tenha dado essa doce irmãzinha? — apontando para Moloch. — Já não bastava que vocês fossem sete meninos, sem nem sombra de uma garotinha, e que a sua querida mamãe tivesse sofrido o que *sofreu* para que vocês todos tivessem uma irmãzinha? Você tem que me deixar tonto com seu comportamento?

Enternecendo-se cada vez mais, enquanto se fortaleciam seus próprios sentimentos de carinho e os de seu magoado filho, o Sr. Tetterby acabou abraçando-o e de imediato partiu em busca dos verdadeiros delinquentes. Depois de uma partida razoavelmente boa, depois de uma correria breve, mas competente, e depois de algumas incursões um tanto severas em cima e embaixo das camas, e dentro e fora do labirinto das cadeiras, ele conseguiu capturar um moleque, que puniu como merecia e levou para a cama. O exemplo exerceu uma influência poderosa e, aparentemente, hipnótica, sobre o menino das botas, que de imediato caiu num sono profundo, embora estivesse, um instante antes, muitíssimo acordado e empolgado. Nem deixou de se exercer sobre os dois jovens arquitetos, que se retiraram veloz e furtivamente para suas camas, num cômodo anexo. Como o companheiro do Garotinho Interceptado também se retirou para o seu ninho, com igual discrição, o Sr. Tetterby, ao parar para tomar fôlego, viu-se inesperadamente num cenário de profunda paz.

— Nem a minha querida esposa — disse o Sr. Tetterby, enxugando o rosto suado — teria feito melhor! Como eu queria que a minha esposinha estivesse aqui para fazer isso!

O Sr. Tetterby procurou em seu biombo um trecho adequado à ocasião para gravar na mente das crianças e leu o seguinte:

— "É fato indubitável que todos os homens notáveis tiveram mães notáveis e as respeitaram ao longo da vida como sua melhor amiga." Pensem na notável mãe que vocês têm, meus meninos — disse o Sr. Tetterby —, e reconheçam seu valor enquanto ela ainda está em meio a vocês!

Sentou-se em sua poltrona junto ao fogo e, de pernas cruzadas, se preparou para ler o jornal.

— Se alguém, seja quem for, sair da cama de novo — disse Tetterby, como uma proclamação geral, feita em tom muito manso —, o espanto será a parte devida a tal respeitado contemporâneo! — expressão selecionada pelo Sr. Tetterby em seu biombo. — Johnny, meu filho, cuide de sua única irmãzinha, Sally; pois ela é a mais cintilante joia que já faiscou sobre sua testa juvenil.

Johnny se sentou num banquinho e foi devotamente esmagado pelo peso do Moloch.

— Ah, que presente esse bebê é para você, Johnny! — disse o pai —, e como você devia ser grato por ele! "Em geral, não se sabe", Johnny — citando de novo agora o biombo —, 'mas é um fato confirmado por cálculos precisos que esta imensa porcentagem de bebês jamais completa dois anos de idade; ou seja..."

— Ah, papai, não, por favor! — exclamou Johnny. — Não aguento isso, quando penso na Sally.

Com a desistência do Sr. Tetterby, Johnny, demonstrando profundo senso de responsabilidade, enxugou os olhos e começou a embalar a irmã.

— O seu irmão Dolphus — disse o pai, atiçando o fogo — está atrasado esta noite, Johnny, e vai chegar em casa como um pedaço de gelo. Onde andará sua preciosa mamãe?

— Acho que aí vem a mamãe e o Dolphus também, papai! — exclamou Johnny.

— Tem razão! — tornou o pai, pondo-se à escuta. — É verdade, esses são os passos de minha mulherzinha.

O processo de indução pelo qual o Sr. Tetterby chegara à conclusão de que sua esposa fosse uma mulherzinha era um segredo só dele. Ela sozinha valia por duas edições dele, fácil. Considerada como indivíduo, era assaz notável pelo porte robusto e saudável; considerada, porém, em comparação com o marido, suas dimensões tornavam-se magníficas. Tampouco assumiam proporção menos imponente ao serem confrontadas com o tamanho dos sete filhos, todos eles minúsculos. No caso de Sally, porém, a Sra. Tetterby dera, por fim, a medida da sua própria capacidade; e ninguém tinha mais consciência disso do que Johnny, sua vítima, que pesava e media o exigente ídolo a cada hora do dia.

A Sra. Tetterby, que havia saído para as compras e carregava uma cesta, jogou para trás a touca e o xale e, sentando-se cansada, pediu a Johnny que lhe passasse sua doce carga imediatamente, para beijá-la. Tendo Johnny executado a missão e voltado ao banquinho para mais uma vez ser esmagado pelo Moloch, o jovem Adolphus Tetterby, que a esta altura já havia desenrolado do torso seu prismático cachecol, aparentemente interminável, solicitou o mesmo favor. Depois de executar mais uma vez a sua missão e de voltar mais uma vez ao banquinho para ser mais uma vez esmagado, ocorrendo ao Sr. Tetterby uma súbita inspiração, este lhe solicitou o mesmo favor de sua paternal parte. A satisfação deste terceiro desejo esgotou completamente o sacrificado, que mal teve fôlego para voltar ao banquinho, sentir-se de novo esmagar e pôr-se a observar a família, ofegante.

— Nunca se esqueça, Johnny — disse a Sra. Tetterby, balançando a cabeça —, de tomar conta dela, ou nunca mais olhe para a cara de sua mãe.

— Nem do seu irmão — disse Adolphus.

— Nem de seu pai, Johnny — acrescentou o Sr. Tetterby.

Muito abalado com essa renúncia condicional, Johnny examinou os olhos do Moloch para ver se estavam bem, por enquanto, e habilmente deu tapinhas nas costas dela (que eram soberbas), enquanto a embalava sobre os joelhos.

— Você está molhado, Dolphus, meu filho? — disse o pai. — Venha, sente-se na minha cadeira para se secar.

— Não, papai, obrigado — disse Adolphus, apalpando-se com as mãos. — Não acho que esteja muito molhado. Meu rosto está muito brilhante, papai?

— *Parece* de cera, meu filho — tornou o Sr. Tetterby.

— É o tempo, papai — disse Adolphus, limpando as faces nos punhos puídos do casaco. — Com a chuva, a geada, e o vento e a neve e a neblina, a minha cara vira uma ferida só. E brilha... ah, mas não!

O jovem Adolphus também era do ramo dos jornais e trabalhava para uma empresa mais próspera do que a de seu pai e Cia., para vender jornais numa estação ferroviária, onde sua figura gorduchinha, como um Cupido disfarçado entre farrapos, e sua vozinha estridente (ele tinha pouco mais de dez anos) eram tão bem conhecidas quanto o rouco arquejo das locomotivas que chegavam e partiam. Sua pouca idade poderia ter-lhe instigado a encontrar alguma diversão inocente nesse trabalho tão precoce, mas, por um feliz achado, ele descobriu um jeito de se entreter e de dividir o longo dia em períodos interessantes, sem negligenciar o trabalho. A engenhosa invenção, notável, como tantas outras grandes descobertas, pela simplicidade, consistia em fazer variar a primeira vogal da palavra "jornal", substituindo-a, nas diferentes horas do dia, por outras vogais em ordem gramatical. Assim, antes do nascer do sol, durante o inverno, ia de um lado para o outro, de boné, capa impermeável e com o longo cachecol, perfurando o ar pesado com seu berro de "Jarnal da Manhã!", que, por volta das onze da manhã, mudava para "Jernal da Manhã!" e, lá pelas duas da tarde, para "Jirnal da Manhã!" e, depois de algumas, para "Jornal da Manhã!", declinando juntamente ao sol em "Jurnal da Tarde!", para grande alívio e conforto do humor desse jovem cavalheiro.

A Sra. Tetterby, a dama sua mãe, que estivera sentada com sua touca e seu xale jogados para trás, como já dissemos, pensativamente girando a aliança de casamento ao redor do dedo, ergueu-se e, tirando as roupas de passeio, começou a pôr a mesa para a ceia.

— Ah, pobre de mim, pobre de mim, pobre de mim! — disse a Sra. Tetterby. — Assim vai o mundo!

— Como é que vai o mundo, querida? — perguntou o Sr. Tetterby, erguendo a cabeça.

— Ah, nada, não — disse a Sra. Tetterby.

O Sr. Tetterby franziu o cenho, abriu o jornal e o percorreu com os olhos de cima a baixo e transversalmente, mas, distraído, não o lia.

A Sra. Tetterby, ao mesmo tempo, punha a mesa, mais como se castigasse a mesa do que como se preparasse a ceia da família; batendo desnecessariamente forte contra ela as facas e os garfos, golpeando-a com os pratos e com o saleiro e descarregando com violência sobre ela o pão.

— Ah, pobre de mim, pobre de mim, pobre de mim! — disse a Sra. Tetterby. — Assim vai o mundo!

— Minha flor — tornou o marido, erguendo mais uma vez a cabeça. — Você já disse isso. Como é que vai o mundo?

— Ah, nada, não! — disse a Sra. Tetterby.

— Sophia! — observou o marido. — Você já disse *isso* também.

— Posso dizer mais uma vez, se você quiser — tornou a Sra. Tetterby. — Ah, nada, não! Aí está! E mais uma vez se você quiser, ah, nada, não... aí está! E mais uma vez se você quiser: ah, nada não... pronto!

O Sr. Tetterby voltou os olhos para a sua cara-metade e disse, com manso espanto:

— Minha esposinha, o que a faz perder a cabeça?

— *Eu* é que não sei — replicou ela. — Não me pergunte. Quem é que disse que eu perdi a cabeça? Isso nunca aconteceu *comigo*.

O Sr. Tetterby desistiu de ler o jornal, pois era inútil, e, caminhando lentamente pela sala, com as mãos para trás e de ombros erguidos — seu passo concordava perfeitamente com o ar resignado —, dirigiu-se aos dois filhos mais velhos.

— Em um minuto a ceia vai estar pronta, Dolphus — disse o Sr. Tetterby. — Sua mãe saiu na chuva para ir até a loja do cozinheiro para comprá-lo. Foi muita gentileza dela. Logo *você* também vai ter a sua ceia, Johnny. Sua mãe está contente com você, meu filho, por ter sido tão atencioso com sua preciosa irmãzinha.

A Sra. Tetterby, sem dizer palavra, mas com notável arrefecimento da animosidade contra a mesa, terminou seus arranjos e tirou da vasta cesta uma substancial porção de pudim de ervilha quente, embrulhada em papel, e uma tigela coberta com um pires, que, ao ser destampada, exalou um aroma tão agradável que os três pares de olhos nas duas camas se arregalaram e se cravaram no banquete. O Sr. Tetterby, sem levar em conta esse tácito convite a se sentar, permaneceu em pé, repetindo lentamente: "Sim, sim, sua ceia vai estar pronta em um minuto, Dolphus, sua mãe saiu na chuva para ir à loja do cozinheiro comprá-la. Foi muita gentileza de sua mãe", até que a Sra. Tetterby, depois de executar vários atos de contrição por trás dele, abraçou-o pelo pescoço e começou a chorar.

— Ah, Dolphus!! — disse a Sra. Tetterby. — Como pude ir até lá e me comportar assim?

Essa reconciliação tanto impressionou o jovem Adolphus e Johnny que os dois, numa só voz, deram um grito de tristeza, que teve o efeito de fechar imediatamente os olhos arregalados nas camas e pôr em fuga os dois outros pequenos Tetterbys, que naquele momento, pé ante pé, vinham da dependência anexa para ver como ia o banquete.

Ilustração: J. Leech

— Tenho certeza, Dolphus — soluçou a Sra. Tetterby —, ao voltar para casa, não tinha nenhuma ideia, como uma criança ainda não nascida...

O Sr. Tetterby pareceu não gostar dessa figura de linguagem, e observou:

— Diga, então, o recém-nascido, querida.

— Não tinha nenhuma ideia, como o recém-nascido — disse a Sra. Tetterby. — Johnny, não olhe para mim, olhe para ela ou ela vai acabar caindo do seu colo e morrendo, e então você vai morrer de tristeza e terá o que mereceu. Não tinha nenhuma ideia, como esse bebê querido, de ser grossa quando voltei para casa; mas, de algum modo, Dolphus... — A Sra. Tetterby fez uma pausa e, mais uma vez, começou a girar, de um lado para o outro, a aliança de casamento no dedo.

— Entendo! — disse o Sr. Tetterby. — Compreendo! A minha esposinha teve um acesso de mau humor. Dias difíceis, mau tempo e trabalho duro provocam essas coisas, de vez em quando. Compreendo, pobre alma! Não é surpresa! Dolf, meu filho — prosseguiu o Sr. Tetterby, explorando a tigela com um garfo —, veja só o que a sua mãe comprou na loja do cozinheiro, além do pudim de ervilhas, uma posta inteira de pernil de porco assado, com um monte de gordura por cima, muito molho e mostarda à vontade. Me passe o seu prato, filho, e coma enquanto está quente.

O jovem Adolphus, sem precisar ser chamado duas vezes, recebeu sua porção com olhos úmidos por causa da fome e, retirando-se para o seu banquinho particular, caiu com unhas e dentes sobre a ceia. Johnny não foi esquecido, mas a sua porção foi só de pão, para que não derramasse molho sobre o bebê. Por motivos semelhantes, teve de manter o pudim no bolso, para comê-lo quando fora do serviço ativo.

Poderia ter havido mais carne sobre o osso de porco — o qual o trinchador da rotisseria certamente não havia poupado, ao servir os clientes anteriores — mas não faltava o tempero, e este é um acessório que sugere carne, como num sonho, e engana agradavelmente o sentido do paladar. Também o pudim de ervilhas, com o molho e a mostarda, como a rosa oriental diante do rouxinol, se não consistiam absolutamente em carne de porco, haviam vivido perto dele; assim, afinal, tinham o aroma de um porco de bom tamanho. Tal aroma era irresistível aos pequenos Tetterbys já na cama, que, embora fingissem dormir tranquilamente, engatinharam até a sala, ao escaparem da vigilância dos pais, e, silenciosamente, pediram aos irmãos algum sinal gastronômico de fraternal afeto. Como estes não eram duros de coração, ofereceram-lhes em troca migalhas, o que fez com que um bando de minúsculos exploradores de pijama passassem a executar suas manobras pela sala durante toda a ceia, o que importunou sobremaneira o Sr. Tetterby e o obrigou, uma ou duas vezes, a atacar, antes que essas tropas de guerrilheiros fugissem em todas as direções, em grande confusão.

A Sra. Tetterby não apreciou a ceia. Parecia haver algo na mente da Sra. Tetterby. Ora ria sem razão, ora chorava sem razão e, por fim, ria e chorava ao mesmo tempo, de um modo tão pouco razoável que deixou confuso o marido.

— Minha esposinha — disse o Sr. Tetterby —, se assim vai o mundo, parece que vai na direção errada e sufoca você.

— Um pouco d'água, por favor — disse a Sra. Tetterby, lutando consigo mesma —, e não fale comigo agora, nem preste atenção em mim. Por favor!

Tendo o Sr. Tetterby servido a água, voltou-se de repente para o desafortunado Johnny (que demonstrava muita compaixão) e lhe perguntou por que ficava ali chafurdando em glutoneria e ócio, em vez de ir para junto da mãe com o bebê, para que ela, vendo a criança, se sentisse mais animada. Johnny de imediato se aproximou, curvado pelo peso; mas, erguendo a Sra. Tetterby a mão para indicar que não estava em condições de suportar aquela tentativa de apelo aos seus sentimentos, ele foi proibido de dar mais um passo adiante, sob pena do ódio eterno de todas as suas mais caras relações; com isso, voltou para o banquinho e se deixou mais uma vez esmagar pelo peso da irmãzinha.

Depois de uma pausa, a Sra. Tetterby disse sentir-se melhor e começou a rir.

— Minha esposinha — disse o marido, desconfiado —, tem certeza de que se sente melhor? Será que não vai explodir de algum outro jeito?

— Não, Dolphus, não — respondeu a mulher. — Estou com os pés no chão, agora. — E, arrumando os cabelos e tapando os olhos com a palma das mãos, começou de novo a rir.

— Que idiota que eu fui! Chegar a pensar nisso por um momento! — disse a Sra. Tetterby. — Chegue mais perto, Dolphus, e me deixe desabafar e dizer o que tenho em mente. Vou contar-lhe tudo.

Arrastando o Sr. Tetterby a sua cadeira para perto dela, a Sra. Tetterby riu novamente, abraçou-o e enxugou os olhos.

— Você sabe, Dolphus, meu querido — disse a Sra. Tetterby —, que, quando eu era solteira, eu poderia ter-me entregado a mais de um partido. Em determinada época, havia quatro atrás de mim, ao mesmo tempo; dois deles eram filhos de Marte.

— Todos nós somos filhos de "Mas", querida — disse o Sr. Tetterby. — De "Mas" com "Pas".

— Não é isso que estou dizendo — replicou a esposa. — Refiro-me a soldados... sargentos.

— Ah! — disse o Sr. Tetterby.

— Garanto, Dolphus, que nunca penso com saudades nessas coisas, hoje. Tenho certeza de que tenho um bom marido e, para provar o quanto o quero bem, faria...

— Tudo o que uma boa esposinha faz — disse o Sr. Tetterby. — Muito bem. *Muito* bem.

Se o Sr. Tetterby tivesse três metros de altura, jamais poderia ter feito um elogio mais delicado para a delicada estatura da Sra. Tetterby; e se a Sra. Tetterby tivesse meio metro de altura, não teria sido mais sensível à conveniência desse tratamento.

— Mas, Dolphus, você sabe — disse a Sra. Tetterby —, como estamos em tempos de Natal, quando todos os que podem tiram férias e todos os que têm dinheiro gostam de gastá-lo, eu perdi um pouco a cabeça quando estava na rua, momentos atrás. Havia tanta coisa à venda — coisas deliciosas de se comer, coisas finíssimas de se ver, coisas maravilhosas de se ter — e era necessário fazer tanto cálculo antes de gastar uma mixaria para as coisas mais comuns; e a cesta era tão grande e cabia tanta coisa nela, e o meu estoque de dinheiro era tão minúsculo e podia comprar tão pouca coisa... você me odeia, Dolphus?

— Não mesmo — disse o Sr. Tetterby —, por enquanto.

— Muito bem! Vou contar-lhe toda a verdade — prosseguiu a mulher, com ar penitente — e depois talvez você passe a me odiar. Eu sentia tudo aquilo com tanta força, enquanto me arrastava pelo frio e via um monte de outros rostos calculando e de cestas grandes arrastando-se também, comecei a pensar se não teria sido melhor para mim se eu... — E a aliança de casamento começou a girar de novo, e a Sra. Tetterby balançava a cabeça enquanto a fazia girar.

— Entendo — disse o marido, com calma —, se você não tivesse casado com ninguém ou se tivesse casado com outra pessoa?

— Isso mesmo — soluçou a Sra. Tetterby. — Foi isso mesmo que pensei. Você me odeia agora, Dolphus?

— Ah, não — disse o Sr. Tetterby —, não acho que a odeie, por enquanto.

A Sra. Tetterby deu-lhe um beijo de agradecimento e prosseguiu.

— Começo a ter esperanças de que você não vá odiar-me, Dolphus, embora receie que ainda não lhe tenha contado a pior parte. Não sei o que aconteceu comigo. Não sei se estava doente ou louca ou o quê, mas não conseguia encontrar nada que nos ligasse um ao outro ou reconciliar-me com a minha situação. Todos os prazeres e alegrias que já tivemos — *eles* pareciam pobres e insignificantes, eu os odiava. Podia tê-los pisoteado.

E não conseguia pensar em mais nada, só que éramos pobres e no número de bocas para sustentar que havia em casa.

— Ora, ora, minha querida — disse o Sr. Tetterby, balançando a cabeça para encorajá-la —, isso tudo é verdade, afinal. Nós *somos* pobres e *há* muitas bocas para sustentar aqui.

— Ah! Mas Dolf, Dolf! — gritou a mulher, envolvendo o pescoço dele em suas mãos. — Meu bom, gentil, paciente companheiro, como tudo mudou pouco depois de chegar em casa! Que diferença! Ah, Dolf, meu querido, como tudo ficou diferente! Eu senti como um mundo de recordações dentro de mim, todas ao mesmo tempo, que enterneceram o meu coração e o preencheram até explodir. Todas as nossas lutas pelo sustento, todas as preocupações e necessidades desde que nos casamos, todos os períodos de doença, todas as horas de vigília que passamos um pelo outro ou pelas crianças pareciam falar comigo e dizer que eles nos haviam tornado uma só pessoa e que eu nunca fui nem poderia ter sido ninguém senão a esposa e a mãe que sou. As pequenas alegrias que eu quis calcar aos meus pés com tamanha crueldade mostraram-se tão preciosas para mim... Ah! tão valiosas e queridas!... que eu não conseguia suportar como as havia caluniado; e eu disse, e digo ainda mais cem vezes, como é que eu pude comportar-me assim, Dolphus, como tive a coragem de fazer isso!

A boa mulher, um tanto exacerbada pelo honesto carinho e remorso, chorava do fundo do coração, quando soltou um grito e saiu correndo para se esconder atrás do marido. Um grito tão apavorado que as crianças acordaram e saltaram das suas caminhas e foram agarrar-se a ela. Nem seu olhar desmentiu sua voz, quando apontou para um homem pálido, com uma capa negra, que entrara na sala.

— Veja esse homem! Olhe lá! O que será que ele quer?

— Minha querida — tornou o marido —, vou perguntar a ele se você me soltar. Qual é o problema? Como você está trêmula!

— Eu o vi na rua, quando saí há pouco. Ele olhou para mim e chegou perto de mim. Tenho medo dele.

— Medo dele? Por quê?

— Não sei por quê... eu... pare! Querido! — Pois ele se dirigia para o estranho.

Ela estava com uma mão na testa e outra sobre o peito; e havia uma agitação estranha nela inteira e um movimento rápido e irregular dos olhos, como se tivesse perdido algo.

— Está doente, querida?

— O que é isso que está saindo de mim de novo? — resmungou ela, em voz baixa. — O que *é* isso que está saindo?

Então respondeu abruptamente:

— Doente? Não, estou muito bem — e permaneceu olhando para o chão, com um ar vazio.

O marido, que não estivera completamente livre do medo dela no começo e a quem o jeito estranho da esposa não tranquilizava, dirigiu-se ao pálido visitante de capa preta, que permanecia de pé, parado, com os olhos fitos no chão.

— Meu senhor, que quer de nós? — perguntou.

— Receio que a minha chegada despercebida — tornou o visitante — tenha alarmado vocês; mas estavam falando e não me ouviram.

— Minha esposinha diz... Talvez o senhor a tenha ouvido dizer isto — tornou o Sr. Tetterby —, que esta não é a primeira vez que o senhor a assustou esta noite.

— Sinto muito por isso. Lembro-me de tê-la observado por alguns momentos apenas, na rua. Não tive a intenção de assustá-la.

Quando ele ergueu os olhos, ao falar, ela também ergueu os dela. Era extraordinário ver o pavor que ele provocava nela e com que pavor ela o observava — e, no entanto, estavam muito perto um do outro.

— Meu nome — disse ele — é Redlaw. Venho do velho colégio aqui perto. Um jovem que estuda lá se hospeda aqui, não é?

— O Sr. Denham? — disse Tetterby.

— Sim.

Foi um gesto natural, e tão ligeiro, que mal se podia perceber, mas o homenzinho, antes de tornar a falar, passou a mão pela testa e observou a sala ao seu redor, como se tivesse notado alguma mudança na atmosfera. O Químico, transferindo de imediato o olhar de pavor que dirigira à esposa, deu um passo para trás, e seu rosto empalideceu ainda mais.

— O quarto do rapaz — disse Tetterby — fica no segundo andar, meu senhor. Tem uma entrada particular mais conveniente; mas, como o senhor já entrou, vou evitar que saia no frio, se não se importar em subir esta escadinha — mostrando-lhe uma que se comunicava diretamente com a sala — e ir diretamente até o quarto, se quiser vê-lo.

— Sim, quero vê-lo — disse o químico. — Será que poderiam emprestar-me uma vela?

A intensidade de seu olhar atormentado e a inexplicável desconfiança que o ensombrecia pareceram perturbar o Sr. Tetterby. Ele parou e, olhando fixamente para o químico, permaneceu assim por mais ou menos um minuto, como estupefato e fascinado.

Por fim, disse:

— Eu vou iluminá-lo, se quiser seguir-me.

— Não — replicou o Químico —, não quero ser acompanhado nem anunciado a ele. Ele não está à minha espera. Gostaria de ir sozinho. Peço que me deem uma vela, se possível, e acharei o caminho.

Na rapidez da expressão desse desejo e em tomar a vela das mãos do vendedor de jornais, tocou em seu peito. Recuando rapidamente a mão, como se o tivesse acidentalmente ferido (pois não sabia em que parte de si mesmo residia o seu novo poder, ou como era comunicado ou de que maneira a sua recepção variava de pessoa para pessoa), virou-se e subiu a escada.

Mas, quando chegou ao topo, parou e olhou para baixo. A mulher estava parada no mesmo lugar, girando o anel de um lado para o outro em seu dedo. O marido, com a cabeça inclinada para frente, sobre o peito, refletia, amuado e introspectivo. As crianças, ainda agarradas à mãe, olhavam timidamente para o visitante e tornaram a se agrupar ao vê-lo olhando para baixo.

— Vamos! — disse o pai, zangado. — Já basta. Todos já para a cama!

— O lugar já é pequeno e incômodo demais — acrescentou a mãe. — Todos para a cama!

Toda a ninhada, assustada e triste, foi saindo de mansinho; o pequeno Johnny com o bebê foi por último. A mãe, olhando com desprezo para a sórdida sala e varrendo de si os fragmentos da refeição, parou quando ia começar a tirar a mesa e se sentou, mergulhada num profundo desânimo. O pai dirigiu-se ao canto da lareira e remexeu com impaciência o magro fogo, debruçado sobre ele como se quisesse monopolizá-lo. Não trocaram nenhuma palavra.

O químico, mais pálido que antes, subia furtivamente a escada como um ladrão; olhando para trás, para a mudança que ocorrera em baixo, parecia temer igualmente seguir em frente e voltar atrás.

— O que fui fazer! — disse ele, confuso. — O que vou fazer!

— Ser o benfeitor da humanidade — julgou ouvir de uma voz que respondia.

Olhou ao redor de si, mas não havia nada ali e, como agora um pequeno corredor lhe cortava a visão da salinha, seguiu em frente, prestando atenção no caminho que trilhava.

— Tenho permanecido fechado, sozinho, desde a noite passada — resmungou ele, lugubremente —, e já todas as coisas me parecem estranhas. Sou um estranho para mim mesmo. Aqui estou, como num sonho. Que interesse tenho eu neste lugar ou em qualquer outro lugar de que me possa lembrar? Minha mente está ficando cega!

Havia uma porta à sua frente: ele bateu. Convidado a entrar por uma voz vinda de dentro, ele aquiesceu.

— É a minha gentil enfermeira? — disse a voz. — Mas nem preciso perguntar. Ninguém mais vem aqui.

Ilustração: J. Tenniel

Ilustração: J. Tenniel

Ela falou em tom alegre, embora lânguido, e chamou a atenção do químico para um rapaz deitado num divã colocado à frente da lareira, voltado de costas para a porta. Um magro e avaro fogão, de paredes cavadas como as faces de um doente e encravado numa espécie de muro de tijolos no centro de uma lareira que ele mal conseguia aquecer, continha o fogo, para o qual seu rosto estava voltado. Estando muito perto do telhado da casa, varrido pelos ventos, a chama se dissipava rápido, com um rumor vivo, e as cinzas ainda acesas caíam rapidamente.

— Elas tinem quando caem aqui — disse o estudante, sorrindo. — Isso, segundo a lenda, é sinal de prosperidade. Algum dia vou estar bem de vida e rico, se Deus quiser, e viverei, quem sabe, para amar uma filha a que darei o nome de Milly, em homenagem à mais delicada natureza e ao mais gentil coração do mundo.

Ele ergueu a mão, como esperando que ela a segurasse, mas, estando muito fraco, permaneceu parado, com o rosto apoiado na outra mão, e não se virou.

O Químico inspecionou o quarto com os olhos; os livros e os papéis do estudante, empilhados sobre uma mesa num canto, onde, com a lamparina de leitura apagada, agora vedada e posta de lado, falavam das horas de estudo passadas antes da doença, que talvez a tivessem causado; alguns sinais de sua antiga saúde e liberdade, como o traje de passeio que pendia, ocioso, de um gancho na parede; recordações de outros cenários, menos solitários, as pequenas miniaturas sobre a lareira e o desenho da casa paterna; esse símbolo de sua admiração e, talvez, de algum modo, de seu afeto pessoal, o retrato emoldurado dele mesmo, que estava observando. Tempos houve, ontem mesmo, em que todos esses objetos teriam despertado a simpatia de Redlaw, em sua mais remota associação de interesse com a figura viva à sua frente. Agora, eram meros objetos; ou, se algum vislumbre de tal simpatia o atingia, despertava-lhe perplexidade, e não curiosidade, enquanto permanecia ali parado, observando com obtuso estupor.

O estudante, retraindo a mão magra que permanecera por tanto tempo sem ser tocada, ergueu-se do sofá e voltou a cabeça.

— Sr. Redlaw! — exclamou ele, num salto.

Redlaw esticou o braço.

— Não se aproxime de mim. Vou sentar-me aqui. Permaneça onde está!

Sentou-se numa cadeira junto à porta e, depois de lançar um olhar para o rapaz, que permanecia de pé, com uma mão apoiada no sofá, falou, com os olhos cravados no chão.

— Soube, por acaso, e pouco importa qual foi o acaso, que um dos meus alunos estava doente e solitário. Não tive mais nenhuma descrição dele, a não ser que morava nesta rua. Começando a minha investigação na primeira casa, acabei encontrando-o.

— Tenho estado doente, professor — tornou o estudante, não só com modesta hesitação, mas com admiração reverenciosa. — Estou muito melhor agora. Um ataque de febre — cerebral, acho — debilitou-me, mas estou muito melhor. Não posso dizer que estive solitário em minha doença, ou estaria esquecendo a caridosa mão que tem estado ao meu lado.

— Refere-se à mulher do zelador — disse Redlaw.

— Sim. — O estudante inclinou a cabeça, como se lhe prestasse uma silenciosa homenagem.

O Químico, em quem reinava uma fria e monótona apatia, que o transformava mais em algo como a estátua de mármore do túmulo do homem que ontem interrompera o jantar à menção do caso do estudante, do que no homem mesmo, que ali respirava, lançou mais uma vez o olhar para o estudante com a mão apoiada no divã, e tornou a olhar para o chão e para o ar, como em busca de luz para sua mente cega.

— Lembrei-me do seu nome — disse ele — quando foi mencionado na salinha de baixo, há pouco; também me lembrei do seu rosto. Tivemos muito poucas oportunidades de nos comunicarmos pessoalmente, não é?

— Muito poucas.

— Você se retraía e se afastava de mim mais do que todos os colegas, não é?

O estudante fez que sim com a cabeça.

— E por quê? — disse o Químico; não com a mínima expressão de interesse, mas com uma curiosidade mal-humorada e caprichosa. — Por quê? Por que procurou esconder em especial de mim o fato de permanecer aqui, nesta época do ano, quando todos se dispersaram? E ainda estando doente! Gostaria de saber o porquê disso tudo.

O rapaz, que o ouvira com nervosismo cada vez maior, ergueu os olhos para o rosto do professor e, torcendo as mãos, exclamou com súbito ardor e com os lábios trêmulos:

— Sr. Redlaw! O senhor me descobriu. O senhor conhece o meu segredo!

— Segredo! — disse o Químico, em tom grosseiro. — *Eu* conheço?

— Conhece! Seu jeito, tão diferente do interesse e da compreensão que lhe conquistam tantos corações, sua voz alterada, a reticência em tudo o que diz e em seu olhar — respondeu o estudante — alertam-me que o senhor me conhece. O fato mesmo de me esconder isso agora é, para mim, uma prova (Deus sabe que não preciso de nenhuma!) de sua gentileza natural e da barreira que existe entre nós.

Uma gargalhada vazia e irônica foi a única resposta que obteve.

— Mas, Sr. Redlaw — disse o estudante —, como homem justo e bom, tenha em conta a minha inocência, salvo pelo nome e pela ascendência, quanto a qualquer participação em qualquer ato que possa tê-lo prejudicado ou em qualquer sofrimento que tenha suportado.

— Sofrimento! — disse Redlaw, rindo. — Prejudicar-me! O que é isso, para mim?

— Pelo amor de Deus — implorou o tímido estudante —, não permita que a troca de umas poucas palavras comigo o mudem tanto, professor! Deixe que eu me retire de novo de seu conhecimento e da sua atenção. Deixe-me ocupar o meu velho lugar reservado e distante entre aqueles que o senhor instrui. Conheça-me só pelo nome que adotei, e não pelo de Longford...

— Longford! — exclamou o outro.

Ele segurou a cabeça com ambas as mãos e, por um momento, voltou para o rapaz seu próprio rosto inteligente e pensativo. Mas a luz rapidamente se retirou dele, como um fugidio raio de sol, e logo se cobriu de nuvens, como antes.

— O nome de minha mãe, professor — balbuciou o rapaz —, o nome que ela assumiu, quando, talvez, pudesse ter escolhido outro mais honrado. Sr. Redlaw — disse, hesitante —, acho que conheço a história. Onde me faltam informações, posso adivinhar o que falta e chegar a algo que não está longe da verdade. Sou o filho de um casamento que provou ser desigual e infeliz. Desde a infância, ouvi falar do senhor de modo honroso e respeitoso — quase com reverência. Ouvi falar de tanta dedicação, de tanta força de vontade e ternura, de tanta resistência aos obstáculos que abatem os homens, que o seu nome brilhava intensamente na minha imaginação, desde que aprendi de minha mãe a minha pequena lição. Por fim, sendo eu mesmo um pobre estudante, quem poderia instruir-me, a não ser o senhor?

Redlaw, imóvel, imperturbável e fitando-o com o cenho franzido, não lhe deu nenhuma resposta, nem por palavras, nem por gestos.

— Não consigo dizer — prosseguiu o outro —, tentaria em vão dizer o quanto me impressionou e me tocou a descoberta de doces vestígios do passado na capacidade certa de conquistar a gratidão e a confiança que está associada, entre nós, estudantes (principalmente entre os mais humildes de nós), com o nome generoso do Sr. Redlaw. Há uma grande diferença de idade entre nós, professor, e estou tão acostumado a vê-lo de longe que me admiro com minha própria presunção quando toco, mesmo de leve, neste assunto. Mas, para alguém que, posso dizer, sentiu um interesse incomum por minha mãe no passado, pode ter sua importância ouvir, agora, que tudo já passou, com que indescritíveis sentimentos de afeto eu, em minha obscuridade, o considerava; com quanta dor e relutância me mantive distante de seus encorajamentos, quando uma palavra me teria dado tanta satisfação, e como preferi seguir o meu caminho, contentando-me em conhecê-lo e permanecer desconhecido. Sr. Redlaw — disse o estudante, com voz fraca —, digo muito mal o que queria dizer, pois minhas forças me abandonam; mas me perdoe se houve algo de indigno nesta minha fraude e, quanto a tudo o mais, me esqueça!

O olhar fixo e o cenho franzido persistiram no rosto de Redlaw e não cederam a nenhuma outra expressão até que o estudante, com essas palavras, avançou até ele, como se para tocar sua mão, quando ele recuou e gritou:

— Não chegue perto de mim!

O jovem estacou, chocado com o ímpeto do recuo e pela força da repulsa; e passou a mão, pensativamente, pela testa.

— O passado é o passado — disse o Químico. — Morre como morrem os animais. Quem fala dos rastros que deixou em minha vida ou delira ou mente! Que tenho eu que ver com seus loucos sonhos? Se você quer dinheiro, aqui o tem. Vim para oferecê-lo, e só por isso. Nada mais pode haver que me tenha trazido até aqui — resmungou, segurando mais uma vez a cabeça com ambas as mãos. — Não *pode* ter havido mais nada e, no entanto...

Ele havia jogado a bolsa com dinheiro sobre a mesa. Enquanto mergulhava naquelas cogitações consigo mesmo, o estudante apanhou-a e a estendeu a ele.

— Pegue-a de volta, professor — disse ele com orgulho, mas sem ira. — Gostaria que o senhor pudesse tomar de mim, junto com ela, toda lembrança de suas palavras e de sua oferta.

— Gostaria? — replicou ele, com uma luz estranha nos olhos.
— Gostaria?
— Gostaria!

Aproximou-se dele o Químico, pela primeira vez, e pegou a bolsa e, segurando-o pelo braço, obrigou-o a se voltar. Olhou-o, então, bem nos olhos.

— Há sofrimento e angústia na doença, não é? — perguntou, rindo.

O atônito estudante respondeu que sim.

— Com todo o desassossego, a ansiedade, o nervosismo e toda a série de misérias físicas e mentais? — disse o Químico, com júbilo selvagem e fantasmagórico. — É melhor esquecer tudo isso, não é?

O estudante não respondeu, mas passou mais uma vez a mão, convulsivamente, pela testa. Redlaw ainda o segurava pela manga, quando a voz de Milly se fez ouvir do lado de fora.

— Consigo enxergar muito bem agora — disse ela, — muito obrigada, Dolf. Não chore, querido. A mamãe e o papai vão estar bem de novo, amanhã, e a casa vai voltar ao normal. Há um senhor com ele?

Redlaw soltou-o, enquanto escutava.

— Desde o primeiro momento — murmurou ele consigo mesmo —, temi encontrá-la. Há nela uma bondade constante, que tenho medo de influenciar. Posso ser o assassino do que há de melhor e de mais carinhoso dentro dela.

Ela bateu à porta.

— Devo descartar essa ideia como um vão pressentimento, ou continuar evitando-a? — murmurou ele, olhando, nervoso, ao seu redor.

Ela tornou a bater à porta.

— De todos os visitantes que poderiam vir aqui — disse ele, com voz rouca e alarmada, voltando-se para o companheiro —, este é o que mais gostaria de evitar. Esconda-me!

O estudante abriu uma portinhola na parede, que dava para um quartinho interno, ali onde o teto se inclinava para o chão. Redlaw atravessou-a correndo e a fechou atrás de si.

Retomou, então, o estudante o seu lugar no divã e pediu que ela entrasse.

— Caro Sr. Edmund — disse Milly, observando o quarto —, disseram-me que havia um homem aqui.

— Não há ninguém aqui, a não ser eu.

— Veio alguém visitá-lo?

— Sim, veio.

Ela colocou sua cestinha sobre a mesa e voltou para trás do divã, como se para segurar a mão estendida — mas ela não estava lá. Um pouco surpresa, com seu ar sereno, ela se inclinou para olhá-lo no rosto e delicadamente tocou em sua testa.

— O senhor está bem esta noite? Sua testa não está tão quente como de tarde.

— Ora! — disse o estudante, com petulância. — Não me atrapalha em nada.

Mostrou-se ela um pouco mais surpresa com aquela resposta, mas sem demonstrar nenhuma reprovação, enquanto voltava para o outro lado da mesa e tirava da cesta um pacotinho de costura. Mas tornou a colocá-lo na cesta, depois de refletir um pouco, e, caminhando silenciosamente pelo quarto, pôs tudo no lugar, na mais perfeita ordem, até mesmo as almofadas do sofá, que tocava tão de leve que ele mal se deu conta, enquanto continuava observando o fogo. Quando tudo ficou arrumado, depois de varrer a lareira, ela se sentou, com sua touca modesta, para costurar, e logo se absorveu nesse trabalho.

— É a nova cortina de musselina para a janela, Sr. Edmund — disse Milly, continuando a costurar enquanto falava. — Vai ficar muito bonita e alinhada, embora seja bem barata; e também vai proteger os seus olhos da luz. O meu William diz que o quarto não deve ficar tão iluminado agora, quando o senhor está recuperando-se tão bem, ou a luz pode provocar-lhe tonturas.

Ele não disse nada, mas havia algo tão inquieto e impaciente na sua mudança de posição que os velozes dedinhos dela pararam, e ela olhou para ele, preocupada.

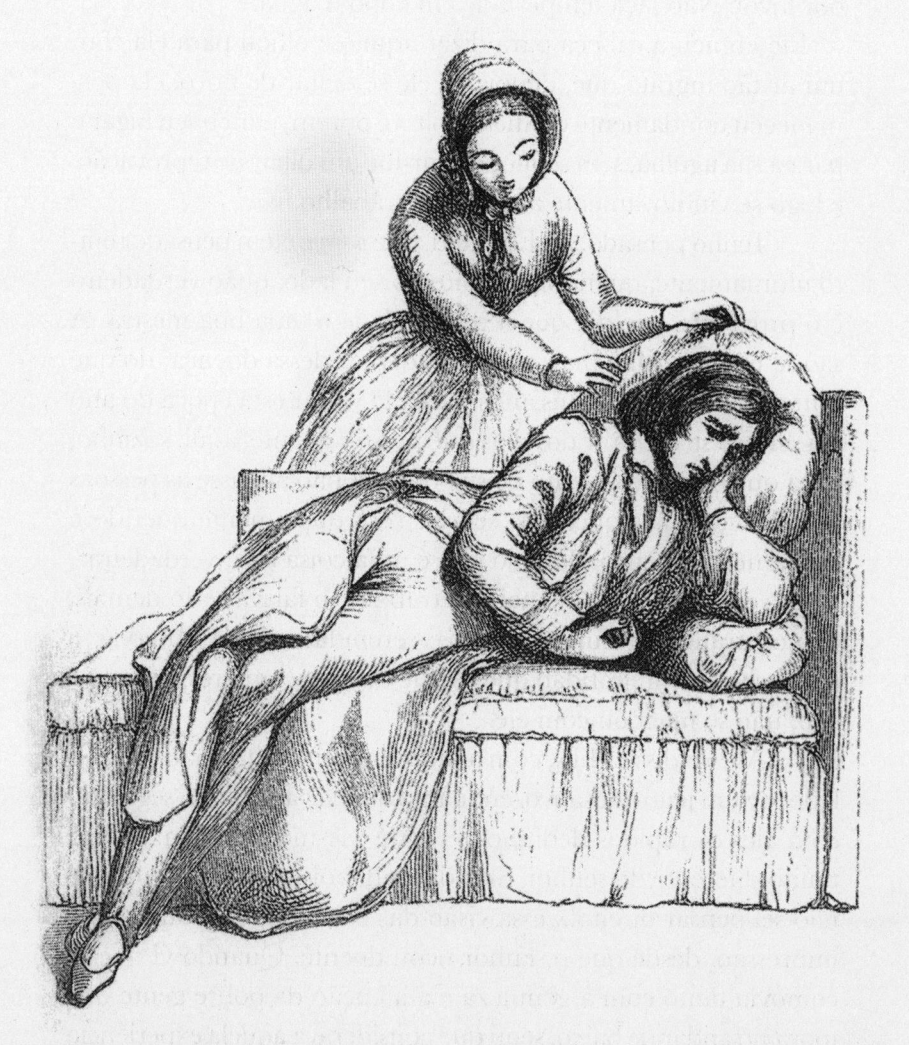

Ilustração: F. Stone

— Os travesseiros não estão confortáveis — disse ela, largando a costura e levantando-se. — Vou já arrumá-los.

— Eles estão ótimos — respondeu ele. — Deixe-os em paz, por favor. Não faça tempestade em copo d'água.

Ele ergueu a cabeça para dizer aquilo e olhou para ela com um ar tão ingrato que, depois de ele se deitar de novo, ela permaneceu timidamente estática. Voltou, porém, para o seu lugar e para a sua agulha, sem sequer dirigir-lhe um olhar de reprovação, e logo se viu novamente absorta no trabalho.

— Tenho pensado, Sr. Edmund, que *o senhor* tem pensado muito ultimamente, quando me sento ao seu lado, quão verdadeiro é o provérbio que diz que a adversidade é uma boa mestra. A saúde há de ser-lhe mais preciosa, depois dessa doença, do que nunca. E, daqui a alguns anos, quando voltar esta época do ano e o senhor se lembrar dos dias que passou doente, aqui, sozinho, para que o conhecimento de sua doença não afligisse as pessoas que lhe são mais queridas, seu lar será duplamente querido e duplamente abençoado. Isso não é uma coisa boa, verdadeira?

Ela estava absorta demais no trabalho e falava sério demais, demonstrando profunda calma e serenidade, para observar o olhar cheio de ingratidão que ele lhe dirigiu, como resposta; por isso, não se magoou com ele.

— Ah! — disse Milly, com a linda cabecinha inclinada para o lado, de um jeito pensativo, enquanto abaixava os olhos, seguindo com eles os rápidos dedinhos. — Até mesmo em mim... e sou muito diferente do senhor, Sr. Edmund, pois não tenho estudo e não sei pensar direito... essa visão das coisas me causou grande impressão, desde que o senhor ficou doente. Quando vi que se comovia tanto com a gentileza e a atenção da pobre gente que mora no andar de baixo, senti que considerava aquela experiência uma espécie de compensação pela perda da saúde, e li em seu rosto, como se fosse num livro aberto, que, sem os problemas e a angústia, jamais teríamos consciência de metade do bem que há ao nosso redor.

Ele se ergueu do divã, o que a interrompeu e a impediu de prosseguir.

— Não devemos exagerar o mérito, Sra. William — disse ele, em tom de desprezo. — A gente que mora no andar de baixo receberá no devido tempo o seu pagamento, garanto, por todos os serviços suplementares que me tiverem prestado, e talvez contem exatamente com isso. Sou muito grato também à senhora.

Seus dedos pararam de trabalhar, e ela olhou para ele.

— Não quero sentir-me ainda mais endividado pelos seus exageros — disse ele. — Tenho consciência de que a senhora se tem interessado por mim, e me sinto muito grato por isso. Que quer mais de mim?

Ela deixou a costura cair sobre o colo, enquanto ainda olhava para ele, que ia de um lado para o outro do quarto, com um jeito irritado, parando aqui e ali.

— Repito, sou muito grato à senhora. Por que me lembrar a toda hora o quanto lhe devo? Angústias, aflições, sofrimento, adversidade! Parece até que andei morrendo mil mortes por aqui!

— Acha mesmo, Sr. Edmund — perguntou ela, erguendo-se e aproximando-se dele —, que falei da pobre gente da casa para insinuar algo a meu respeito? Sobre mim? — apoiando a mão sobre o colo, com um simples e inocente sorriso de espanto.

— Ah! Não acho nada sobre isso, minha boa moça — tornou ele. — Tive uma indisposição, que a sua solicitude — veja bem, eu disse solicitude — exagera muito mais do que ela merece; já acabou, não podemos perpetuar este estado de coisas.

E, friamente, pegou um livro e foi sentar-se à mesa.

Ela continuou olhando para ele por alguns instantes, até o seu sorriso desaparecer. Então, retornando para onde estava a cesta de costura, disse com delicadeza:

— Sr. Edmund, prefere ficar sozinho?

— Não há razão para retê-la aqui — respondeu ele.

— A não ser... — disse Milly, mostrando seu trabalho.

— Ah, a cortina! — respondeu ele, com uma gargalhada de superioridade. — Nada que faça valer a pena a sua permanência aqui.

Ela tornou a arrumar seu pacotinho e o colocou na cesta. Em seguida, de pé à frente dele com um ar paciente de súplica, que não deu a ele outra opção senão o de olhar para ela, disse:

— Se quiser que eu volte, voltarei, com prazer. Enquanto quis que eu viesse, vim com alegria, não havia nenhum mérito nisso. Acho que, agora que está sentindo-se melhor, está com medo que eu venha a importuná-lo, mas isso não vai acontecer. Eu deixaria de vir depois da sua recuperação. O senhor não me deve nada, mas é certo que devo ser tratada com a mesma justiça que eu mereceria se fosse uma dama... e até mesmo a dama que o senhor ama; e se acha que exagero por interesse o pouco que tentei fazer para dar conforto ao seu quarto de doente, o senhor se insulta a si mesmo mais do que pode insultar a mim. É isso que me entristece. É isso que me entristece, e muito.

Se ela fosse tão passional como era tranquila, tão indignada como era calma, de aspecto tão zangado como era gentil, se o tom de sua voz fosse tão forte quanto era suave e claro, não teria deixado atrás de si uma sensação tão forte de vazio no solitário estudante quando saiu do quarto.

Ele olhava tristemente para o lugar onde ela havia estado, quando Redlaw saiu do esconderijo e atravessou a portinhola.

— Quando a doença puser a mão sobre você de novo — disse ele, olhando ferozmente para o aluno —, e espero que isso aconteça logo, morra aqui! Apodreça aqui!

— O que o senhor fez? — replicou o outro, segurando-o pela capa. — Que transformação me fez sofrer? Que maldição lançou sobre mim? Traga-me de volta a mim mesmo!

— Traga-me de volta a *mim* mesmo! — exclamou Redlaw, como um louco. — Estou infectado! Sou infeccioso! Estou cheio de veneno para minha própria mente e a de toda a humanidade. Aquilo por que sentia interesse, compaixão, compreensão, agora me transforma em pedra. Nascem o egoísmo e a ingratidão sob os meus passos malditos. Minha única superioridade sobre os desgraçados que crio é que, no momento de sua transformação, eu posso odiá-los.

Enquanto falava — com o rapaz ainda agarrado à sua capa —, empurrou-o para longe de si e bateu nele: em seguida, correu freneticamente para o ar livre da noite, onde o vento soprava, a neve caía, as nuvens corriam, a lua brilhava melancolicamente; e onde, soprando no vento, caindo com a neve, deslizando com as nuvens, brilhando ao luar e ressoando pesadamente nas trevas, estavam as palavras do Fantasma: "O presente que lhe dei, terás de tornar a dá-lo, onde quer que estejas!".

Aonde ia, não sabia, nem se preocupava com isso, contanto que evitasse companhia. A mudança que sentia dentro de si transformava em deserto as ruas agitadas, e ele mesmo em deserto, e a multidão ao seu redor, com seus múltiplos trabalhos e modos de vida, numa imensa planície de areia, que os ventos moldavam em ininteligíveis montes, em ruinosa confusão. Esses vestígios em seu peito, que segundo o Fantasma, "logo morreriam", ainda não estavam, por enquanto, tão adiantados em seu caminho para a morte, a ponto de fazê-lo perder a noção de quem era e do que havia feito aos outros. Queria ficar só.

Tal pensamento o fez, de repente, lembrar-se, enquanto caminhava, do menino que entrara em seu quarto. E então lhe ocorreu que, de todos aqueles com quem se comunicara desde que o Fantasma se fora, só o menino não dera sinais de mudança.

Por mais monstruoso e odioso que aquele pequeno selvagem fosse para ele, resolveu procurá-lo e confirmar se isso era verdade; e o procuraria também com outra intenção, que lhe ocorreu ao mesmo tempo.

Assim, conseguindo, com alguma dificuldade, localizar-se, dirigiu os passos de volta para o velho colégio e para a parte dele onde ficava o portão principal, o único lugar em que o pavimento estava desgastado pelo rastro dos passos dos estudantes.

A casa do zelador ficava logo após o portão de ferro, formando uma parte do quadrado principal. Havia um pequeno claustro do lado de fora, e daquele lugar abrigado sabia poder espiar pela janela da simples sala deles e ver quem estava lá. Os portões de ferro estavam fechados, mas sua mão estava acostumada com a tranca e, enfiando-a entre as grades e puxando a trava para trás, entrou silenciosamente, tornou a fechar e esgueirou-se até a janela, desfazendo a fina camada de neve com os pés.

O fogo ao qual direcionara o menino na noite passada, brilhando vivamente através dos vidros, criava um espaço iluminado sobre o chão. Evitando-o por instinto e contornando-o, olhou pela janela. No começo, pensou que não havia ninguém ali e que o fogo iluminava com sua luz rubra apenas as velhas traves do teto e as paredes escuras; observando, porém, com maior atenção, viu o objeto de sua busca, a dormir acocorado diante do fogo. Dirigiu-se rapidamente até a porta, abriu-a e entrou.

Achava-se a criatura em meio a um calor tão intenso que, quando o Químico se agachou para apanhá-lo, chamuscou a cabeça. Assim que foi tocado, o menino, ainda meio adormecido, reuniu seus farrapos, com o instinto de fuga e, meio rolando, meio correndo, foi para um canto afastado da sala, onde, agachando-se no chão, esticou as pernas para se defender.

— Levante! — disse o químico. — Esqueceu-se de mim?

— Me deixe em paz! — replicou o garoto. — Esta é a casa da mulher, não a sua.

Exercendo o olhar fixo do Químico certo controle sobre o menino, ou inspirando-lhe certa submissão, ele se pôs de pé e se deixou inspecionar.

— Quem lavou os seus pés e pôs esses curativos sobre as feridas? — perguntou o Químico.

— A mulher.

— Foi ela também que limpou o seu rosto?

— Foi. A mulher.

Redlaw fez essas perguntas para atrair para si o olhar do menino e, com a mesma intenção, o segurava agora pelo queixo

Ilustração: C. Stanfield, RA

e puxou para trás seus cabelos negros e desgrenhados, embora sentisse nojo ao tocá-los. O menino observava atentamente os seus olhos, como se fosse necessário para sua própria defesa, sem saber o que viria em seguida; e Redlaw pôde ver muito bem que o menino não sofrera nenhuma transformação.

— Onde estão eles? — perguntou.

— A mulher saiu.

— Isso eu sei. Onde está o velho de cabelos brancos e o filho dele?

— Está falando do marido da mulher? — perguntou o moleque.

— Isso mesmo. Onde estão aqueles dois?

— Saíram. Tinha um problema em algum lugar. Eles saíram correndo e me disseram para ficar aqui.

— Venha comigo — disse o Químico. — Vou dar-lhe algum dinheiro.

— Ir aonde? E quanto dinheiro?

— Vou dar-lhe mais dinheiro do que você jamais viu e logo estará de volta. Você sabe o caminho para o lugar de onde veio?

— Me deixe em paz — replicou o garoto, soltando-se de repente. — Não vou levar você lá. Me deixe em paz ou taco fogo em você.

Como um raio, ele se agachou, já pronto para lançar com sua mãozinha selvagem os carvões ardentes.

O que o Químico sentira, ao observar o efeito de sua influência enfeitiçada insinuar-se naqueles com quem entrava em contato, não estava nem perto do frio e vago terror com que viu aquele menino monstro desafiá-lo. Seu sangue congelou-se ao ver aquela coisa inamovível e impenetrável, em forma de criança, com seu rosto maligno e velhaco voltado para ele, e sua mão quase de bebê já preparada junto à grade da lareira.

— Escute, garoto! — disse ele. — Você vai levar-me aonde quiser, desde que seja onde as pessoas são muito miseráveis ou muito más. Não quero prejudicá-los, quero ajudá-los. Eu vou dar dinheiro para você, como lhe disse, e depois trazer você de volta. Levante! Vamos logo! — Deu um passo rápido na direção da porta, com medo de se voltar.

— Você vai me deixar andar sozinho, sem me segurar nem me tocar? — disse o menino, retirando a mão com que o ameaçava e começando a se levantar.

— Vou!

— E vai me deixar ir na frente, atrás, do jeito que eu quiser?

— Vou!

— Me dê um pouco de dinheiro antes que eu vou.

O Químico passou alguns xelins, um por um, para a sua mão estendida. Contá-los era algo que ultrapassava os conhecimentos do menino, mas dizia "um" a cada vez e olhava com avareza para cada um deles e, em seguida, para quem os dava. Não tinha onde guardá-los fora da mão, a não ser na boca; e lá os colocou.

Redlaw escreveu, então, com o lápis numa folha de sua cadernetinha que o menino estava com ele; e, deixando-a sobre a mesa, fez um sinal para que o garoto o seguisse. Segurando seus farrapos, como sempre, o menino obedeceu e saiu, com a cabeça descoberta e os pés descalços, pela noite de inverno.

Preferindo não sair pelo portão de ferro pelo qual havia entrado, onde correriam o risco de topar com quem ele tão ansiosamente evitava, o Químico seguiu por alguns dos corredores pelos quais o menino se perdera e por aquela parte do edifício em que morava, até uma porta cuja chave possuía. Quando saíram para a rua, parou para perguntar ao seu guia se sabia onde estavam.

A coisinha selvagem olhou para um lado e para o outro e, por fim, balançando a cabeça, apontou na direção que decidira tomar. Como Redlaw seguiu em frente de imediato, ele o acompanhou, um pouco menos desconfiado, passando o dinheiro da boca para a mão e da mão para a boca e esfregando com força as moedas em seus farrapos, para lustrá-las, enquanto caminhava.

Três vezes, durante o percurso, estiveram lado a lado. Três vezes pararam, lado a lado. Três vezes o Químico olhou para o rosto menino e se arrepiou, ao nele ver seu próprio reflexo.

A primeira vez foi quando estavam atravessando um velho cemitério, e Redlaw parou entre os túmulos, sem conseguir de modo algum vinculá-los a algum pensamento de ternura, delicadeza ou consolação.

A segunda foi quando o brilho súbito da lua o levou a olhar para o céu, onde a viu, em sua glória, rodeada por uma legião de estrelas que ele ainda conhecia pelo nome e pelas histórias que a ciência humana a elas vinculara, mas onde nada mais viu do que costumava ver, não sentiu nada do que costumava sentir, ao olhar para o céu numa noite clara.

A terceira foi quando parou para ouvir uma canção triste, mas só conseguiu escutar uma melodia que o seco mecanismo dos instrumentos e de seus próprios ouvidos lhe manifestavam, sem nenhum mistério nas notas, sem nenhum sussurro de passado ou de futuro, sem poder sobre ele, como o rumor das águas ou o uivo dos ventos do ano passado.

Em cada uma dessas ocasiões ele viu, com terror, que, apesar da enorme distância intelectual entre eles e de serem completamente diferentes, quanto ao físico, sob todos os aspectos, a expressão no rosto do garoto era a sua mesma expressão.

Seguiram caminho por mais algum tempo — ora por lugares tão apinhados de gente, que muitas vezes olhava para trás, julgando ter perdido o guia, para geralmente encontrá-lo em seguida, sob a sua sombra, do outro lado; ora por sendas tão silenciosas que poderia contar os passos curtos, velozes e descalços do menino às suas costas — até chegarem a um lamentável conjunto de casas. O menino segurou-o e parou.

— É lá dentro! — disse ele, apontando para uma das casas onde havia luzes esparsas nas janelas e uma pálida lanterna sobre a porta, acima da qual havia uma tabuleta com a inscrição: Quartos para viajantes.

Redlaw olhou ao redor: desde as casas até o vasto espaço vazio em que elas se erguiam, ou melhor, não desmoronavam completamente, sem cercas, sem água, sem luz e rodeado por um fosso estagnado; dali para a linha oblíqua de arcadas, parte de algum viaduto ou ponte das proximidades, de que ele era rodeado, arcadas que iam diminuindo à medida que se aproximavam das casas, até chegarem à penúltima, que tinha o tamanho de uma casinha de cachorro, e à última, um mero montinho de tijolos; dali para a criança ao seu lado, mal agasalhada e trêmula de frio, e pulando numa perna só, enquanto dobrava a outra para aquecer-se, a olhar para tudo aquilo com tão apavorante semelhança de expressão no rosto que Redlaw dela se afastou.

— Lá dentro! — disse o menino, apontando de novo para a casa. — Vou ficar esperando.

— Eles vão deixar-me entrar?

— Diz que é médico — respondeu ele, com um sinal de cabeça. — Lá está cheio de doentes.

Olhando para trás, enquanto caminhava para a porta da casa, Redlaw viu o menino arrastar-se sobre a poeira e rastejar para dentro de um buraco no arco menor, como se fosse um rato. Não sentiu pena, mas medo; e quando o menino olhou para ele de dentro de seu covil, correu em direção à casa, como para um abrigo.

— Aflição, injustiças e angústia — disse o Químico, com um doloroso esforço para obter uma lembrança mais distinta — pelo menos assombram este lugar, lugubremente. Aqui, aquele que traz o esquecimento dessas coisas não pode fazer mal a ninguém.

Com essas palavras, empurrou a porta, que cedeu facilmente, e entrou.

Havia uma mulher sentada sobre a escada, adormecida ou abandonada, com a cabeça inclinada sobre as mãos e os joelhos. Como não era fácil passar sem pisar nela, e como a mulher permanecia completamente indiferente à sua aproximação, ele parou e a tocou nos ombros. Erguendo a cabeça, ela lhe mostrou um rosto muito jovem, mas já sem nenhum viço ou esperança, como se o cruel inverno houvesse matado a primavera, contrariamente à ordem natural.

Sem mostrar nenhuma preocupação com ele, ela se encolheu na direção da parede, para lhe deixar um espaço maior.

— O que você é? — disse Redlaw, detendo-se enquanto segurava o corrimão quebrado.

— O que você acha que eu sou? — respondeu ela, mostrando-lhe o rosto, de novo.

Ele olhou para o devastado Templo de Deus, tão jovem e já tão desfigurado, e algo, que não era compaixão — pois os mecanismos que impulsionam a verdadeira compaixão por tais misérias se haviam despedaçado em seu peito —, mas estava mais perto disso, no momento, do que qualquer outro sentimento que ultimamente se houvesse debatido contra a cada vez mais escura, mas ainda não completamente negra noite de seu espírito, deu um toque de delicadeza às palavras que pronunciou em seguida.

— Estou aqui para trazer-lhe alívio, se puder — disse ele. — Está pensando em alguma injustiça que sofreu?

Ela franziu o cenho e depois riu; em seguida, sua risada se prolongou num soluço arrepiante, enquanto tornava a baixar a cabeça e enterrava os dedos nos cabelos.

— Está pensando em alguma injustiça que sofreu? — perguntou ele, mais uma vez.

— Estou pensando na minha vida — disse ela, lançando um breve olhar para ele.

Ele percebeu que ela era uma entre muitas e que via o arquétipo de milhares de seres ao vê-la curvada a seus pés.

— Quem são os seus pais? — perguntou ele.

— Eu tinha um bom lar antigamente. Meu pai era jardineiro, longe daqui, no interior.

— Ele morreu?

— Para mim, ele está morto. Todas essas coisas morreram para mim. O senhor é um cavalheiro e não sabe nada disso! — Ela ergueu de novo os olhos e riu dele.

— Menina! — disse Redlaw, com voz severa. — Antes que essa morte de todas as coisas a atingisse, você sofreu alguma injustiça? Sem contar tudo o que você possa fazer, não houve alguma injustiça contra você? Uma injustiça que ainda continua angustiando você?

Tão pouco de feminino havia sobrado em sua aparência que agora, quando ela começou a chorar, ele ficou pasmo. Mas o que mais o espantava e inquietava era notar que, ao despertar a lembrança dessa injustiça, surgira nela o primeiro vestígio de sua própria velha humanidade e de sua enregelada ternura.

Ele recuou um pouco e, ao fazer isso, observou que os braços dela estavam negros; o rosto, cortado, e o colo, com hematomas.

— Que mão brutal a machucou assim? — perguntou ele.
— A minha. Eu mesma fiz isso! — respondeu ela, rapidamente.
— É impossível.
— Juro! Ele não relou em mim. Eu fiz isso comigo mesma, num momento de raiva e me joguei aqui embaixo. Ele não estava nem perto de mim. Ele nunca levantou a mão contra mim!

No rosto pálido e determinado com que ela o enfrentava ao contar essas mentiras, ele viu, com clareza suficiente para arrepender-se de ter-se aproximado dela, a derradeira distorção e perversão do bem que sobrevivia naquele miserável peito.

— Aflição, injustiça e angústia! — murmurou ele, desviando o olhar amedrontado. — Tudo o que está ligado ao estado presente dela tem suas raízes aí! Pelo amor de Deus, tenho de ir embora!

Com medo de tornar a vê-la, com medo de tocar nela, com medo de ter partido o último fio que a ligava à misericórdia divina, ele enrolou a capa ao redor do corpo e subiu correndo as escadas.

À sua frente, num patamar, ficava uma porta, que estava entreaberta. Enquanto subia, um homem com uma vela na mão veio fechá-la. O homem, porém, ao vê-lo, recuou, muito emocionado e, como num súbito ímpeto, disse em voz alta seu nome.

Surpreso por aquele reconhecimento, ele estacou, tentando lembrar-se daquele rosto pálido e assustado. Não teve tempo de observá-lo, pois, para seu grande espanto, o velho Philip saiu do quarto e o pegou pela mão.

— Sr. Redlaw — disse o velho —, isso é bem típico do senhor, muito típico! O senhor ouviu a história e veio atrás de nós para prestar a ajuda possível. Ah, mas é tarde demais! tarde demais!

Redlaw, com olhar atônito, deixou-se conduzir ao quarto. Havia um homem deitado numa cama dupla, com William Swidger à sua cabeceira.

— Tarde demais! — murmurou o velho, olhando triste para o rosto do Químico; e lágrimas rolavam por seu rosto.

— É o que eu sempre digo, papai — replicou o filho, em voz baixa. — É exatamente isso. O melhor é permanecermos calados, enquanto ele está inconsciente. O senhor está certo, papai!

Redlaw parou ao lado da cama e se pôs a considerar a figura deitada sobre o colchão. Era de um homem que devia estar na flor da idade, mas sobre o qual era improvável que o sol voltasse a brilhar. Os vícios de seus quarenta ou cinquenta anos de carreira haviam-no marcado de tal forma que, em comparação com seus efeitos sobre o rosto dele, a mão pesada do tempo sobre o rosto do velho que o observava havia sido misericordiosa e benigna.

— Quem é? — perguntou o Químico, olhando ao redor.

— Meu filho George, Sr. Redlaw — disse o velho, torcendo as mãos. — Meu filho mais velho, George, de quem sua mãe tinha mais orgulho do que de todos os outros!

Os olhos de Redlaw vagaram da cabeça grisalha do ancião, quando ele a encostou na cama, para a pessoa que o reconhecera e que se mantivera à distância, no canto mais remoto do quarto. Parecia ter mais ou menos a mesma idade que ele e, embora não conhecesse nenhum homem tão acabado e destruído como aquele, havia algo no seu jeito, enquanto permanecia de costas para ele, para em seguida sair pela porta, que o fez passar a mão pela testa, com nervosismo.

— William — disse ele, num sussurro sombrio —, quem é aquele homem?

— É o que pode ver, professor — tornou o Sr. William —, é o que eu sempre digo. Como pode alguém entregar-se ao jogo e a coisas do gênero e deixar-se cair, polegada após polegada, até chegar ao fundo do poço!

— *Ele* fez isso? — perguntou Redlaw, olhando para ele com o mesmo gesto nervoso de antes.

— Exatamente isso, professor — tornou William Swidger —, como eu falei. Ele sabe um pouco de medicina, ao que parece; e tendo feito a viagem a Londres com este meu infeliz irmão aqui — o Sr. William passou a manga do casaco sobre os olhos —, e tendo passado a noite aqui em cima — o que digo, como vê, há estranhas companhias por aqui, às vezes — entrou para tratar dele, por sua própria vontade. Que espetáculo triste, professor! Mas assim é. Isso vai acabar matando o meu pai!

Redlaw ergueu os olhos, ao ouvir essas palavras e, lembrando-se de onde estava e com quem estava e da maldição que trazia dentro de si — que sua surpresa havia obscurecido —, recuou um pouco bruscamente, em dúvida sobre se devia ou não deixar a casa naquele momento.

Cedendo a certa mal-humorada teimosia — parecia ser parte de sua nova condição lutar contra ela —, optou por ficar.

— Não foi ontem mesmo — disse ele — que observei que a memória desse velho é uma trama de aflições e angústias? E por que temer abalá-la esta noite? Será que essas lembranças que posso destruir são tão preciosas para esse moribundo que devo temer por *ele*? Não! Vou ficar aqui.

E ficou, mas amedrontado e trêmulo com essas palavras; e, envolvido na capa negra, escondendo deles o rosto, permaneceu distante da cama, ouvindo o que diziam, como se se sentisse um demônio naquele lugar.

— Papai! — murmurou o doente, saindo por um instante do estupor.

— Meu menino! Meu filho George! — disse o velho Philip.

— Há pouco, o senhor falou que eu era o filho predileto da mamãe, há muito tempo atrás. É terrível pensar agora naqueles tempos distantes!

— Não, não, não — tornou o velho. — Pense neles. Não diga que é terrível. Não é terrível para mim, meu filho.

— Isso machuca o seu coração, papai. — Pois as lágrimas do velho caíam sobre ele.

— É verdade — disse Philip —, é verdade; mas isso me faz bem. É uma grande dor pensar naqueles tempos, mas isso me faz bem, George. Ah, pense neles você também, e seu coração vai ficar cada vez mais leve! Onde está meu filho William? William, meu filho, a mãe dele o amava tanto até o fim que no seu último suspiro ela disse: "Diga-lhe que o perdoei, o abençoei e rezei por ele". Essas foram as palavras que ela me disse. Nunca as esqueci, e tenho oitenta e sete anos!

— Papai! — disse o homem deitado na cama. — Estou morrendo, eu sei. Sinto-me tão acabado que mal consigo falar, mesmo daquilo que mais interessa à minha mente. Há esperança para mim, além desta cama?

— Há esperança — tornou o velho — para todos os que se enternecem e se penitenciam. Há esperança para todos eles. Ah! — exclamou ele, unindo as mãos e voltando os olhos para o alto. — Ontem mesmo eu agradecia por poder lembrar-me desse filho infeliz, quando ainda era uma criança inocente. Mas que consolo saber agora que até mesmo Deus tem essa lembrança dele!

Redlaw cobriu o rosto com as mãos e se encolheu, como um assassino.

— Ah! — gemeu debilmente o homem na cama. — O desperdício desde então, o desperdício de vida desde então!

— Mas ele já foi criança — disse o velho. — Brincou com crianças. Antes de deitar na cama, à noite, e cair em seu sono inocente, fazia as suas orações no colo da pobre mãe. Eu o vi fazer isso muitas vezes, e a vi apertar a cabecinha dele no peito e beijá-lo. Por mais doloroso que fosse, para ela e para mim, pensar nessas coisas quando ele passou a levar uma vida tão errada e quando os nossos planos para ele foram todos por água abaixo, isso ainda lhe conferia um poder sobre nós, que nada mais lhe poderia ter dado. Ah, Pai, tão melhor que os pais que estão na terra! Ah, Pai, que vos afligis muito mais com os erros de vossos filhos! Recebei de volta esse caminhante! Não como ele é, mas como era então, deixai-o implorar vosso perdão, como tantas vezes pareceu implorar o nosso!

Enquanto o velho erguia as mãos trêmulas, o filho pelo qual fizera a súplica apoiou a cabeça contra o peito do pai, em busca de amparo e conforto, como se fosse, de fato, a criança de quem ele falava.

Terá havido, alguma vez, alguém que tenha tremido tanto como Redlaw, no silêncio que se seguiu? Ele sabia que aquilo devia atingi-los, sabia que não ia demorar.

— Meu tempo está acabando, meu fôlego está cada vez menor — disse o doente, apoiando-se sobre um braço, enquanto o outro se agitava pelo ar —, e me lembro de que há algo na minha cabeça acerca do homem que esteve aqui há pouco. Papai e William — esperem! — há realmente algo vestido de preto, ali?

— Sim, sim, é real — disse seu velho pai.

— É um homem?

— É o que eu digo, George — respondeu o seu irmão, debruçando-se carinhosamente sobre ele. — É o Sr. Redlaw.

— Pensei que tivesse sonhado com ele. Peça a ele que chegue mais perto.

O Químico, mais pálido que o moribundo, apareceu à sua frente. Obediente ao movimento de sua mão, sentou-se na cama.

— Sofri tanto esta noite, professor — disse o doente, apoiando a mão contra o coração, com um olhar em que se concentrava a muda e implorante agonia de seu estado —, ao ver o meu pobre e velho pai e ao pensar em toda angústia de que fui a causa e em toda a injustiça e a aflição que provoquei, que...

Foi o extremo a que chegara ou a manifestação de outra mudança que o fez parar?

— ... que o que *posso* fazer direito, com esta minha mente que corre a toda velocidade, vou tentar fazer. Havia outro homem aqui. O senhor o viu?

Redlaw não conseguiu articular palavra, pois quando viu o sinal fatal que tão bem conhecia, da passagem da mão pela testa, a voz morreu em seus lábios. Mas fez um sinal de assentimento.

— Está sem um tostão no bolso, faminto e abandonado. Está completamente deprimido, sem nenhum recurso. Vão atrás dele! Não percam tempo! Sei que ele quer suicidar-se.

Estava funcionando. Estava em seu rosto. Seu rosto estava mudando, tornando-se mais duro, com sombras mais pronunciadas. Já não mostrava sinais de aflição.

— Não se lembra dele? Não o conhece? — prosseguiu.

Encobriu o rosto, por um momento, com a mão, que de novo passeava por sua testa, para então abater-se sobre Redlaw, impaciente, brutal, rude.

— Vá se danar! — disse ele, lançando um olhar feroz ao seu redor. — O que você andou fazendo comigo aqui! Vivi corajoso e vou morrer corajoso. Vá para o diabo!

E então se deitou na cama e ergueu os braços sobre a cabeça e as orelhas, como se decidido, daí em diante, a impedir todo acesso e a morrer em sua indiferença.

Se Redlaw tivesse sido atingido por um raio, ali ao lado da cama, não teria sido para ele um choque mais tremendo. Mas o velho, que se afastara da cama enquanto o filho falava com ele, e estava agora de volta, logo passou igualmente a evitá-lo, e com ódio.

— Onde está o meu filho William? — disse o velho, apressado. — William, saia já daqui. Vamos voltar para casa.

— Para casa, papai! — tornou William. — O senhor vai abandonar o seu próprio filho?

— Onde está meu próprio filho? — respondeu o velho.

— Onde? Mas ali!

— Aquele não é o meu filho — disse Philip, trêmulo de cólera. — Um desgraçado como esse nada tem que ver comigo. Meus filhos são agradáveis de se ver e esperam por mim e preparam a minha comida e a minha bebida e são prestativos comigo. Tenho direito a isso! Tenho oitenta e sete anos!

— O senhor é velho o bastante para não precisar envelhecer mais ainda — resmungou William, encarando-o cheio de má vontade, com as mãos nos bolsos. — Eu também não sei para que o senhor serve. Poderíamos ter muito mais prazer na vida sem o senhor.

— *Meu* filho, Sr. Redlaw! — disse o ancião. — *Meu* filho, também. O menino me fala do *meu* filho! Mas o que fez ele alguma vez para me dar algum prazer, posso saber?

— Não sei o que o senhor fez na vida para *me* dar algum prazer — disse William, amuado.

— Deixem-me pensar — disse o velho. — Durante quantos Natais eu me sentei no meu canto, quentinho, sem precisar sair no ar frio da noite? E comi bem, sem ser perturbado pela visão desagradável e miserável de alguém como esse aí? Uns vinte, William?

— Uns quarenta, acho — resmungou ele. — Quando olho para o meu pai, professor, e penso nisso — dirigindo-se a Redlaw, com uma impaciência e uma irritação inteiramente novas —, macacos me mordam se posso ver algo nele, a não ser o calendário de anos e mais anos de comes e bebes e de folga.

— Eu... eu tenho oitenta e sete anos — disse o velho, continuando a discorrer de modo desconexo, infantil e mole — e não me lembro de ter sido incomodado por nada. E não vai ser agora, por esse que ele chama de meu filho. Ele não é meu filho. Tive um monte de dias felizes. Lembro-me de uma vez... não, não me lembro... sumiu. Era algo sobre um jogo de críquete e de um amigo meu, mas sumiu. Fico pensando em quem era ele... provavelmente eu gostava dele? E que fim terá levado? Será que morreu? Não sei. E não dou importância para isso; não dou a mínima.

Dando uma risada sonolenta e balançando a cabeça, levou as mãos aos bolsos do colete. Num deles, achou uma fruta de azevinho (ali deixada, provavelmente, na noite passada), que tomou e se pôs a examinar.

— Uma frutinha... — disse o velho. — Ah! Pena que não são para comer. Lembro-me de quando eu era um garotinho dessa altura e tinha saído para passear com... deixe-me ver... com quem fui passear?... Não, não me lembro como foi. Não me lembro de ter saído para passear com ninguém em particular, nem me importei com isso, nem ninguém comigo. Frutinhas! A comida é boa quando há frutinhas. Muito bem, eu devo ter a minha parte nisso e que as pessoas me esperem e me façam sentir confortável, porque tenho oitenta e sete anos, e sou um pobre velho. Tenho oi-ten-ta e se-te anos. Oi-ten-ta e se-te!

O jeito lamentável com que, enquanto repetia aquilo, babando, ele levava à boca as frutinhas e cuspia os restos; o olhar frio e desinteressado com que o filho caçula (tão outro) o encarava; a decidida apatia com que o filho mais velho jazia, empedernido em seu pecado, tudo isso não foi observado por Redlaw, que deixou o lugar a que seus pés pareciam estar grudados e saiu correndo da casa.

Seu guia veio rastejando de seu abrigo e já estava à sua disposição antes que ele chegasse aos arcos.

— Vamos voltar para a casa da mulher?

— Vamos, depressa! — respondeu Redlaw. — Não pare em nenhum lugar durante o caminho!

Por uma curta distância, o menino foi à frente, mas, como aquela volta era mais uma fuga do que uma caminhada, acompanhar os passos rápidos do Químico era mais do que seus pés descalços podiam aguentar. Desviando-se de todos os que passavam, enrolado em sua capa, que mantinha bem pegada ao corpo, como se sua roupa pudesse ser causa de contágio mortal ao

Ilustração: J. Leech

mero toque, não parou até chegar à porta de que haviam saído. Destrancou-a com a chave, entrou acompanhado do menino e se dirigiu apressado para seu próprio quarto.

O menino pôs-se a observá-lo enquanto trancava a porta e se escondeu atrás da mesa quando ele se voltou.

— Saia! — disse ele. — Não toque em mim! Você não me trouxe aqui para tirar o meu dinheiro.

Redlaw jogou mais algumas moedas no chão. O moleque jogou-se sobre elas de imediato, como para escondê-las dele, impedindo que a visão delas não o tentasse a pedi-las de volta; e só começou a catá-las quando o viu sentado junto à lamparina, com o rosto escondido entre as mãos. Feito isso, foi rastejando até a lareira e, sentando-se numa poltrona diante dela, tirou da camisa uns restos de comida e começou a mastigar, enquanto olhava o fogo. De quando em quando, lançava um olhar para as moedas, que mantinha fechadas numa das mãos.

— E esse — disse Redlaw, olhando para ele com repugnância e medo cada vez maiores — é o único companheiro que me restou na terra.

Quanto tempo durou a sua contemplação daquela criatura, que tanto o apavorava — se meia hora, se metade da noite —, ele não sabia. Mas o silêncio do quarto foi rompido pelo menino (que se havia posto à espreita), ao saltar e correr para a porta.

— A mulher está chegando! — exclamou ele.

O Químico deteve-o no caminho, no momento em que ela bateu à porta.

— Me deixe ir até ela, tá? — disse o menino.

— Agora, não — tornou o Químico. — Fique aqui. Ninguém deve entrar ou sair por essa porta, agora. Quem é?

— Sou eu, professor — gritou Milly. — Por favor, deixe-me entrar!

— Não! Por nada neste mundo! — disse ele.

— Sr. Redlaw, Sr. Redlaw, por favor, professor, deixe-me entrar!

— Qual é o problema? — disse ele, segurando o menino.

— O miserável que o senhor viu está pior, e nada do que digo pode despertá-lo de sua terrível loucura. O pai de William de repente virou uma criança. O próprio William está mudado. O choque foi forte demais para ele; não consigo entendê-lo; não é o mesmo homem. Ah, Sr. Redlaw, por favor, preciso de seus conselhos, ajude-me!

— Não! Não! Não! — respondeu ele.

— Sr. Redlaw! Caro professor! George tem murmurado coisas, em seu estupor, sobre o homem que o senhor viu lá. Receia que ele vá suicidar-se.

— Seria melhor que ele fizesse isso do que aproximar-se de mim!

— Ele diz, em seu delírio, que o senhor o conhece, que já foi seu amigo, há muito tempo atrás; que ele é o pai arruinado de um de seus estudantes daqui... minha cabeça está confusa... do jovem que tem estado adoentado. Que fazer? Como segui-lo? Como salvá-lo? Sr. Redlaw, por favor, ah, por favor, preciso de seus conselhos! Ajude-me!

Durante todo esse tempo, ele segurava o menino, que estava louco para se soltar e deixá-la entrar.

— Fantasmas! Carrascos de pensamentos ímpios! — gritou Redlaw, olhando ao seu redor angustiado. — Olhai para mim! Das trevas de meu espírito, permiti que brilhe a centelha de contrição que, tenho certeza, lá está, e mostre a minha miséria! No mundo material, como tenho ensinado por muito tempo, nada pode ser poupado; nenhum resto ou átomo da sua admirável estrutura pode perder-se, sem que um vazio se crie no grande universo. Hoje sei que o mesmo acontece com o bem e o mal, a felicidade e a aflição, nas memórias dos homens. Tende piedade de mim! Libertai-me!

Não houve resposta, a não ser o "ajude-me, ajude-me, deixe-me entrar!" e a luta do menino para ir até ela.

— Sombra de mim mesmo! Espírito de minhas mais negras horas! — exclamou Redlaw, desesperado. — Volta e sê obsessão para mim, dia e noite, mas tira de mim este dom! Ou, se ele tiver de permanecer comigo, livra-me do terrível poder de dá-lo aos outros. Desfaz o que fiz. Deixa-me perdido na noite, mas traz de volta ao dia aqueles a quem amaldiçoei. Como poupei esta mulher desde o começo, e nunca irei adiante, mas morrerei aqui, sem nenhuma mão estendida para mim, a não ser a desta criatura, que resiste a mim... ouve-me!

    A única resposta continuou sendo a do menino a lutar para chegar até ela, enquanto ele o segurava; e o grito, cada vez mais intenso e enérgico, de "Ajude-me! Deixe-me entrar! Ele já foi seu amigo, como segui-lo, como salvá-lo? Todos eles estão mudados, não há ninguém para me ajudar, por favor, por favor, deixe-me entrar!".

CAPÍTULO III
O DOM DEVOLVIDO

Era densa ainda a noite no céu. Nas campinas abertas, no topo das montanhas e no convés das solitárias embarcações, no mar, uma linha baixa, distante, que prometia logo transformar-se em luz, era visível no horizonte sombrio; mas sua promessa era remota e duvidosa, e a lua prosseguia em seu duro combate contra as nuvens noturnas.

Sucediam-se umas às outras, rapidamente, as espessas sombras na mente de Redlaw, e obnubilavam suas luzes, enquanto pairavam as nuvens noturnas entre a lua e a terra e mantinham esta última coberta por um véu de trevas. Caprichoso e incerto como as sombras lançadas pelas nuvens noturnas era o que elas ocultavam dele ou lhe revelavam imperfeitamente; e, também como as nuvens noturnas, se a clara luz irrompia por um momento, era só para que elas pudessem dissipá-la e tornar ainda mais profunda a escuridão.

Lá fora, fazia um profundo e solene silêncio sobre o velho conjunto de edifícios, e seus muros e ângulos formavam negros e misteriosos vultos sobre o chão, que ora pareciam esconder-se dentro da neve alva e lisa, ora pareciam dela sair, conforme a trajetória da lua estivesse mais ou menos encoberta. Dentro, o quarto do Químico estava indistinto e escuro, à luz da lamparina

Ilustração: J. Tenniel

moribunda; um silêncio fantasmagórico sucedera às batidas à porta e à voz do outro lado; nada se podia ouvir, senão, de quando em quando, um ruído surdo entre as cinzas esbranquiçadas do fogo, como se lançassem seu último suspiro. Diante dele, no chão, o menino dormia profundamente. Na poltrona, estava sentado o Químico, desde que as batidas à porta haviam cessado — como um homem transformado em pedra.

Naquele momento, a música natalina que já ouvira antes começou a tocar. No começo, ele a ouviu como a ouvira no cemitério; mas agora — como continuava a tocar, e o som era levado até ele pelo ar noturno, numa melodia baixa, doce e melancólica — ele se ergueu e permaneceu de pé, com as mãos estendidas à sua frente, como se um amigo se aproximasse, sobre o qual seu toque desolado pudesse descansar, sem causar nenhum dano. Enquanto isso, seu rosto se tornou menos fechado e meditativo; sacudiu-o um leve tremor; e, por fim, seus olhos encheram-se de lágrimas, e ele os cobriu com as mãos e abaixou a cabeça.

Suas memórias de aflição, injustiça e angústia não haviam voltado; ele sabia que não as tinha recuperado; disso, não tinha nenhuma esperança, nem acreditava que aconteceria. Mas uma agitação muda dentro dele o tornou capaz, mais uma vez, de se comover com o que estava escondido, distante, na música. Se ela lhe falasse apenas, com mágoa, do valor do que perdera, ele agradeceria ao Céu por isso, com profundo fervor.

Quando o último acorde morreu em seus ouvidos, ele ergueu a cabeça para ouvir suas derradeiras vibrações. Para além do menino, cuja figura adormecida jazia a seus pés, estava o Fantasma, imóvel e calado, com os olhos cravados nele.

Fantasmagórico era ele, como nunca, mas não tão cruel e implacável no aspecto — ou pelo menos era o que acreditava ou esperava, enquanto o olhava, trêmulo. Não estava só, mas com sua mão sombria segurava outra mão.

De quem? Era a forma a seu lado a de Milly, ou apenas a sombra e a aparência dela? O rosto sereno estava um pouco inclinado, como era seu costume, olhando para baixo, para o menino que dormia, como se sentisse pena. Uma luz radiante iluminava seu rosto, mas não tocava o Fantasma; pois, embora pertíssimo dela, ele continuava escuro e incolor, como sempre.

— Espectro! — disse o Químico, novamente perturbado —, não tenho sido teimoso ou presunçoso com ela. Ah, não a tragas aqui. Poupa-me disso!

— Isto é só uma sombra — disse o Fantasma —; quando o sol raiar, procura a realidade cuja imagem te apresento.

— É meu destino inexorável fazer isso? — exclamou o Químico.

— É — replicou o Fantasma.

— Destruir a paz e a bondade dela; transformá-la no que eu mesmo sou e naquilo em que transformei os outros!

— Eu disse "procura-a" — tornou o fantasma. — Nada mais eu disse.

— Ah, diz-me — exclamou Redlaw, agarrando-se à esperança que imaginava que pudesse estar escondida naquelas palavras. — Posso desfazer o que fiz?

— Não — respondeu o Fantasma.

— Não peço que me restaure, a mim — disse Redlaw. — O que abandonei, abandonei porque quis, e com justiça o perdi. Mas peço por aqueles a quem transferi o dom fatal; que nunca o buscaram; que, sem o saber, receberam uma maldição de que não foram avisados e que não podiam evitar; não posso fazer nada?

— Nada — disse o Fantasma.

— Se eu não posso, alguém pode?

O Fantasma, ereto como uma estátua, considerou-o por um instante; então, voltou de repente o rosto e olhou para a sombra a seu lado.

— Ah! Ela pode? — exclamou Redlaw, ainda olhando para a sombra.

O Fantasma largou a mão que havia segurado até então e ergueu devagar a sua, como em despedida. A sombra de Milly, então, ainda com a mesma atitude, começou a mover-se ou a esvanecer-se.

— Fica! — exclamou Redlaw, com uma impetuosidade a que não conseguia dar expressão suficiente. — Por um momento! Por piedade! Sei que aconteceu em mim alguma mudança, quando havia aqueles sons no ar, há pouco. Diz-me, terei perdido o poder de prejudicá-la? Posso aproximar-me dela sem medo? Oh, deixa que ela me dê algum sinal de esperança!

O Fantasma olhou para a sombra, como ele — e não para ele —, e nada respondeu.

— Pelo menos, diz-me se ela tem, daqui para a frente, a consciência de algum poder que possa consertar o que fiz?

— Não tem — respondeu o Fantasma.

— Foi-lhe concedido o poder sem que ela o soubesse?

Respondeu o Fantasma: "Procura-a." E a sombra dela foi lentamente se dissipando.

Estavam cara a cara de novo, e olhando um para o outro, tão intensa e solenemente como no momento da concessão do dom, por cima do menino, que continuava deitado no chão entre eles, aos pés do Fantasma.

— Terrível mestre — disse o Químico, caindo de joelhos diante dele, em atitude de súplica —, por quem fui renegado, mas por quem sou de novo visitado (em quem, e em cujo aspecto mais manso, me deixa entrever uma luzinha de esperança), hei de obedecer sem fazer perguntas, rogando que o grito que ergui na angústia de minha alma foi, ou será, ouvido, em favor daqueles que magoei para além do que o homem pode reparar. Mas há uma coisa...

— Referes-te ao que jaz aqui — interrompeu o Fantasma, apontando o dedo para o menino.

— Sim — tornou o Químico. — Sabes o que eu gostaria de perguntar. Por que só esse menino ficou imune à minha influência, e por que, por que detectei nos pensamentos dele uma terrível conformidade com os meus?

— Esta — disse o Fantasma, apontando para o menino — é a derradeira e mais completa ilustração de uma criatura humana completamente livre daquelas lembranças a que te entregavas. Nenhuma consoladora memória de aflição, injustiça ou angústia entra aqui, porque esse desgraçado mortal foi desde o nascimento abandonado a uma condição pior do que a das feras e não tem conhecimento de nenhum contraste, de nenhum toque humano que faça um grão de tal memória germinar em seu peito endurecido. Tudo o que há dentro dessa desolada criatura é pura selvageria. Ai desse homem! E dez vezes desgraçada a nação que contar monstros como esse às centenas e aos milhares!

Redlaw deixou-se abater, aterrado com o que ouviu.

— Não há — disse o Fantasma — nenhum deles — nem um único deles — que não semeie uma messe que a humanidade DEVA colher. Para cada semente de mal neste menino, cresce todo um campo de ruínas que serão colhidas, guardadas e de novo semeadas em muitos lugares do mundo, até que as terras se vejam repletas de maldade suficiente para provocar as águas de um novo Dilúvio. O assassínio aberto e impune nas ruas da cidade seria menos grave em sua cotidiana tolerância do que um único espetáculo como esse.

Ele parecia observar o menino deitado no chão, dormindo. Também Redlaw o observava com nova comoção.

— Não há nenhum pai — disse o Fantasma —, a cujo lado essas criaturas passeiem, em suas caminhadas diurnas ou noturnas; não há uma única mãe, entre todas as fileiras de mães amorosas desta terra, não há ninguém que tenha passado da infância que não há de ser responsável, em maior ou menor medida, por essa monstruosidade. Não há um único país em toda a terra sobre o qual ela não lance a sua maldição. Não há religião no mundo que ela não negue; não há nenhum povo no mundo que ela não cubra de vergonha.

O Químico torceu as mãos e desviou o olhar, trêmulo de medo e compaixão, do menino adormecido para o Fantasma, que permanecia de pé junto a ele, apontando-o com o indicador.

— Vê — prosseguiu o Espectro —, estou dizendo, o tipo perfeito do que escolheste ser. A tua influência não tem poder sobre ele, porque do peito dessa criança nada podes tirar. Seus pensamentos estiveram em "terrível companhia" com os teus porque te rebaixaste ao nível inatural dele. Ele é o fruto da indiferença humana; tu és o fruto da presunção humana. O plano misericordioso do Céu é, em ambos os casos, arruinado, e, vindos dos dois polos do mundo imaterial, vos reunistes.

Agachou-se o Químico ao lado do menino e, com o mesmo tipo de compaixão por ele que agora sentia por si mesmo, o cobriu em seu sono, e não mais se esquivou dele com ódio ou indiferença.

Logo se iluminou a longínqua linha do horizonte, dissipou-se a escuridão, o sol nasceu, rubro e glorioso, e as chaminés e as empenas do velho edifício brilharam no ar límpido, que transformava a fumaça e o vapor da cidade numa nuvem de ouro. O mesmo quadrante solar, em seu canto sombrio, onde o vento costumava rodopiar com uma constância que não lhe é própria, varreu as mais finas partículas de neve que se haviam acumulado em sua velha e embaçada face, durante a noite, e se pôs a considerar as pequenas guirlandas brancas que formavam um redemoinho ao seu redor. Sem dúvida, o tatear cego da manhã conseguiu abrir caminho até a esquecida cripta, tão fria e terrosa, em que os arcos normandos se enterravam pela metade no chão, e excitar a seiva entorpecida da ociosa vegetação suspensa às paredes, acelerando o moroso princípio vital presente naquele pequeno mundo de maravilha e delicada criação lá existente, com a vaga consciência de que o sol já havia nascido.

Já estavam despertos e ativos os Tetterbys. Retirou o Sr. Tetterby os painéis que fechavam a loja e, aos poucos, foi revelando os tesouros da vitrine aos olhares, tão resistentes às suas seduções, dos Edifícios de Jerusalém. Adolphus tinha partido havia tanto tempo que já estava a meio caminho do "Jernal da Manhã". Os cinco pequenos Tetterbys, cujos dez redondos olhinhos estavam muito inflamados pelo sabonete e pela fricção, sofriam as torturas de um banho frio nos fundos da cozinha, sob a presidência da Sra. Tetterby. Johnny, instado energicamente, durante toda a sua higiene, a se apressar, porque o Moloch estava, por acaso, de péssimo humor (como sempre), cambaleava para lá e para cá diante da porta da loja, com maior dificuldade do que o normal, já que o peso do Moloch aumentara muito pela complexidade das suas defesas contra o frio, compostas de peças de tricô que formavam um conjunto completo de armadura, com elmo e botinas azuis.

Era peculiaridade desse bebê ter sempre dentes por nascer. Se nunca nasciam, ou se nasciam e depois sumiam, é algo que nunca ficou claro; mas decerto teriam sido suficientes, segundo a Sra. Tetterby, para formar uma bela provisão dentária para uma insígnia do Touro e da Boca.[2] Todo tipo de objeto levava a marca de suas dentadas, embora o bebê trouxesse, suspenso à cintura, um anel de osso, grande o bastante para representar o rosário de uma jovem freira. Cabos de faca e de guarda-chuva, manoplas de bengalas selecionadas do estoque, os dedos dos familiares em geral, mas em especial de Johnny, raladores de noz-moscada, cascas de frutas, maçanetas de portas e os frios botões dos atiçadores de fogo estavam entre os instrumentos mais comuns indiscriminadamente usados para alívio do bebê. É incalculável a quantidade de eletricidade que isso devia gerar em uma semana. Mesmo assim, a Sra. Tetterby sempre dizia: "já está nascendo, e logo o nenê vai voltar a ser o que era"; mas o dente nunca nascia, e o nenê continuava sendo algo muito diferente.

O humor dos jovens Tetterbys havia piorado muito em poucas horas. Até mesmo o Sr. e a Sra. Tetterby não estavam menos alterados que seus rebentos. Costumavam ser uma pequena raça altruísta, bondosa e paciente, que dividia entre seus membros,

---

[2] Insígnia de um *pub* londrino popular nos tempos de Dickens, que mostrava um touro sobre um rosto com uma enorme boca repleta de dentes.

Ilustração: J. Leech

de bom grado e até com generosidade, o alimento, quando este vinha a rarear (o que era muito comum), e que extraía muito prazer de pratos bem pobres. Mas agora brigavam, não só pelo sabonete e pela água, mas até mesmo pelo café, que ainda nem fora servido. A mão de cada um dos pequenos Tetterbys erguia-se contra os outros pequenos Tetterbys; e até mesmo a mão de Johnny — o dedicado e paciente Johnny, capaz de suportar tanta coisa — ergueu-se contra o bebê! Isso mesmo! A Sra. Tetterby, por acaso, dirigindo-se à porta, flagrou-o escolhendo com maldade um ponto fraco na cota de malha e aplicando ali um tapa no bendito bebê.

Em um segundo, a Sra. Tetterby agarrou-o pelo colarinho e levou-o até a sala, onde lhe pagou com juros a agressão.

— Seu bruto, seu menininho assassino — disse a Sra. Tetterby. — Não tem sentimentos, para fazer uma coisa dessas?

— E por que, então, o dentinho dela não nasce logo — replicou Johnny, com voz revoltada —, em vez de me aborrecer? A senhora gostaria de ser mordida?

— Se eu gostaria, senhor! — disse a Sra. Tetterby, tirando dele o desonrado fardo.

— É, se gostaria — disse Johnny. — Gostaria? De jeito nenhum. Se a senhora fosse eu, teria se alistado no exército para ser soldado. Eu também. Não tem bebês no exército.

O Sr. Tetterby, que chegara ao cenário da ação, coçou o queixo com ar pensativo, em vez de corrigir o rebelde, e pareceu um tanto impressionado com a ideia da vida militar.

— Eu também queria estar no exército, se esse menino tem razão — disse a Sra. Tetterby, olhando para o marido —, pois aqui a minha vida não tem sossego. Sou uma escrava... uma escrava da Virgínia. — Talvez alguma vaga associação propiciada pela magra incursão pelo comércio de tabaco tivesse sugerido esse agravante para a Sra. Tetterby. — Nunca tenho feriado, nenhum prazer, do fim do ano até o fim do outro ano! Meu Deus, abençoe e proteja esta criança — disse a Sra. Tetterby, chacoalhando o bebê com uma irritação que mal se encaixava com tão piedosa aspiração. — Qual o problema com ela, agora?

Incapaz de descobrir a resposta e sem conseguir esclarecer o assunto chacoalhando-o, a Sra. Tetterby depositou o bebê num berço e, cruzando os braços, começou a balançá-lo com o pé.

— O que está fazendo aí parado, Dolphus? — disse a Sra. Tetterby ao marido. — Por que não faz alguma coisa?

— Por que não me importo em fazer coisa nenhuma — respondeu o Sr. Tetterby.

— Com certeza, *eu* também não — disse a Sra. Tetterby.

— Juro que eu também não — disse o Sr. Tetterby.

Aqui estourou uma briga entre Johnny e seus cinco irmãos menores, que, ao prepararem a mesa para o café da manhã da família, lutavam pela posse temporária do pão e se estapeavam uns aos outros com grande vivacidade; o menorzinho de todos, com preciosa discrição, rondava o núcleo de combatentes, atacando suas pernas. O Sr. e a Sra. Tetterby precipitaram-se no meio da briga com grande ardor, como se aquela fosse a única razão que os pudesse unir, e, depois de distribuírem pancadas sem dó, para todos os lados, sem demonstrar nenhum resquício da antiga indulgência, retornaram às suas relativas posições.

— Seria melhor se você lesse o jornal em vez de não fazer nada — disse a Sra. Tetterby.

— O que há para ler no jornal? — tornou o Sr. Tetterby, com excessiva irritação.

— O quê? — disse a Sra. Tetterby. — Polícia.

— Não ligo a mínima — disse Tetterby. — O que me importa o que as pessoas fazem ou o que as mandam fazer?

— Suicídios — sugeriu a Sra. Tetterby.

— Não é da minha conta — replicou o marido.

— Nascimentos, falecimentos e casamentos não são nada para você? — disse a Sra. Tetterby.

— Se os nascimentos acabassem para valer hoje e os falecimentos começassem de verdade amanhã, não vejo por que me interessariam, até que eu achasse que a minha vez estivesse chegando — resmungou Tetterby. — Quanto aos casamentos, eu mesmo já me casei. Já sei o bastante sobre *eles*.

A julgar pela expressão de enfado em seu rosto e em seus gestos, a Sra. Tetterby parecia ter as mesmas opiniões do marido. Mas se opôs a ele, mesmo assim, pelo prazer de discutir.

— Ah, você é um homem coerente — disse a Sra. Tetterby —, não é? Você, com esse biombo que você mesmo fez, só com recortes de jornal, e passa o dia sentado lendo para as crianças!

— Diga que eu fazia isso, por favor — tornou o marido. — Não vai mais me ver fazendo isso. Sou um homem mais sábio, agora.

— Mais sábio, com certeza! — disse a Sra. Tetterby. — É um homem melhor?

A pergunta fez ecoar uma nota dissonante no peito do Sr. Tetterby. Pôs-se a ruminá-la, desanimado, passando várias vezes a mão na testa.

— Melhor! — murmurou o Sr. Tetterby. — Não sei se algum de nós está melhor ou mais feliz. Melhor, é?

Voltou ao biombo e o percorreu com o indicador até encontrar um determinado parágrafo que estava buscando.

— Essa era uma das favoritas da família, lembro-me bem — disse Tetterby, com um ar deprimido e estúpido —, e costumava arrancar lágrimas das crianças e as fazia ficar boazinhas se houvesse algum problema ou briga entre elas, como a história do pisco-de-peito-ruivo no bosque. "Triste caso de abandono. Ontem, um homenzinho com um bebê nos braços e rodeado de meia dúzia de crianças esfarrapadas, de idades que variavam entre dez e dois anos, todos eles em evidente estado de desnutrição, apresentaram-se diante do digníssimo magistrado e contaram a seguinte história." Ah! Eu não entendo isso, garanto — disse Tetterby —, não vejo o que isso tenha que ver conosco.

— Como você está acabado e envelhecido — disse a Sra. Tetterby, observando-o. — Nunca vi tamanha mudança num homem.

Ah! Pobre de mim, pobre de mim, pobre de mim, foi um sacrifício!

— O que foi um sacrifício? — perguntou o marido, abruptamente.

A Sra. Tetterby sacudiu a cabeça e, sem responder com palavras, provocou uma autêntica tempestade com o bebê, ao balançar com violência o bercinho.

— Se você quer dizer que o seu casamento foi um sacrifício, minha boa esposa... — disse o marido.

— É *exatamente* isso que quis dizer — disse a esposa.

— Ah! Então eu vou dizer — prosseguiu o Sr. Tetterby, com o mesmo enfado e a mesma irritação que ela — que esta história tem dois lados; e que *eu* fui o sacrificado, e que gostaria que o sacrifício não tivesse sido aceito.

— Também gostaria, Tetterby. Isso eu lhe digo do fundo do coração — disse a esposa. — É impossível que você esperasse isso mais que eu, Tetterby.

— Não sei o que vi nela — resmungou o vendedor de jornais —, com certeza... sem dúvida, se vi alguma coisa, ela não está mais presente. Estava pensando nisso ontem à noite, diante da lareira, depois da ceia. Gorda, envelhecida, não aguenta a comparação com a maioria das outras mulheres.

— Tem um ar ordinário, não tem presença, é baixinho, está começando a ficar corcunda e careca — resmungou a Sra. Tetterby.

— Eu devia estar meio louco quando me casei — resmungou o Sr. Tetterby.

— Os meus sentidos devem ter-me iludido. Essa é a única explicação que encontro — disse a Sra. Tetterby, não sem convicção.

Foi com esse humor que eles se sentaram para tomar o café da manhã. Os pequenos Tetterbys não estavam acostumados a considerar essa refeição uma atividade sedentária, mas a fazê-la como uma dança ou uma farra; mais ou menos como uma cerimônia selvagem, com os ocasionais gritinhos agudos, brandindo os pães com manteiga que a acompanhavam, assim como nas idas e vindas de dentro para a rua e da rua para dentro, e nos saltos dos degraus da escada da porta, que eram parte integrante da cerimônia. No caso presente, as brigas dos jovens Tetterbys pelo jarro de água com leite, comum a todos, que ficava sobre a mesa, constituíam um exemplo tão lamentável de paixões coléricas elevadas ao mais alto diapasão que representavam um ultraje à memória do Doutor Watts.[3] A paz momentânea só se fez presente quando o Sr. Tetterby colocou todo o bando porta afora; mesmo assim, ela foi rompida pela descoberta de que Johnny havia voltado furtivamente e estava neste exato momento engasgando-se no jarro de leite, como um ventríloquo, com indecente e voraz precipitação.

— Essas crianças ainda vão acabar me matando! — disse a Sra. Tetterby, depois de expulsar o culpado. — E acho que quanto antes, melhor.

— Os pobres — disse o Sr. Tetterby — não deviam ter filhos. Eles não *nos* dão nenhum prazer.

Naquele momento, ele estava pegando a xícara que a Sra. Tetterby empurrara na direção dele, com grosseria, e a Sra. Tetterby erguia aos lábios sua própria xícara, quando os dois pararam, como que transfixados.

— Mamãe! Papai! — gritou Johnny, depois de entrar correndo na sala. — A Sra. William está chegando!

Se alguma vez, desde que o mundo foi criado, um menininho ergueu um bebê de seu berço com os cuidados de uma velha babá e o acalantou e acalmou com imenso carinho e saiu cambaleando com ele alegremente, esse menino foi o Johnny, e Moloch, o bebê, quando saíram juntos!

---

[3] Referência a versos famosos dos *Divine Songs for Children* (1715) do poeta inglês Isaac Watts (1674 – 1748), que aconselhavam as crianças a nunca brigar.

O Sr. Tetterby baixou sua xícara; a Sra. Tetterby baixou sua xícara. O Sr. Tetterby esfregou a mão na testa; a Sra. Tetterby, a dela. O rosto do Sr. Tetterby começou a se desfranzir e a se iluminar; o rosto da Sra. Tetterby começou a se desfranzir e a se iluminar.

— Perdão, meu Deus! — disse consigo mesmo o Sr. Tetterby. — Como me deixei tomar pelos maus sentimentos? O que aconteceu aqui?

— Como é que eu pude tratá-lo tão mal de novo, depois de tudo o que disse e senti na noite passada! — soluçou a Sra. Tetterby, enxugando os olhos com o avental.

— Eu sou um animal — disse o Sr. Tetterby —, ou existe algo de bom dentro de mim? Sophia! Minha esposinha!

— Dolphus querido! — tornou a mulher.

— Eu... estive num estado de espírito — disse o Sr. Tetterby — que não quero nem lembrar, Sophy.

— Ah! Isso não é nada perto do que aconteceu comigo, Dolf — exclamou a esposa, num ataque de aflição.

— Minha Sophia — disse o Sr. Tetterby —, me perdoe. Jamais vou me perdoar. Sei que quase parti o seu coração.

— Não, Dolf, não! Fui eu! Eu! — gritou a Sra. Tetterby.

— Minha esposinha! — disse o marido. — Não faça isso. Você faz que eu me sinta péssimo, ao demonstrar um espírito tão nobre. Sophia, minha querida, você não sabe o que me passou pela cabeça. O que eu externei já foi péssimo, mas o que eu pensei, minha mulherzinha!...

— Ah, querido Dolf, não faça isso! Não faça isso! — gritou a mulher.

— Sophia — disse o Sr. Tetterby —, preciso contar a você. Não terei a consciência tranquila, a menos que o revele. Minha mulherzinha...

— A Sra. William está quase chegando! — exclamou Johnny à porta.

— Minha esposinha, eu fiquei cismando — disse, ofegante, o Sr. Tetterby, apoiando-se na cadeira —, fiquei cismando por que teria admirado você... esqueci as crianças preciosas que me deu e achei que você não estava tão magra quanto eu poderia desejar. Eu... nem me passaram pela cabeça — disse o Sr. Tetterby, numa severa autocrítica — os problemas que você teve como minha mulher, e junto comigo e por minha causa, problemas que dificilmente teria tido com outro homem de maior sucesso e de mais sorte do que eu (seria fácil ter achado um homem assim, tenho certeza); e me zangava com você porque envelheceu um pouquinho nos anos duros em que você foi uma luz para mim. Pode acreditar nisso, minha esposinha? Eu mesmo mal consigo acreditar.

A Sra. Tetterby, num remoinho de riso e choro, tomou o rosto dele nas mãos e o segurou assim.

— Ah, Dolf! — gritou ela. — Estou tão contente de você ter pensado assim; sinto-me tão agradecida por ter pensado assim! Pois eu pensei que você tinha uma aparência comum, Dolf; e você tem mesmo, meu querido, e tomara que você seja a coisa mais comum de todas as que meus olhos vejam, até que você mesmo os feche com suas mãos bondosas. Achei que você era baixinho; e é mesmo, e para mim tem ainda mais valor por causa disso, e ainda mais porque amo meu marido. Achei que você estava começando a se encurvar; e está mesmo, e você vai apoiar-se em mim e eu farei de tudo para mantê-lo ereto. Achei que você não tinha presença; mas tem, e é a presença do lar, a mais pura e a melhor que existe, e que Deus abençoe mais uma vez o lar e tudo o que pertença a ele, Dolf!

— Viva! A Sra. William chegou! — exclamou Johnny.

Chegou mesmo, e com ela todas as crianças; e, ao entrar, elas a beijaram e beijaram umas às outras e beijaram o bebê e beijaram o papai e a mamãe e, então, voltaram correndo e se apinharam e dançaram ao redor dela, desfilaram com ela, em triunfo.

O Sr. e a Sra. Tetterby não ficaram nem um pouco para trás no que se refere ao calor da recepção. Sentiam por ela o mesmo carinho que as crianças; correram até ela, beijaram suas mãos, abraçaram-na e não sabiam o que fazer para recebê-la com o calor e o entusiasmo que merecia. Ela veio até eles como o espírito de toda bondade, afeição, gentileza, amor e domesticidade.

— Quê! Todos *vocês* estão tão contentes por me ver também, nesta luminosa manhã de Natal! — disse Milly, batendo palmas pela agradável surpresa. — Meu Deus, como isso é gostoso!

Mais gritaria das crianças, mais beijos, mais atropelamento ao redor dela, mais felicidade, mais amor, mais alegria, mais homenagens, de todos os lados, do que ela podia suportar.

— Meu Deus! — disse Milly. — Que deliciosas lágrimas vocês me fazem chorar. Como posso ter merecido tudo isso! O que fiz para ser tão querida?

— Quem é que não ama a senhora? — exclamou o Sr. Tetterby.

— Quem é que não ama a senhora? — exclamou a Sra. Tetterby.

— Quem é que não ama a senhora? — repetiram as crianças, num coro alegre. E dançavam e se amontoavam ao redor dela, e se agarravam a ela e encostavam seus rostos rosados ao vestido dela e o beijavam e o acariciavam, e não conseguiam acariciar o vestido — ou ela — tanto quanto queriam.

— Nunca me comovi tanto — disse Milly, enxugando os olhos — como nesta manhã. Preciso contar isto, assim que conseguir falar... O Sr. Redlaw me procurou, bem de manhãzinha, e, com um jeito muito carinhoso, que até parecia que eu era a sua querida irmã, e não eu mesma, me implorou que o levasse até onde está o irmão doente de William, George. Fomos juntos até lá, e, durante todo o caminho, ele estava tão gentil e tão recolhido e parecia depositar tanta confiança e tanta esperança em mim que não pude deixar de chorar de alegria. Quando chegamos à casa, topamos com uma mulher à porta (receio que alguém a tenha ferido e machucado) que pegou as minhas mãos e me abençoou enquanto eu passava.

Ilustração: F. Stone

— Ela estava certa — disse o Sr. Tetterby. A Sra. Tetterby disse que ela estava certa. Todas as crianças gritaram que ela estava certa.

— Ah, mas não foi só isso — disse Milly. — Quando subimos as escadas e entramos no quarto, o doente, que durante horas permanecera num estado de que nada conseguia tirá-lo, ergueu-se da cama e, chorando muito, estendeu os braços para mim e disse que levara uma vida dissipada, mas agora estava realmente arrependido, sentia pesar pelo passado, que agora isso lhe parecia tão claro como uma ampla paisagem de sobre a qual se tivesse retirado uma nuvem negra, e me pediu insistentemente que implorasse o perdão e a bênção de seu velho pai e que rezasse uma oração ao lado da cama. E, quando comecei a rezar, o Sr. Redlaw juntou-se à oração com tal fervor, e tanto me agradeceu e tornou a me agradecer e agradeceu aos Céus, que meu coração transbordou de alegria, e eu não conseguiria fazer mais nada além de soluçar e chorar, se o doente não me houvesse pedido que me sentasse ao seu lado... o que me fez acalmar, é claro. Enquanto estava ali sentada, ele segurou a minha mão na sua, até cair no sono; e mesmo então, quando retirei a minha mão para despedir-me e vir para cá (o que o Sr. Redlaw me instou muito seriamente a fazer), a sua mão continuou procurando a minha, o que obrigou que outra pessoa ocupasse o meu lugar, para fazê-lo crer que ainda segurava a minha mão. Meu Deus, meu Deus — disse Milly, soluçando —, como devo sentir-me grata e feliz, e realmente me sinto, por tudo isso!

Enquanto ela falava, Redlaw entrou e, depois de parar por um momento para observar o grupo de que ela era o centro, subiu silenciosamente as escadas. Nas mesmas escadas ele tornou a aparecer agora; lá permanecendo, enquanto o jovem estudante passava por ele e descia correndo os degraus.

— Bondosa enfermeira, a melhor e a mais gentil das criaturas — disse ele, caindo de joelhos à frente dela e segurando sua mão —, perdoe a minha cruel ingratidão!

— Meu Deus, meu Deus! — exclamou Milly, com inocência. — Mais um agora! Mais alguém que gosta de mim. O que posso fazer?

O jeito ingênuo e simples com que ela disse isso, cobrindo os olhos com as mãos e chorando de alegria, era tão comovente como delicioso.

— Eu estava fora de mim — disse ele. — Não sei o que era... talvez alguma consequência dos meus transtornos... eu estava louco. Mas já não estou. E à medida que vou falando vou recuperando-me. Ouvi as crianças a gritar o seu nome e a sombra saiu de mim só de ouvir aquele som. Ah, não chore! Cara Milly, se pudesse ler o meu coração e soubesse com quanto afeto e com quanta gratidão ele está resplandecendo, não ia querer que eu a visse chorar. É uma grave condenação contra mim.

— Não, não — disse Milly —, não é isso. Não, mesmo! É alegria. É estranho que o senhor julgue necessário pedir perdão por tão pouca coisa, mas é um prazer ouvir o seu pedido.

— E a senhora vai voltar? E vai acabar a cortininha?

— Não — disse Milly, enxugando os olhos e balançando a cabeça. — O senhor não vai dar importância à *minha* costura agora.

— Isso quer dizer que a senhora me perdoa?

Ela o levou para um canto e sussurrou ao seu ouvido:

— Há novidades em sua casa, Sr. Edmund.

— Novidades? Quais?

— O fato de não escrever quando estava muito doente ou a mudança em sua letra quando começou a se sentir melhor, provocou algumas suspeitas acerca da verdade; no entanto... Mas o senhor tem certeza de que não vai piorar ao ouvir as notícias, se elas não forem más?

— Isso eu garanto.

— Então, logo vai chegar alguém! — disse Milly.

— A minha mãe? — perguntou o estudante, lançando involuntariamente um olhar para Redlaw, que descera as escadas.

— Quieto! Não — disse Milly.

— Não pode ser mais ninguém.

— Não, mesmo? — disse Milly. — Tem certeza?

— Não é... — Antes que ele pudesse dizer mais alguma coisa, ela tapou a boca dele com a mão.

— É, sim! — disse Milly. — A moça (ela é muito parecida com a miniatura, Sr. Edmund, mas mais bonita) sentia-se infeliz demais, sem poder resolver suas dúvidas, e apareceu no colégio, na noite passada, acompanhada de uma criadinha. Como o senhor sempre datava as cartas do colégio, ela foi até lá, e, antes de ver o Sr. Redlaw, esta manhã, eu a vi. *Ela* também gosta de mim! — disse Milly. — Meu Deus, mais uma!

— Esta manhã! Onde está ela, agora?

— Ora, agora ela está — disse Milly, avançando os lábios para o ouvido dele — na minha salinha da guarita, à sua espera.

Ele apertou a mão dela e já ia sair correndo, quando ela o deteve.

— O Sr. Redlaw está muito alterado e me disse esta manhã que sua memória vem falhando. Tenha muita consideração por ele, Sr. Edmund; ele precisa disso da parte de todos nós.

Com um olhar, o rapaz garantiu-lhe que levaria em conta a sua recomendação e, ao passar pelo Químico para sair, curvou-se diante dele com respeito e afeto.

Redlaw devolveu o cumprimento com cortesia e até mesmo com humildade, e o acompanhou com os olhos enquanto ele se afastava. Inclinou o rosto nas mãos, também, como se tentasse reavivar algo que lhe escapasse. Mas em vão.

A mudança duradoura por que passara desde a influência da música e o reaparecimento do Fantasma consistia em que, agora, ele sentia de verdade o quanto perdera, e podia lamentar sua própria condição, comparando-a com clareza ao estado natural dos que estavam ao seu redor. Assim, reavivou-se o seu interesse pelos que estavam ao seu redor e nele nasceu um submisso sentimento de sua desgraça, semelhante ao que, por vezes, sobrevém com a idade, quando os poderes mentais são debilitados, sem que a insensibilidade ou a teimosia seja adicionada à lista das fraquezas.

Tinha consciência de que, enquanto se redimia, por meio de Milly, cada vez mais do mal que havia feito, e estava cada vez mais com ela, tal mudança estava amadurecendo dentro dele. Portanto, e por causa do apego que ela lhe inspirava (mas sem outra esperança), sentiu que estava completamente dependente dela e que era ela o seu amparo naquela aflição.

Assim, quando ela lhe perguntou se deviam voltar para casa agora, para onde o velho e o marido estavam, e ele logo respondeu que "sim" — estando ansioso por isso —, ele lhe ofereceu o braço e se pôs a caminho ao lado dela, não como se fosse o homem sábio e erudito para o qual as maravilhas da natureza são um livro aberto e ela, a mente ignorante, mas como se as duas posições se tivessem invertido, e ele não soubesse nada, e ela, tudo.

Viu as crianças se apinharem ao redor dela e acariciarem-na quando saíram juntos da casa; ouviu as risadas e as vozes alegres; viu os rostos radiantes das crianças, reunidas ao redor dela como flores; testemunhou o afeto e o contentamento renovado dos pais delas; respirou o ar simples do lar pobre, de volta à tranquilidade; pensou nos vapores malsãos que vertera sobre ele, vapores que poderiam, se não fosse ela, difundir-se agora; e talvez não seja de admirar que ele caminhasse submisso ao lado dela, tendo-a bem junto a si.

Quando chegaram à guarita, o velho estava sentado na cadeira, no canto da lareira, com os olhos cravados no chão, e seu filho estava apoiado ao lado oposto da lareira, olhando para o pai. Quando ela passou pela porta, ambos saltaram e se voltaram para ela, e se fez uma radiosa transformação em seus rostos.

— Ah, meu Deus, meu Deus, meu Deus, eles estão felizes de me ver, como os outros! — exclamou Milly, batendo palmas em êxtase e logo parando. — Mais dois!

Contentes de vê-la! Contente não era a palavra certa para aquilo. Ela correu para os braços do marido, que estavam bem abertos para recebê-la, e ele teria ficado muito feliz em poder mantê-la ali, com a cabeça inclinada em seu ombro, por todo aquele dia de inverno. Mas o velho não podia deixá-la sossegada. Ele também tinha braços para ela, e a trancou dentro deles.

— Mas onde esteve a minha tranquila Ratinha esse tempo todo? — disse o ancião. — Ficou tanto tempo fora! Descobri que, para mim, é impossível ficar sem a Ratinha. Eu... Mas onde está meu filho William?... Eu pensei que estava sonhando, William.

— É o que eu digo, papai — tornou o filho. — *Eu* estive numa espécie de sonho horroroso, acho. Como vai, papai? Está tudo bem?

— Firme e forte, meu menino — tornou o velho.

Foi emocionante ver o Sr. William apertar a mão do pai e dar-lhe tapinhas nas costas e acariciá-lo, como se não conseguisse expressar todo o carinho que tinha pelo pai.

— Que homem maravilhoso é o senhor, papai! Como está, papai? Está mesmo firme e forte? — disse William, apertando-lhe a mão de novo e dando-lhe tapinhas nas costas de novo e acariciando-o de novo.

— Nunca me senti melhor na vida, meu menino.

— Que homem maravilhoso o senhor é, papai! Mas é exatamente isso! — disse o Sr. William, entusiasmado. — Quando penso em tudo aquilo por que meu pai passou e todas as oportunidades e mudanças, e sofrimentos e problemas que lhe aconteceram durante a longa vida, e sob os quais seus cabelos se tornaram grisalhos, enquanto anos e mais anos se acumulam sobre sua cabeça, sinto que tudo o que eu fizer ainda é pouco para homenagear este velho senhor e ajudá-lo na velhice. Como vai, papai? Está tudo bem com o senhor, mesmo?

O Sr. William talvez jamais teria cessado de repetir suas perguntas e de apertar a mão do pai e de dar tapinhas nas costas dele e de acariciá-lo, se o velho não tivesse notado o Químico, cuja presença até então não percebera.

— Perdão, Sr. Redlaw — disse Philip —, mas eu não sabia que o senhor estava aqui ou me teria comportado melhor. Vê-lo aqui, Sr. Redlaw, numa manhã de Natal, faz-me lembrar dos tempos em que o senhor mesmo era estudante, e estudava tanto que entrava e saía da nossa Biblioteca até mesmo na época do Natal. Ah! Ah! Sou velho o bastante para me lembrar disso; e me lembro muito bem, juro, apesar de ter oitenta e sete anos. Foi depois que o senhor saiu que a minha esposa, coitada, morreu. Lembra-se da minha pobre esposa, Sr. Redlaw?

O Químico respondeu que sim.

— Sim — disse o velho. — Ela era uma doce pessoa... Eu me lembro de uma manhã de Natal em que o senhor veio aqui com uma moça... Peço perdão, Sr. Redlaw, mas acho que era uma irmã a que o senhor era muito apegado, não era?

O químico olhou para ele e balançou a cabeça.

— Eu tinha uma irmã — disse ele, vagamente. Nada mais sabia a respeito.

— Uma manhã de Natal — prosseguiu o ancião — em que o senhor veio aqui com ela... e começou a nevar e a minha esposa convidou a moça a entrar e se sentar junto à lareira que está sempre acesa no dia de Natal, naquilo que costumava ser, antes que os nossos dez pobres cavalheiros mudassem as coisas, o nosso grande Salão de Banquetes. Eu estava lá e lembro que, enquanto eu atiçava o fogo para que a mocinha aquecesse os seus lindos pezinhos, ela leu em voz alta o pergaminho que fica embaixo daquela pintura. "Senhor, conserva fresca a minha memória!" Ela e a minha pobre esposa começaram a conversar sobre aquilo; e é estranho pensar, hoje, que as duas disseram (sendo tão improvável que alguma delas morresse) que aquela era uma boa oração e que a rezariam com muita devoção, se fossem chamadas cedo por Deus, dedicando-a àqueles que lhes eram mais queridos. "Meu irmão", disse a moça... "Meu marido", disse a minha pobre esposa... "Senhor, conserva fresca a lembrança de mim e não deixeis que eu seja esquecida!"

Rolaram pelo rosto de Redlaw lágrimas mais dolorosas e mais amargas do que todas que havia chorado durante a vida inteira.

Philip, muito ocupado em lembrar-se da história, não o havia observado até então, tampouco a ansiedade de Milly para que ele não prosseguisse.

— Philip! — disse Redlaw, segurando-o pelo braço. — Sou um homem ferido, sobre o qual a mão da Providência se fez sentir pesada, mas merecidamente. Você me fala, meu amigo, de algo que não posso entender; minha memória já se foi.

— Misericórdia! — exclamou o velho.

— Perdi as minhas lembranças de aflição, injustiça e angústia — disse o Químico —, e com elas perdi tudo que um homem pode querer lembrar!

Ver a compaixão do velho Philip por ele, vê-lo arrastar sua própria poltrona para que ele repousasse, observando-o com um sentimento solene da perda que sofrera, era saber, de certo modo, quão preciosas para a velhice são essas recordações.

O menino entrou correndo e foi agarrar-se a Milly.

— É o homem — disse ele — do outro quarto. Não quero *ele*.

— De que homem ele está falando? — perguntou o Sr. William.

— Quieto!

Obediente a um sinal dela, ele e seu velho pai se afastaram silenciosamente. Enquanto saíam sem ser notados, Redlaw fez um sinal para que o menino se aproximasse.

— Prefiro a mulher — respondeu ele, segurando as saias dela.

— Você tem razão — disse Redlaw, com um sorriso murcho. — Mas não precisa ter medo de chegar perto de mim. Sou mais gentil agora do que antes. E, mais do que todos no mundo, para você, pobre criança!

O garoto ainda se mostrou arredio, no começo, mas, cedendo aos poucos aos pedidos dela, consentiu em se aproximar e até em se sentar aos pés dele. Enquanto Redlaw apoiava a mão sobre o ombro da criança, fitando-a com compaixão e simpatia, estendeu a outra mão para Milly. Ela se inclinou ao lado dele, para poder olhá-lo no rosto e, depois de um silêncio, disse:

— Sr. Redlaw, posso falar com o senhor?

— Claro — respondeu ele, olhando para ela. — Para mim, a sua voz é música.

— Posso pedir uma coisa?

— O que quiser.

— Lembra-se do que eu disse quando bati à sua porta na noite passada? Sobre alguém que tinha sido seu amigo e estava à beira da destruição?

— Lembro, sim — disse ele, com alguma hesitação.

— O senhor entende?

Ele fez um carinho no cabelo do menino — lançando sobre ela um olhar fixo — e balançou a cabeça.

— Essa pessoa — disse Milly, com sua voz clara e suave, que seus olhos mansos, ao olhar para ele, tornavam ainda mais clara e suave —, eu a encontrei logo em seguida. Voltei para a casa e, com a ajuda dos Céus, consegui seguir seus rastros. Demorei um pouco. Se demorasse um pouquinho mais, poderia ter sido tarde demais.

Ele tirou a mão de sobre os cabelos do menino e, apoiando-a sobre o dorso da mão dela, cujo toque tímido, mas decidido, se dirigia a ele com intensidade não menor que a da voz e dos olhos, encarou-a mais fixamente.

— Ele é o pai do Sr. Edmund, o jovem que acabamos de ver. Seu nome real é Longford... Lembra-se do nome?

— Lembro-me do nome.

— E do homem?

— Não, do homem, não. Ele cometeu alguma injustiça contra mim?

— Cometeu!

— Ah! então não tem jeito... Não tem jeito.

Ele balançou a cabeça e bateu com carinho na mão que segurava, como se pedisse silenciosamente a compaixão dela.

— Não procurei o Sr. Edmund ontem à noite — disse Milly.

— O senhor vai me escutar como se se lembrasse de tudo?

— A cada sílaba que a senhora me disser.

— Não fui, porque não sabia se era realmente o pai dele e porque tinha medo do efeito que tal notícia teria sobre o Sr. Edmund, depois da doença. Assim que soube quem era aquela pessoa, também não o procurei, mas dessa vez por outra razão. Ele se havia separado havia muito da mulher e do filho... havia sido um estranho ao lar praticamente desde a primeira infância do filho, como ele me contou... e abandonara e desertara aquilo que devia ter protegido com o maior carinho. Durante todo esse tempo, ele foi decaindo da condição de cavalheiro, cada vez mais, até... — ela se ergueu, apressada, e, saindo por um momento, voltou acompanhada pelo destroço que Redlaw havia visto na noite passada.

— Você me conhece? — perguntou o Químico.

— Eu ficaria contente — tornou o outro —, e esta é uma palavra pouco habitual para mim, se pudesse responder que não.

O Químico examinou o homem que se humilhava e se rebaixava à sua frente e teria continuado a examiná-lo, num inabitual esforço de compreensão, se Milly não tivesse voltado a ficar ao seu lado e atraído seu olhar atento para seu próprio rosto.

— Veja o quanto ele caiu, como está perdido! — sussurrou ela, estendendo o braço para ele, sem olhar o rosto do Químico. — Se o senhor pudesse lembrar-se de tudo o que está ligado a ele, não acha que sentiria muita pena ao ver que uma pessoa por quem o senhor já sentiu estima (pouco importa quando foi, nem que promessa ele tenha traído) tenha chegado a esse ponto?

— Espero que sim — respondeu ele. — Creio que sim.

Os olhos de Redlaw dirigiram-se para a figura que permanecia perto da porta, mas logo voltaram a examinar Milly atentamente, como se se esforçasse por aprender alguma lição em cada tom de voz e em cada brilho dos olhos dela.

— Eu não estudei, e o senhor estudou muito — disse Milly. — Não estou acostumada a pensar, e o senhor está sempre pensando. Posso dizer-lhe por que parece ser bom, para nós, nos lembrarmos das injustiças que cometeram contra nós?

— Pode.

— Para podermos perdoá-las.

— Perdoai-me, altos Céus! — disse Redlaw, erguendo os olhos — por ter jogado fora vosso mais alto atributo!

— E se — disse Milly — algum dia recuperar a memória, como espero, e por isso rezo, não seria uma bênção para o senhor lembrar-se ao mesmo tempo da injustiça e do seu perdão?

Ele olhou para a figura junto à porta e depois tornou a cravar em Milly seu olhar atento; e teve a impressão de que um raio de uma luz mais límpida brilhasse em sua mente, vindo do radioso rosto dela.

— Ele não pode ir para o lar que abandonou. Não quer ir para lá. Sabe que só poderia levar vergonha e confusão àqueles que tão cruelmente desdenhou, e que a melhor reparação que lhes pode oferecer agora é evitá-los. Uma pequena quantia de dinheiro, oferecida com prudência, poderia levá-lo a algum lugar distante, onde ele viva sem fazer mal a ninguém e expie, na medida do possível, a injustiça cometida. Para a infeliz esposa e para o filho, essa seria a melhor e mais generosa bênção que seu melhor amigo lhes poderia fazer — uma bênção que eles jamais devem conhecer; e para ele, com a reputação, a mente e o corpo em pedaços, isso poderia ser a salvação.

Ele tomou a cabeça dela entre as mãos e a beijou e disse:

— Isso será feito. Encarrego a senhora de fazê-lo por mim, agora, e em segredo; e de lhe dizer que eu o perdoaria, se tivesse a felicidade de saber do quê.

Quando ela se ergueu e voltou o luminoso rosto para o homem arruinado, em sinal de que sua mediação havia tido bom êxito, ele deu um passo à frente e, sem erguer os olhos, dirigiu-se a Redlaw.

— Você é tão generoso... — disse ele — sempre foi... que tenta banir seu crescente senso de retribuição do espetáculo que tem diante dos olhos. Não quero bani-lo de mim, Redlaw. Acredite, se puder.

Com um gesto, o Químico pediu a Milly que chegasse mais perto dele; e, enquanto escutava, olhava o rosto dela, como se nele buscasse uma pista sobre o que ouvia.

— Sou um destroço acabado demais para fazer declarações; lembro-me bem demais de minha carreira para fazer isso diante de você. Mas a partir do dia em que dei meu primeiro passo ladeira abaixo, trapaceando com você, minha queda foi certa, constante e inexorável. Isso eu garanto.

Redlaw, mantendo Milly junto a si, ao seu lado, voltou o rosto para o interlocutor, e havia dor nele. Algo como um triste reconhecimento.

— Eu poderia ter sido outro homem, minha vida poderia ter sido outra, se tivesse evitado esse fatal primeiro passo. Não sei o que teria acontecido. Nada alego, em meu favor, dessa possibilidade. Sua irmã descansa em paz, e está melhor do que poderia estar comigo, até mesmo se eu continuasse a ser o que você pensou que eu fosse, ou o que uma vez pensei ser.

Redlaw fez um movimento rápido com a mão, como se quisesse deixar de lado esse assunto.

— Falo — prosseguiu o outro — como um homem saído do túmulo. Eu teria cavado meu próprio túmulo, na noite passada, se não fosse essa mão abençoada.

— Ah, meu Deus! Ele também gosta de mim! — soluçou Milly, baixinho. — Mais um!

— Na noite passada, eu não conseguiria apresentar-me a você, nem que fosse para pedir pão. Hoje, porém, as minhas lembranças do que houve entre nós são tão fortes e se apresentam a mim, não sei como, com tanta vivacidade que ousei vir aqui, por sugestão dela, para aceitar a sua oferta e agradecer por ela e para lhe implorar, Redlaw, que, na hora da morte, seja tão misericordioso comigo em seus pensamentos como é em seus atos.

Ele se voltou para a porta e estacou por um momento.

— Espero que se interesse por meu filho, por amor da mãe dele. Espero que ele faça por merecer tal interesse. A menos que a minha vida seja preservada por muito tempo e eu tenha certeza de não ter abusado de sua ajuda, Redlaw, nunca mais porei os olhos nele.

Ao sair, ergueu os olhos para Redlaw pela primeira vez. Redlaw, cujo olhar firme estava cravado nele, estendeu, como em sonho, a mão para ele. Ele voltou e a tocou — um pouco mais que isso — com as duas mãos; e, curvando a cabeça, se retirou a passos lentos.

Nos poucos momentos que se passaram enquanto Milly o acompanhava, calada, até o portão, o Químico afundou-se na poltrona e cobriu o rosto com as mãos. Vendo-o assim, ao voltar, acompanhada do marido e do pai dele (que estavam ambos muito preocupados com Redlaw), ela evitou incomodá-lo ou permitir que fosse incomodado; e se ajoelhou perto da poltrona para cobrir o menino com um agasalho.

— É exatamente isso. É o que sempre digo, papai! — exclamou seu admirado marido. — Há um sentimento maternal no peito da Sra. William, que deve e vai, um dia, expressar-se!

— Sim, sim — disse o velho —, você tem razão. Meu filho William tem razão!

— Tudo acontece para melhor, querida Milly, não há dúvida — disse o Sr. William, com ternura —, inclusive não termos nossos próprios filhos; mas às vezes eu gostaria que você tivesse um filho, para amar e proteger. O nosso falecido filhinho, no qual você depositava tantas esperanças e que jamais respirou o ar da vida... ele a tornou muito calada, Milly.

— A lembrança dele me faz muito feliz, William querido — respondeu ela. — Penso nele todos os dias.

— Eu temia que você pensasse muito nele.

— Não diga "temia"; ele é um consolo para mim; ele fala comigo de muitas maneiras. A criatura inocente que jamais viveu sobre a terra é como um anjo para mim, William.

— Você é como um anjo para o papai e para mim — disse o Sr. William, com voz mansa. — Isso eu posso garantir.

— Quando penso em todas as esperanças que nele depositei e nas tantas vezes em que me sentava para imaginar seu rostinho sorridente em meu colo, onde ele nunca esteve, e os doces olhinhos, que nunca se abriram para a luz, voltados para os meus — disse Milly —, posso sentir uma ternura maior, creio, por todas as esperanças frustradas em que não há mal. Quando vejo uma linda criança entre os braços da mãe amorosa, fico ainda mais feliz, ao pensar que o meu filho poderia ter sido como ela e ter dado ao meu coração igual orgulho e igual felicidade.

Redlaw ergueu a cabeça e olhou para ela.

— Acho que em todas as coisas da vida — prosseguiu ela — ele me diz algo. Em favor das crianças pobres abandonadas, meu filhinho fala como se estivesse vivo e tivesse uma voz que eu conhecesse, com a qual se dirigisse a mim. Quando ouço falarem de crianças que sofrem ou passam vergonha, penso que o meu filho poderia também ter passado por isso, talvez, e que Deus, em sua misericórdia, o tirou de mim. Até mesmo na velhice e nos cabelos brancos, como os do seu pai, ele está presente: dizendo que também ele poderia ter chegado à velhice, muito tempo depois de você e eu termos partido, e ter precisado do respeito e do amor dos mais jovens.

Sua voz tranquila estava mais tranquila do que nunca, quando tomou o marido pelo braço e encostou a cabeça em seu ombro.

— As crianças gostam tanto de mim que às vezes fico imaginando... é uma ideia boba, William... que elas têm algum jeito, que eu não conheço, de sentir o meu filhinho e a mim e de entender por que o amor deles me é tão precioso. Se tenho estado calada desde então, William, é porque tenho estado mais feliz, de mil maneiras. E esta não é a menor dessas felicidades, querido: que mesmo quando o meu filhinho nasceu e morreu poucos dias depois, e eu me sentia fraca e angustiada e não podia deixar de sofrer um pouco, me ocorreu a ideia de que, se eu me esforçasse para levar uma vida santa, eu encontraria no Céu uma criatura radiosa que me chamaria de Mamãe!

Redlaw caiu de joelhos à sua frente, com um forte grito.

— Ó Vós — disse ele — que, por meio do ensinamento do puro amor, graciosamente me fizestes recuperar a memória que era a memória de Cristo na cruz e de todos os santos que morreram por Ele, recebei a minha gratidão e abençoai esta mulher!

E, então, ele a apertou contra o peito; e Milly, soluçando mais do que nunca, exclamou em meio ao riso:

— Ele voltou a si! Ele também gosta muito de mim, mesmo! Ah, meu Deus, meu Deus, meu Deus, mais um!

Entrou, então, o estudante, trazendo pela mão uma linda menina que estava receosa de entrar. E Redlaw, já tão mudado com relação ao estudante, vendo nele e em sua jovem escolhida a sombra atenuada daquele casto período de sua vida, ao qual, como à sombra de uma árvore, o pombo durante tanto tempo preso em sua solitária arca podia voar em busca de descanso e de companhia, abraçou-os, pedindo-lhes que fossem seus filhos.

E, então, como Natal é um tempo em que, entre todos os tempos do ano, a memória de toda aflição, injustiça e angústia que possam ser remediadas no mundo ao nosso redor deve estar viva dentro de nós, não menos que nossas próprias experiências, para fazer o bem, ele estendeu a mão sobre o menino e, pedindo silenciosamente o testemunho daquele que estendeu Sua mão às crianças nos tempos antigos, refutando, na majestade de Seu conhecimento profético, aqueles que as queriam afastar Dele, prometeu protegê-lo, educá-lo e regenerá-lo.

Em seguida, estendeu a mão direita carinhosamente a Philip e disse que naquele dia iriam dar uma ceia de Natal ali onde costumava ser, antes dos dez pobre cavalheiros, o grande Salão de Banquetes; e convidariam tantos membros da família Swidger quantos pudessem ser reunidos em tão pouco tempo. Era, como dizia o filho, família tão numerosa que podia formar uma roda em volta da Inglaterra, dando as mãos uns aos outros.

E assim foi aquele dia. Havia lá tantos Swidgers, adultos e crianças, que qualquer tentativa de quantificá-los com exatidão pode gerar dúvidas ruinosas para a veracidade desta história. Por isso mesmo, tal tentativa não será feita. Mas lá estavam eles, às dúzias — e havia boas novas e boa esperança acerca de George, que fora visitado mais uma vez pelo pai, pelo irmão e por Milly e mais uma vez entregue a um sono tranquilo. Estavam presentes ao jantar também os Tetterbys, inclusive o pequeno Adolphus, que chegou, com seu prismático cachecol, bem a tempo para o rosbife. Johnny e o bebê chegaram tarde demais, é claro, todos curvados de lado, um exausto e o outro em suposto estado de dente geminado, mas isso era habitual nele, e não constituía motivo para alarme.

Era triste ver o menino que não tinha nem nome, nem linhagem, a observar as brincadeiras das outras crianças, sem saber como falar com elas ou jogar com elas, e mais estranho ao comportamento infantil do que um cão selvagem. Era triste, mas de outro modo, ver como até as menores criancinhas sabiam instintivamente que ele era diferente dos demais e como faziam tímidas tentativas de se relacionar com ele, com palavras e gestos carinhosos, com presentinhos, para que ele não se sentisse infeliz. Mas ele não desgrudava de Milly e começava a gostar dela — mais um, como dizia ela! — e, como todos a adoravam, estavam felizes com isso, e quando o viam espiando a todos de trás da cadeira, ficavam contentes de tê-lo ali por perto.

Tudo isso foi visto pelo Químico, sentado com o estudante e sua noiva e Philip e todos os outros.

Desde então, alguns têm dito que ele apenas imaginou o que aqui é descrito; outros, que ele o leu no fogo, numa noite de inverno, por volta do crepúsculo; outros, que o Fantasma era apenas a representação de seus mais negros pensamentos, e Milly, a encarnação de sua melhor sabedoria. *Eu* não digo nada.

Salvo isto: enquanto estavam reunidos no velho Salão, sem outra luz senão a de uma grande lareira (tendo jantado cedo), as sombras mais uma vez escaparam de seus esconderijos e se puseram a dançar pela sala, mostrando às crianças formas e rostos

Ilustração: C. Stanfield, RA

maravilhosos sobre as paredes e gradualmente transformando o que ali havia de real e familiar em coisas selvagens e mágicas. Mas havia no Salão uma só coisa, para a qual os olhos de Redlaw e de Milly e do marido e do velho e do estudante e de sua noiva sempre se voltavam, que as sombras nem obscureciam, nem modificavam. Imerso em sua gravidade pela luz da chama, e olhando a todos, da escuridão da parede de painéis de madeira, como se estivesse vivo, o rosto sereno do retrato, com a barba e o rufo, contemplava-os do alto, sob seu verdejante ramo de azevinho, enquanto eles, embaixo, voltavam os olhos para ele; e, sob o retrato, claras e simples como se uma voz as pronunciasse, se podiam ler estas palavras:

SENHOR, CONSERVA FRESCA A MINHA MEMÓRIA.

UMA ÁRVORE DE NATAL

❄

Contemplei, esta noite, um alegre bando de crianças reunido ao redor de um belo brinquedo alemão, uma Árvore de Natal. A árvore estava plantada no meio de uma grande mesa redonda e se erguia bem acima de suas cabeças. Estava brilhantemente iluminada por uma multidão de pequenas velas, e em toda parte faiscavam e cintilavam objetos resplandecentes. Havia bonecas de faces rosadas, escondidas atrás das folhas verdes; havia relógios de verdade (com ponteiros móveis, pelo menos, e com uma capacidade ilimitada de receber corda) presos a inúmeros ramos; havia mesas francesas de tampo polido, cadeiras, camas, armários, relógios de corda de oito dias e vários outros artigos do mobiliário doméstico (maravilhosamente fabricados em estanho, em Wolverhampton), empoleirados entre os ramos, como se em preparação para alguma mágica arrumação caseira; havia homenzinhos alegres, de rosto redondo, de aparência muito mais agradável do que muitos homens reais — o que não era de admirar, pois, ao se retirarem suas cabeças, ficava claro que eles estavam cheios de balas; havia violinos e tambores; havia tamborins, livros, caixas de trabalho, caixas de pintura, caixas de bombons, caixas de vista estereoscópica, todo tipo de caixa; havia bijuterias para as meninas mais velhas, muito mais brilhantes que as joias de ouro ou pedrarias dos adultos; havia cestas e almofadas de alfinetes de todo tipo; havia armas, espadas e bandeiras; havia bruxas em círculos encantados de cartolina, que previam o futuro; havia carapetas, piões, estojos de agulhas, enxugadores de penas, frascos de sais aromáticos, cartas de baralho, porta-buquês; frutas de verdade, artificialmente resplandecentes em sua cobertura de papel dourado; maçãs, peras e nozes falsas, recheadas de surpresas; em suma, como um menininho extasiado sussurrou, à minha frente, para outra linda criança, seu amigo do peito: "Tinha tudo e mais um pouco". Essa coleção disparatada de objetos esquisitos, agrupados sobre a árvore como frutas mágicas, a refletir os olhares luminosos que lhe eram dirigidos de todos os lados — alguns dos olhos de diamante que a admiravam mal alcançavam a altura da mesa, e alguns estavam entregues a seu maravilhado estupor no colo de lindas mamães, titias e babás —, realizava, com brilho, as fantasias da infância; e me fizeram matutar sobre como todas as árvores que crescem e todas as coisas que nascem na terra se enfeitam, nessa época memorável, com os mais fantásticos ornamentos.

De volta para casa e sozinho de novo, a única pessoa ali acordada, meus pensamentos são arrastados de volta, por um fascínio a que não quero resistir, à minha própria infância. Começo a examinar o que todos nós mais lembramos dos ramos da Árvore de Natal de nossos jovens dias natalinos, pela qual subimos à vida real.

Ereta, no meio do quarto, sem que seu livre crescimento esteja comprimido por muros ou tetos baixos demais, ergue-se uma árvore umbrosa; e, ao dirigir os olhos para cima, para a sonhadora luminosidade de seu topo — pois observo, nessa árvore, a singular propriedade de parecer crescer para baixo, na direção da terra —, olho para as minhas mais antigas lembranças natalinas!

Em primeiro lugar, todos os brinquedos. Lá no alto, entre o verde azevinho e as frutinhas vermelhas, está o acrobata, com as mãos nos bolsos, que jamais se deitava, mas, sempre que era posto no chão, continuava balançando seu corpo flácido, até parar, ereto, e cravar aqueles olhos de lagosta em mim — e então eu fingia cair na gargalhada, mas, no fundo do coração, tinha muitas suspeitas contra ele. Bem perto dele está aquela infernal tabaqueira, da qual saltava um Conselheiro demoníaco de casaco preto, com cabelos detestáveis e uma boca de pano vermelho, bem aberta, que era rigorosamente insuportável, mas tampouco podia ser deixado de lado, pois ele costumava fugir de repente, em sonhos, num estado muitíssimo amplificado, de tabaqueiras gigantes, quando menos se esperava. Nem está longe a rã com cera gordurosa no rabo, pois não havia como saber para onde ela ia pular; e ela era terrível quando voava por sobre a vela e pousava sobre a mão de alguém, com aquelas costas de bolinhas vermelhas sobre fundo verde. Era mais doce e linda a mulher de cartolina com saia de seda azul, que era colocada de pé junto à vela para dançar e que vejo no mesmo galho; mas não posso dizer o mesmo do homem grandalhão de cartolina, que costumava ser pendurado à parede e puxado por uma corda; havia uma expressão sinistra naquele nariz; e, quando colocava as pernas ao redor do pescoço (o que fazia com muita frequência), se tornava fantasmagórico e não era, de modo algum, alguém com quem se pudesse ficar sozinho.

Quando foi que essa Máscara medonha olhou para mim pela primeira vez? Quem a pôs ali e por que me assustava tanto que a visão dela marcou uma época de minha vida? Não é um rosto abominável em si mesmo; foi feito, até, para ser engraçado; por que, então, eram seus impassíveis traços tão insuportáveis? Sem dúvida, não por esconder o rosto de quem a usasse. Um avental teria exercido o mesmo efeito e, embora eu tivesse preferido que não houvesse nem o avental, isso não teria sido absolutamente intolerável, como a máscara. Seria a imobilidade da máscara? O rosto da boneca era igualmente imóvel, mas eu não tinha medo *dela*. Talvez essa mudança que fixava e imobilizava, de repente, um rosto real infundisse em meu coração acelerado alguma sugestão e pavor remoto da mudança universal que há de sobrevir a todo rosto, para imobilizá-lo? Nada me reconciliava com ela. Por muito tempo, nem os tocadores de tambor, dos quais vinha um melancólico piado quando se girava uma manivela; nem o regimento de soldados, com uma fanfarra muda, retirados de uma caixa e encaixados, um por um, num emperrado e ocioso conjunto de pinças em ziguezague; nem a velha senhora, feita de arame e de papel de embalagem, que cortava um bolo para duas criancinhas, podiam oferecer-me um conforto permanente. Também não adiantava mostrar-me a Máscara para que eu visse que era feita de papel, ou trancá-la para garantir que ninguém a usaria. A mera lembrança daquele rosto imóvel e o mero conhecimento de sua existência em algum lugar já bastavam para me acordar de noite, todo suado e apavorado, gritando: "Ah! Eu sei que ela está chegando! Ah! A Máscara!".

Naquela época, nunca imaginei de que era feito o velho burrinho com cestos — lá está ele! Lembro-me de que sua pele parecia real ao toque. E o magnífico cavalo negro, coberto de grandes manchas vermelhas — o cavalo que eu podia até montar —, nunca soube o que o teria levado àquela estranha condição, nem pensei que aquele tipo de cavalo não era visto com frequência em Newmarket. Os quatro cavalos sem cor, ao lado dele, que eram atrelados à carruagem cheia de queijos e podiam ser desatrelados e guardados embaixo do piano, pareciam ter, como cauda, fragmentos de uma estola de pele, e outros fragmentos como crina, e se apoiar em estacas, não em patas, mas não eram assim quando foram trazidos para casa como presente de Natal. Eles estavam perfeitos, então; os seus arreios não estavam presos de qualquer jeito ao peito, como é o caso hoje. Eu *tinha* descoberto que as engrenagens tilintantes da carruagem musical eram feitas de arame e de palitos de dente de pena de ganso; e sempre achei que o pequeno acrobata em mangas de camisa, que passava o tempo erguendo-se de um lado de uma estrutura de madeira, para em seguida cair do outro lado, de cabeça para baixo, era um tanto aparvalhado — embora excelente pessoa; mas era uma portentosa maravilha e um grande prazer a Escada de Jacó, ao seu lado, feita de quadradinhos de madeira vermelha que se imbricavam uns nos outros com um clique seco, cada um desenvolvendo uma figura diferente, com o todo sendo enfeitado por sininhos.

Ah! A Casa de Boneca! Eu não era o proprietário dela, mas a visitava ocasionalmente. Minha admiração pelos Palácios do Parlamento não é nem a metade da que sentia por essa mansão com fachada de pedra e janelas de vidro, e soleiras de porta e um terraço de verdade — a coisa mais verde que já vi até hoje, salvo nas estâncias balneárias; e mesmo estas oferecem apenas uma medíocre imitação dela. E embora a fachada da casa se abrisse *mesmo* toda de uma vez (o que era um rude golpe, confesso, pois impossibilitava a ficção de uma escada), bastava fechá-la de novo e eu já podia perseverar em minha crença. Mesmo aberta, havia três aposentos distintos dentro dela: uma sala de estar e um dormitório, elegantemente mobiliados, e, o que é melhor, uma cozinha, com ferros de fogão extraordinariamente moles, um sortimento completo de minúsculos utensílios — ah, o ferro para aquecer as camas! — e um cozinheiro de estanho, de perfil, que sempre ia fritar dois peixes. De quantos apetites fiz a honra, com nobres banquetes de Barmecida,[1] nos quais figuravam jogos de pratos de madeira, cada qual com sua iguaria, como presuntos ou perus, grudada no fundo, e ornamentados com alguma coisa verde, de que me lembro como uma espécie de musgo! Poderiam todas as Sociedades de Temperança[2] destes nossos dias, unidas, oferecer-me um chá comparável ao que eu tomava naquele longínquo servicinho de chá de faiança azul, que realmente retinha o líquido (lembro-me de que ele vazava do pequeno tonel de madeira e tinha gosto de fósforo) e fazia do chá um néctar. E se as duas hastes da desajeitada pinça para açúcar se entre-

---

[1] Os Barmecidas eram uma família nobre da Pérsia que se arruinou. Davam, então, segundo as *Mil e uma noites*, banquetes em que os pratos eram servidos vazios.

[2] As Sociedades de Temperança eram associações criadas no século XIX para o combate ao alcoolismo.

cruzavam e não ofereciam nenhuma precisão, como as mãos de um fantoche, que importa? E se um dia soltei urros como uma criança envenenada e com isso enchi de consternação a distinta companhia, por ter bebido uma colher de chá dissolvida, sem querer, em água quente demais, nem por isso passei muito mal, a não ser pelo pozinho que me serviram depois!

Sobre os ramos seguintes da árvore, mais abaixo, pegados ao rolo verde e às outras ferramentas de jardinagem em miniatura, começavam os livros a pender em grossas fileiras! Livros finos, em si mesmos, mas muitos, com deliciosas capas lisas de brilhantes cores verde ou vermelha. E, para começar, que letras negras e grossas! "O A era um arqueiro e atirava na rã." Claro que era. Era também uma Ameixa, e lá está ela! O A era muita coisa naquele tempo, e o mesmo se pode dizer dos seus amigos, com exceção do X, que tinha muito pouca versatilidade, pois nunca o vi ir além de Xerxes e de Xantipa — como o Y, que estava sempre limitado a York ou a Yokohama; e o Z, condenado a ser uma Zebra ou um Zulu. Mas agora, a própria árvore se modifica e se transforma num pé de feijão — o maravilhoso pé de feijão pelo qual João subiu até a casa do Gigante! E agora, esses gigantes terrivelmente interessantes, de duas cabeças, com seus porretes sobre os ombros, começam a marchar sobre os ramos, em grande número, arrastando pelos cabelos damas e cavaleiros para jantar em casa. E João — como era nobre, com sua espada afiada e seus sapatos velozes! Mais uma vez volto a essas velhas reflexões enquanto olho para ele e fico perguntando com meus botões se havia mais de um João (que reluto em crer possível) ou só um autêntico, original e admirável João, que realizara todas as façanhas registradas.

Perfeita para o Natal é a cor vermelha da capa em que — formando a árvore, por si só, toda uma floresta por onde ela passeia com seu cesto — Chapeuzinho Vermelho vem a mim numa noite de Natal, para me falar da crueldade e da perfídia daquele lobo hipócrita que comeu sua avó, sem que seu apetite diminuísse, e em seguida a comeu, depois de fazer aquela feroz piada sobre os seus dentes. Ela foi o meu primeiro amor. Eu sentia que, se pudesse ter-me casado com Chapeuzinho Vermelho, teria conhecido a perfeita felicidade. Mas não devia ser assim; e nada havia a fazer quanto a isso, a não ser pegar o lobo na Arca de Noé e colocá-lo em último lugar na procissão sobre a mesa, como um monstro a ser degradado. Ah, a maravilhosa Arca de Noé! Foi considerada inapta à navegação ao ser colocada na banheira, e era preciso enfiar os animais pelo teto, apertando bem as patas para que entrassem, mesmo assim — e então se podia apostar dez contra um que eles começariam a sair pela porta, que não fechava direito com um arame — mas *isso* não era nada comparado a suas maravilhas! Vejam a nobre mosca, só um pouco menor que o elefante; a joaninha, a borboleta — todas elas triunfos da arte! Vejam o ganso, cujos pés eram pequenos demais e cujo equilíbrio era tão instável que costumava cair para frente, derrubando toda a criação animal. Vejam Noé e a sua família, como pilões de cachimbo idiotas; e como o leopardo grudava nos dedinhos quentes; e como as caudas dos animais maiores costumavam reduzir-se, com o tempo, a pedaços de corda usada!

Silêncio! Mais uma vez uma floresta, e alguém no alto de uma árvore — não era Robin Hood, nem Valentine, nem o Anão Amarelo (nada falo sobre eles ou sobre as maravilhas da Mãe Bunch[3]), mas um Rei Oriental de cimitarra brilhante e turbante. Por Alá! Dois Reis Orientais, pois vejo outro que espreita sobre o ombro do primeiro! Lá embaixo, na grama, ao pé da árvore, jaz deitado um gigante negro como carvão, que dorme com a cabeça no colo de uma mulher; e perto deles está uma caixa de vidro,

---

[3] O Anão Amarelo é um personagem de Marie-Catherine Le Jumel de Barneville, baronesa de Aulnoy (1651 – 1705), escritora francesa de contos de fada que passou a ser conhecida popularmente, no fim do século XVIII inglês, como Mother Bunch.

trancada com quatro fechaduras de aço brilhante, em que ele mantém prisioneira a mulher quando está acordado. Vejo agora as quatro chaves em sua cintura. A mulher faz sinal para os dois reis que estão sobre a árvore, e eles descem silenciosamente. É o ponto de partida das deslumbrantes Mil e uma noites.

Ah! Agora todas as coisas comuns se tornam incomuns e encantadas para mim! Todas as lâmpadas são maravilhosas; todos os anéis são talismãs. Vasos de flores comuns estão cheios de tesouros, com um pouquinho de terra por cima; as árvores existem para Ali Babá nelas se esconder; os bifes devem ser jogados no Vale dos Diamantes, para que as pedras preciosas se grudem a eles e sejam carregadas pelas águias até seus ninhos, de onde os mercadores vão afugentá-las, aos berros. As tortas são preparadas segundo a receita do filho do Vizir de Baçorá, que virou pasteleiro depois que foi jogado de ceroulas às portas de Damasco; todos os sapateiros são Mustafás que costumam costurar gente que foi esquartejada, a que são levados de olhos vendados. Todos os anéis de ferro pregados a uma pedra são a entrada de uma caverna, que está só à espera do mágico, da fogueirinha e da necromancia que abalarão a terra. Todas as tâmaras vêm da mesma árvore que aquela desgraçada tâmara, com cuja casca o mercador arrancou o olho do filho invisível do gênio. Todas as azeitonas são da mesma linhagem que aqueles frutos frescos acerca dos quais o Comandante dos Fiéis ouviu, por acaso, o menino conduzir o julgamento fictício do comerciante desonesto de azeitonas; todas as maças são parentes da maça comprada (junto com duas outras) do jardineiro do sultão, por três moedas, e que foi roubada da criança pelo escravo negro. Todos os cães estão ligados ao cão — na realidade, um homem metamorfoseado em cão — que pulou sobre o balcão do padeiro e pôs a pata sobre a moeda falsa. Todo arroz faz lembrar o arroz que a mulher horrorosa, que era um demônio, só podia comer de grão em grão, por causa das suas orgias noturnas no cemitério. E até meu cavalinho de balanço — lá está ele, com as narinas postas completamente ao avesso, sinal de que era um puro-sangue! — devia ter um pino no pescoço, graças ao qual ele podia sair voando comigo, como o cavalo de pau que levou o Príncipe da Pérsia, bem na cara da Corte inteira de seu pai.

Sim, em cada um dos objetos que reconheço em meio a esses ramos de cima da minha Árvore de Natal vejo essa luz encantada! Quando, em minha cama, acordo ao nascer do sol, nas frias e escuras manhãs de inverno, percebendo vagamente a branca neve lá fora, através do gelo que recobre os vidros da janela, ouço Dinarzade: "Minha irmã, minha irmã, se ainda estiveres acordada, peço que termines a história do Jovem Rei das Ilhas Negras". "Se meu senhor, o Sultão, deixar-me viver mais um dia, minha irmã, vou não só acabar essa história, como contar outra ainda mais maravilhosa", responde Xerazade. E, então, o bondoso Sultão sai e dá ordens para suspender a execução, e os três respiramos aliviados, de novo.

A essa altura da minha árvore começo a ver, encolhido entre as folhas, um prodigioso pesadelo — que pode ter sido provocado pelo peru, pelo pudim, pela torta de carne ou por uma dessas muitas fantasias em que se misturam Robinson Crusoe em sua ilha deserta, Philip Quarll entre os macacos, Sandford e Merton com o Sr. Barlow, a Mãe Bunch e a Máscara — ou pode ser o resultado de uma indigestão, piorada pela imaginação e pelo excesso de medicamentos. Um pesadelo tão supremamente indistinto que nem sei por que é apavorante — mas isso eu sei que ele é. Só consigo perceber que é uma imensa sucessão de coisas disformes, que parecem plantadas numa pinça em ziguezague de proporções exageradas, como as que costumavam prender os soldadinhos de brinquedo e que se aproximam lentamente de meus olhos e depois se afastam para uma distância infinita. Quanto mais perto chegam, pior é. Associadas a isso, avisto lembranças de noites de inverno incrivelmente longas; de ser mandado cedo para a cama, como castigo por alguma traquinagem, e acordar duas horas depois, com a sensação de ter dormido durante duas noites; do deprimente desespero de a manhã não chegar nunca, e do peso dos remorsos.

 E vejo agora uma fila de luzinhas maravilhosas saindo devagar do chão, diante de uma ampla cortina verde. Agora, toca um sino — um sino mágico, que ainda soa aos meus ouvidos de um jeito diferente de todos os outros sinos — e se ouve uma música, em meio ao burburinho das vozes e um perfume gostoso de casca de laranja e de óleo. Logo o sino mágico manda parar a música, e a grande cortina verde sobe majestosamente, e tem início a Peça! O fiel cão de Montargis vinga a morte do seu dono, ignominiosamente assassinado na Floresta de Bondy; e um bem-humorado Camponês, de nariz vermelho e um minúsculo chapeuzinho, que considero, daí em diante, no fundo do coração, meu amigo (acho que ele era garçom ou cavalariço num albergue de aldeia, mas se passaram muitos anos desde que nos conhecemos) observa que a "sassigassidade" daquele cão é, de fato, surpreendente; e esse chiste espirituoso há de viver para sempre na minha memória, fresco e nítido, em posição mais eminente do que todas as outras piadas possíveis, até o fim dos tempos. E agora fico sabendo, entre lágrimas amargas, como a pobre Jane Shore, toda vestida de branco e com os cabelos castanhos soltos, caminhava faminta pelas ruas; ou como George Barnwell assassinou o mais perfeito tio que já existiu e depois se arrependeu tanto que deveria ser inocentado. Logo vem para me consolar a Pantomima — estupendo Fenômeno! — em que se veem palhaços serem lançados de morteiros sobre o imenso lustre, brilhante constelação que ele é; em que Arlequins, todos cobertos de escamas de ouro puro, se contorcem e faíscam, como espantosos peixes; em que Pantaleão (que não me parece irreverente comparar, em minha mente, ao meu avô) coloca no bolso atiçadores de lareira, rubros de tão quentes, e grita: "Alguém está chegando!" ou acusa o palhaço de pequenos furtos, dizendo: "Ora, eu vi você fazer isso!"; em que Tudo pode ser transformado em Qualquer Coisa; e "Nada é, mas o pensamento o faz ser". Agora, também, percebo a minha primeira experiência da lúgubre sensação — que havia de reaparecer tantas vezes em minha vida — de ser incapaz, no dia seguinte, de voltar ao mundo enfadonho e estável; de querer viver para sempre na brilhante atmosfera que acabava de deixar; de me apaixonar pela Fadinha, com uma varinha de condão que mais parecia uma insígnia de barbearia, e de ansiar por uma imortalidade encantada junto a ela. Ah, ela reaparece em variadas formas, enquanto meus olhos percorrem de alto a baixo os ramos da minha Árvore de Natal, e sempre desaparece, sem nunca me deixar ficar com ela!

Do meio dessas delícias surge o teatro de marionetes — lá está ele, com seu proscênio familiar, e mulheres enfeitadas de plumas, nos camarotes! — e todas as ocupações relativas a ele, com colas e goma arábica e aquarelas, para se montar *O Moleiro e seus homens*,[4] e *Elizabeth, ou o Exilado da Sibéria*.[5] Apesar de alguns acidentes e contratempos naturais (em especial uma tendência pouco razoável, no respeitável Kelmar e em alguns outros, de dobrar as pernas bambas em momentos emocionantes do drama), aquele é um mundo repleto de fantasias tão sugestivas e abrangentes que, muito abaixo da minha Árvore de Natal, vejo teatros escuros, sujos e reais à luz do dia, que, enfeitados com essas lembranças como com as mais frescas guirlandas das mais raras flores, ainda me encantam.

Mas ouçam! As bandas de Natal estão tocando e interrompem meu sono infantil! Que imagens associo à música natalina quando vejo seu cortejo sobre a Árvore de Natal? Conhecidas antes de todas as outras, mantendo-se muito longe de todas as outras, elas se reúnem ao redor da minha caminha. Um anjo que fala a um grupo de pastores num campo; uns viajantes, de

---

[4] Drama de Isaac Pocock (1313).
[5] *Elizabeth, or the Exiles of Siberia*, drama de marionetes baseado num romance da escritora francesa Sophie Cottin (1806).

olhos voltados para o céu, que seguem uma estrela; um bebê numa manjedoura; um menino num amplo templo, que fala com homens muito sérios; uma figura solene, com um rosto manso e belo, que ergue pela mão uma criança morta e, de novo, perto das portas de uma cidade, traz de volta o filho de uma viúva, do caixão para a vida; um monte de gente que espia pelo teto aberto de um quarto onde ele está, e baixa até ele um doente numa cama, com cordas; o mesmo homem, numa tempestade, que caminha sobre as águas até um barco; e o mesmo, numa praia, a ensinar a uma grande multidão; e com uma criança sobre os joelhos e outras crianças ao seu redor; e a restaurar a visão do cego, a fala do mudo, a audição do surdo, a saúde do enfermo, a força do fraco, o conhecimento do ignorante; e, de novo, a morrer sobre a Cruz, observado por soldados armados, em meio a espessas trevas, enquanto a terra começa a tremer e só se ouve uma voz: "perdoai-os, pois não sabem o que fazem!".

Sobre os ramos mais baixos e mais maduros da Árvore, as lembranças natalinas tornam-se ainda mais numerosas. Fecham-se os livros escolares; Ovídio e Virgílio se calam; a regra de três, com seus frios e impertinentes problemas, foi dispensada faz tempo; Terêncio e Plauto já não representam, numa arena de carteiras e bancos amontoados, todos eles lascados, esburacados e manchados de tinta; tacos, tocos e bolas de críquete, suspensos mais acima, com o cheiro de grama pisada e o barulho abafado dos gritos no ar da tarde; a árvore ainda está fresca e alegre. Se não mais volto para casa na noite de Natal, haverá meninas e meninos (graças a Deus!) enquanto houver Mundo; e eles voltarão! Aí estão eles a dançar e brincar sobre os galhos da minha Árvore, Deus os abençoe, felizes, e o meu coração dança e brinca também!

E eu *volto* para casa no Natal. Todos nós voltamos ou todos nós deveríamos voltar. Todos nós voltamos para casa, ou deveríamos voltar, para uma breve folga — quanto mais longa, melhor —, do grande internato em que estamos sempre dando duro em nossas tábuas de aritmética, para descansarmos e darmos descanso.

Quanto às visitas a fazer, aonde não podemos ir, se quisermos; onde não estivemos, quando quisemos, tomando como ponto de partida a nossa Árvore de Natal!

Adiante pela paisagem de inverno! Há muitas delas na árvore! Adiante, pelos baixos campos cobertos pela cerração, através de brejos e nevoeiros, subindo montanhas, serpenteando escuros como cavernas entre bosques, quase ocultando as estrelas cintilantes; e assim, chegando a grandes alturas, até finalmente pararmos, com súbito silêncio, em uma avenida. O sino do portão tem um som profundo e parcialmente assustador sob o ar gelado; o portão se abre em seus gonzos; e, enquanto nos encaminhamos para uma grande casa, as luzes faiscantes ficam ainda mais nítidas nas janelas, e as fileiras de árvores parecem se afastar de cada lado, abrindo espaço para nós. De tempos em tempos, o dia todo, uma lebre arisca passou correndo pelo solo esbranquiçado; ou o distante som de um bando de cervos pisoteando a geada endurecida, naquele instante, quebrou o silêncio também. Seus olhos vigilantes sob os arbustos poderiam estar brilhando agora, se nós pudéssemos vê-los, como as geladas gotas de orvalho sobre as folhas; mas eles estão parados, e tudo está parado. E assim, as luzes ficando ainda maiores, e as árvores se afastando de nós e se cerrando novamente atrás de nós, como se proibissem uma retirada, nós chegamos à casa.

Provavelmente há o aroma de castanhas assadas e de outras coisas reconfortantes o tempo todo, pois estamos contando Histórias de Inverno — Histórias de Fantasmas; senão, que vergonha! — ao redor da lareira de Natal; e não nos movemos, a não ser para chegar um pouco mais perto dela. Mas isso pouco importa. Viemos para casa, e é uma casa velha, cheia de lareiras em que se queima a lenha sobre antigos cães de chaminé, e de sinistros Retratos (alguns deles com Legendas igualmente sinistras) que nos observam, desconfiados, do alto dos painéis de carvalho das paredes. Somos um fidalgo de meia-idade e participamos de uma generosa ceia com nosso anfitrião e sua esposa, e mais seus convidados — como é Natal, a velha casa está cheia de gente —, e em seguida vamos dormir. Nosso quarto é muito velho. Está coberto de tapeçarias. Não gostamos do retrato de um cavaleiro de verde, sobre a lareira. Há grandes e negras vigas no teto, e uma cama de grande e negra armação, apoiada ao chão por duas grandes e negras figuras, que parecem ter vindo das tumbas da Igreja Senhorial do Parque, especialmente para nos acomodar. Mas não somos um fidalgo supersticioso, e isso pouco nos importa. Muito bem! Despedimos nosso criado, trancamos a porta e nos sentamos diante do fogo, de robe, para meditar sobre muitíssimos assuntos. Por fim, vamos para a cama. E não conseguimos dormir. Viramos de um lado para o outro, e nada de dormir. As brasas da lareira queimam intermitentemente, e dão uma aparência fantasmagórica ao quarto. Não conseguimos deixar de lançar um olhar por sobre o edredom para as duas estátuas negras e o cavaleiro de verde — esse cavaleiro de tão maligno aspecto. Sob a luz vacilante, eles parecem avançar e recuar, o que, embora não sejamos de jeito nenhum um fidalgo supersticioso, não é nada agradável. Muito bem! Ficamos nervosos — cada vez mais nervosos. Dizemos: "Isso é completamente idiota, mas não podemos suportar; vamos fingir que estamos doentes e chamar alguém". Muito bem! Já íamos fazer isso, quando a porta trancada se abre, e por ela entra uma jovem, mortalmente pálida, de longos cabelos louros, que avança silenciosa até a lareira e se senta na poltrona que acabamos de deixar, torcendo as mãos. Notamos, então, que suas roupas estão molhadas. Cola-se a nossa língua ao céu da boca, e não conseguimos falar, mas a observamos com atenção. Suas roupas estão molhadas; seus cabelos estão sujos de lama úmida; seus trajes obedecem à moda de duzentos anos atrás, e ela carrega na cintura um molho de chaves enferrujadas. Muito bem! Lá está ela, sentada, e não temos força sequer para desmaiar, tal o estado em que nos encontramos. Agora ela se levanta e experimenta todas as fechaduras do quarto com suas chaves enferrujadas, que não se encaixam em nenhuma; ela, então, crava os olhos no Retrato do Cavaleiro de verde e diz, com voz baixa e terrível: "Os cervos sabem de tudo!". Depois disso, ela torna a torcer as mãos, passa ao lado da cama e sai pela porta. Corremos até o nosso robe, pegamos as nossas pistolas (sempre viajamos com elas) e estamos a ponto de segui-la, quando descobrimos que a porta está trancada. Giramos a chave e examinamos o corredor escuro: não há ninguém ali. Afastamo-nos um pouco, tentando encontrar nosso criado. Impossível. Caminhamos para lá e para cá pelo corredor, até nascer o sol, e então voltamos ao nosso quarto abandonado, caímos no sono e somos acordados por nosso criado (nada nunca *o* assombra) e pelo brilho do sol. Muito bem! Fazemos um horrendo desjejum e todos os presentes dizem que estamos meio esquisitos. Depois do café, percorremos a casa com o nosso anfitrião e o levamos até o retrato do Cavaleiro de verde, e então tudo se esclarece. Esse cavaleiro foi desonesto com uma jovem governanta famosa pela sua beleza, que trabalhava para a família e se afogou num lago, e cujo corpo foi descoberto muito depois, porque os cervos se recusavam a beber daquela água. Desde então, corria a lenda de que ela atravessa a casa à meia-noite (mas se dirige em especial àquele quarto em que o Cavaleiro de verde costumava dormir), experimentando as velhas fechaduras com suas chaves enferrujadas. Muito bem! Contamos ao anfitrião o que vimos e sua fisionomia se torna sombria, e eles nos pede que nada falemos sobre aquilo; e assim será. Mas isso tudo é verdade; e o dissemos, antes de morrer (estamos mortos agora), para muita gente responsável.

São incontáveis as velhas casas, com corredores sonoros e lúgubres dormitórios, e alas mal-assombradas fechadas há anos, através das quais podemos perambular, com um agradável friozinho nas costas, e encontrar um sem-número de Fantasmas, mas (talvez valha a pena observá-lo) todos eles redutíveis a pouquíssimos tipos e classes gerais; pois os Fantasmas são pouco originais e "caminham" por estradas batidas. Assim, é comum que em certo quarto de certo velho solar, onde certo Lorde, Baronete,

Cavaleiro ou Fidalgo malvado se suicidou, haja certos tacos do assoalho dos quais o sangue *não sairá*. Pode-se raspar e mais raspar, como o atual proprietário, ou aplainá-los e aplainá-los, como seu pai, ou esfregar e esfregar, como seu avô, ou queimá-los e tornar a queimá-los com ácidos potentes, como seu bisavô, mas o sangue vai continuar lá — nem mais vermelho, nem mais pálido — nem mais, nem menos — sempre o mesmo. Assim, em tal outra casa há uma porta mal-assombrada que nunca se deixa aberta; ou outra porta que nunca é deixada fechada; ou um som fantasmagórico de uma roca de fiar ou de martelo ou de passos ou de um grito ou de um soluço ou de um trote de cavalo ou do tilintar de correntes. Ou, então, há um relógio em um torreão que, à meia-noite, dá treze badaladas quando o chefe da família vai morrer; ou uma carruagem negra, sombria e imóvel, que nessa hora é sempre vista por alguém, à espera, perto dos portões das estrebarias. Ou então aconteceu de Lady Mary ir fazer uma visita a uma remota mansão nas Terras Altas escocesas e, cansada da longa jornada, ir deitar-se cedo; na manhã seguinte, comentou inocentemente, à mesa do café: "Que esquisito, dar uma festa assim tão tarde, na noite passada, num lugar tão remoto, e não me dizerem nada antes que eu fosse deitar!". Todos, então, perguntaram a Lady Mary o que ela queria dizer com aquilo? Respondeu, então, Lady Mary: "Pois bem, durante toda a noite, as carruagens davam voltas no pátio bem embaixo da minha janela!". O dono da mansão empalideceu, e o mesmo aconteceu com sua esposa, e Charles Macdoodle of Macdoodle fez um sinal a Lady Mary para que nada mais dissesse, e todos permaneceram calados. Depois do café, Charles Macdoodle disse a Lady Mary que era uma tradição de família considerar o ruído daquelas carruagens um prenúncio de morte. E assim foi, pois, dois meses depois, a dona da casa morreu. E Lady Mary, que era dama de honra na Corte, sempre contava essa história para a velha Rainha Charlotte; e o velho rei sempre dizia, referindo-se ao caso: "Hein, hein? O quê, o quê? Fantasmas, fantasmas?

Isso não existe, isso não existe!". E nunca deixava de repetir essas palavras, até ir para a cama.

Ou um amigo de alguém, que a maioria de nós bem conhece, quando jovem estudante universitário, tinha um amigo íntimo, com quem havia feito um pacto de que, se fosse possível para o Espírito voltar a esta terra depois de se separar do corpo, aquele dos dois que morresse primeiro deveria reaparecer para o outro. Com o passar do tempo, esse pacto foi esquecido por nosso amigo, tendo os dois jovens progredido na vida, trilhando caminhos divergentes, muito distantes um do outro. Uma noite, porém, muitos anos depois, estando o nosso amigo no Norte da Inglaterra e passando a noite num albergue, nas charnecas de Yorkshire, aconteceu-lhe de olhar para fora da cama e ali, ao luar, debruçado sobre uma escrivaninha perto da janela, olhando fixamente para ele, ver seu velho amigo da Universidade! Quando ele se dirigiu, em tom solene, à aparição, esta respondeu, numa espécie de sussurro, mas muito audível: "Não chegues perto de mim. Estou morto. Estou aqui para pagar a minha promessa. Venho de outro mundo, mas não posso revelar os seus segredos!". Então, a figura inteira foi empalidecendo, dissolvendo-se, por assim dizer, no luar, até desaparecer.

Ou então era a filha do primeiro morador da pitoresca casa elisabetana, tão famosa nas redondezas. Já ouviram falar nela? Não! Pois bem, *ela* saiu ao crepúsculo, numa noite de verão, quando era uma jovem linda, de dezessete aninhos de idade, para colher flores no jardim; e então voltou correndo, apavorada, para o vestíbulo da casa e disse ao pai: "Ah, papai querido, eu encontrei a mim mesma!". Ele a segurou pelos braços e lhe disse que aquilo era só imaginação; ela, porém, respondeu: "Ah, não! Eu me encontrei comigo mesma na alameda principal, e eu estava pálida e colhia flores murchas, e eu virei o rosto e ergui as flores!". Naquela mesma noite, ela morreu; e foi iniciado um quadro que ilustrava a sua história, mas nunca foi terminado, e dizem que até hoje está em algum lugar da casa, mas voltado para a parede.

Ou, então, o tio da minha cunhada voltava para casa a cavalo, ao cair de uma bela tarde, quando, numa verde alameda perto de casa, viu um homem de pé, à sua frente, bem no meio daquele estreito caminho. "Por que será que esse homem de capa está parado ali?", pensou. "Será que ele quer que eu passe por cima dele com meu cavalo?" Mas a figura não se movia. Ele teve uma estranha sensação ao vê-lo tão imóvel, mas apenas diminuiu o passo do cavalo e seguiu em frente. Ao chegar bem perto dele, a ponto de quase tocá-lo com o estribo, o cavalo refugou e a figura escalou silenciosa o barranco, com um jeito estranho, fantasmagórico — andando de costas, aparentemente sem usar os pés — e sumiu. O tio de meu cunhado, exclamando: "Meu Deus! É meu primo Harry, de Bombaim!", cravou as esporas no cavalo, que de repente começou a suar abundantemente e, encafifado com tão estranho comportamento, se apressou em voltar para casa. Diante dela, viu a mesma figura que penetrava na casa pela longa porta-janela da sala de estar, que dava para o jardim. Jogou as rédeas para um criado e correu atrás dele. Sua irmã estava lá, sentada, sozinha. "Alice, onde está meu primo Harry?" "Seu primo Harry, John?" "Sim. De Bombaim. Acabei de topar com ele na alameda agora mesmo, e o vi entrar aqui." A figura não fora vista por ninguém; e, naquela mesma hora e minuto, como se soube mais tarde, morria na Índia aquele primo.

Ou então era uma velha solteirona, cheia de bom senso, que morreu aos noventa e nove anos e conservou a lucidez até o fim, e que realmente viu o Orfãozinho; história que foi amiúde mal contada, mas cuja verdade é esta — pois se trata, na verdade, de uma história que pertence à nossa família — e a mulher era nossa parente. Quando tinha cerca de quarenta anos, e era ainda uma mulher extraordinariamente bela (seu amante morreu jovem e, por isso, ela jamais se casou, embora tivesse tido muitos pretendentes), foi morar numa propriedade em Kent que seu irmão, comerciante na Índia, acabara de comprar. Corria uma história de que aquela propriedade fora antigamente administrada, em fideicomisso, pelo tutor de um menino, que esse homem era o herdeiro seguinte e matou o menino com seu tratamento duro e cruel. Ela não sabia de nada disso. Disseram que havia uma Gaiola no quarto dela, em que o tutor costumava prender o menino. Não havia nada disso lá. Havia só um gabinete. Ela foi dormir, não incomodou ninguém durante a noite e, de manhã, disse tranquilamente à criada, quando esta entrou no quarto: "Quem é o belo menininho, de ar tão triste, que passou a noite espiando pela porta do gabinete?". A criada respondeu com um grito e saiu correndo. Ela ficou surpresa, mas, como era mulher de notável força de espírito, vestiu-se e desceu as escadas e teve um encontro a portas fechadas com o irmão. "Walter", disse ela, "fui incomodada a noite inteira por um lindo menininho, de aparência triste, que não parava de me observar de dentro do gabinete que há no meu quarto e não consigo abrir. Deve ser alguma brincadeira." "Receio que não, Charlotte", disse ele, "pois essa é a lenda da casa. É o Orfãozinho. O que ele fez?" "Ele abriu a porta devagar", disse ela, "e começou a espiar. Às vezes, dava um ou dois passos pelo quarto. Eu, então, o chamava, para encorajá-lo, mas ele recuava, trêmulo, e entrava de novo no gabinete e fechava a porta." "O gabinete não tem comunicação, Charlotte", disse o seu irmão, "com nenhuma outra parte da casa e está fechado com pregos." Isso era indubitavelmente verdade, e foram necessários dois carpinteiros durante uma manhã inteira para conseguir abri-lo, para ser examinado. Ela, então, se convenceu de que havia visto o Orfãozinho. Mas a parte estranha e terrível da história é que ele também foi visto por três dos filhos do irmão dela, em seguida, e todos eles morreram jovens. Quando cada uma dessas crianças adoecia, voltava para casa febril, doze horas antes, e dizia: Ah, mamãe, estive brincando debaixo de um carvalho, em determinado campo, com um menino estranho — um menino lindo, de ar triste, muito tímido, que fazia sinais! Com aquela fatal experiência, os pais vieram a saber que aquele era o Orfãozinho, e que os dias da criança por ele escolhida para brincar estavam, com certeza, contados.

Legião é o nome dos castelos alemães onde permanecemos sozinhos acordados, a aguardar o Espectro — onde nos introduzem numa sala de decoração relativamente alegre para nos receber — onde olhamos ao nosso redor para as sombras projetadas sobre as paredes nuas pelo fogo crepitante — onde nos sentimos muito solitários quando o estalajadeiro da aldeia e sua linda filha se despedem, depois de depositarem um novo suprimento de lenha na lareira e de prepararem, na mesinha, a ceia, que consiste em leitão assado frio, pão, uvas e um frasco de velho vinho renano — onde as sonoras portas se fecham à saída deles, uma após outra, como ecos de coléricos trovões — e onde, no meio da noite, tomamos conhecimento de diversos mistérios sobrenaturais. Legião é o nome desses estudantes alemães obcecados, em cuja companhia nos aproximamos ainda mais do fogo, enquanto o colegial que está num canto arregala os olhos e salta de repente do banquinho onde estava sentado, quando a porta se escancara por acaso. É rica a colheita dessa fruta que brilha em nossa Árvore de Natal; os ramos mais altos estão em flor; descendo de ramo em ramo, vemo-los amadurecer!

Entre os derradeiros brinquedos e fantasias ali suspensos — fúteis, muitas vezes, e menos puros — estão as imagens outrora associadas às boas e velhas bandas de Natal, à música suave pela noite, inalterável até! Rodeada pelas atenções hospitaleiras do Natal, possa a benigna figura da minha infância permanecer inalterada! Em cada uma das alegres imagens e sugestões trazidas pelos tempos natalinos, possa a cintilante estrela que se deteve sobre o pobre presépio ser a estrela de todo o mundo cristão! Um momento de pausa, oh, árvore evanescente, cujos ramos mais baixos ainda me parecem obscuros, e possa eu olhá-la mais uma vez! Sei que há espaços vazios em teus ramos, onde olhos que amei brilharam e sorriram, dos quais já partiram. Mas, muito acima, vejo Aquele que ressuscitou a menina morta e o Filho da Viúva; e Deus é bom! Se é a Velhice que esconde de mim a parte invisível de teu crescimento descendente, ah, possa eu, de cabelos grisalhos, voltar ainda um coração infantil a essa figura, com a confiança e a entrega de uma criança!

Agora a árvore está decorada com brilhante júbilo, e canções e dança e diversão. E são bem-vindos. Que se conservem sempre inocentes e bem-vindos, sob os ramos da Árvore de Natal, cuja sombra não traz tristeza! Mas, enquanto ela se afunda no chão, ouço um murmúrio através das folhas. "Faz isso em memória da lei do amor e da bondade, da misericórdia e da compaixão. Faz isso em memória de Mim!"

O QUE É O NATAL QUANDO FICAMOS VELHOS

❄

T empos houve, para a maioria de nós, em que o dia de Natal, cercando todo o nosso limitado mundo, como um círculo mágico, nada deixava de fora que pudéssemos buscar ou lamentar; reunia todas as nossas alegrias, afeições e esperanças familiares; agrupava a tudo e a todos ao redor da lareira de Natal; e tornava completa a pequena imagem que cintilava em nossos jovens e brilhantes olhos.

Chegou a hora, talvez, tão cedo!, em que nossos pensamentos superaram esses estreitos limites; em que houve uma pessoa (muito querida, achávamos então, muito bela e absolutamente perfeita) que faltava à plenitude de nossa felicidade; em que também estávamos ausentes (ou assim o julgávamos, o que é mais ou menos a mesma coisa) da lareira de Natal junto à qual estava aquela pessoa; e em que entrelaçávamos a cada coroa e a cada guirlanda de nossa vida o nome dessa pessoa.

Esse era o tempo dos luminosos e visionários Natais que há muito partiram para longe de nós, para tornarem a brilhar debilmente, depois das chuvas de verão, nos pálidos extremos do arco-íris! Esse era o tempo dos prazeres beatíficos com as coisas que deveriam ser, mas nunca foram, coisas que eram, porém, tão reais, em nossa firme esperança, que seria difícil dizer, hoje, que realidades conquistadas desde então foram mais fortes!

O quê! Nunca realmente aconteceu esse Natal em que fomos recebidos, nós e a inestimável pérola que foi a nossa jovem escolhida, depois do mais feliz dos casamentos totalmente impossíveis, pelas duas famílias unidas, antes em guerra por nossa causa? Em que cunhados e cunhadas, que sempre se haviam mostrado um tanto frios para conosco antes que nossa união fosse selada, se derretiam por nós, e em que pais e mães nos cumulavam de riquezas ilimitadas? Não terá sido jamais consumida aquela ceia de Natal, depois da qual nos erguemos e, generosa e eloquentemente, prestamos homenagem ao nosso ex-rival, ali presente, e a partir dali compartilhamos amizade e perdão, criando uma amizade sem igual até mesmo na história grega e romana, que persistiu até a morte? Terá esse mesmo rival há muito deixado de gostar da mesma inestimável pérola, e terá casado por interesse e se tornado usurário? E, sobretudo, sabemos mesmo, hoje, que provavelmente teríamos sido muito infelizes se tivéssemos conquistado e gastado aquela pérola, e que estamos melhor sem ela?

Aquele Natal em que havíamos recém-adquirido tanta fama; em que havíamos sido, em algum lugar, carregados em triunfo, por termos feito algo de grande e de bom; em que havíamos conquistado um nome honrado e prezado, sendo recebidos em casa com uma catarata de lágrimas de alegria; será possível que *esse* Natal ainda não tenha chegado?

E é a nossa vida aqui, na melhor das hipóteses, constituída de tal forma que, quando nos detemos em nossa jornada diante de um marco tão notável como o deste grande aniversário, olhamos para trás, para as coisas que nunca aconteceram, com a mesma naturalidade e com a mesma gravidade que para as coisas que aconteceram e passaram, ou aconteceram e ainda estão aí? Se assim for, e assim parece ser, devemos chegar à conclusão de que a vida é pouco mais que um sonho, indigna dos amores e das paixões com que a recheamos?

Não! Longe de nós, caro Leitor, essa pretensa filosofia no dia de Natal! Deixemos os nossos corações se imbuírem do espírito do Natal, que é o espírito da atividade útil, da perseverança, do jubiloso cumprimento do dever, da bondade e da tolerância! É nas derradeiras virtudes, em especial, que somos, ou deveríamos ser, fortalecidos pelas visões não realizadas de nossa juventude; pois quem há de dizer que elas não nos ensinam a lidar com gentileza até mesmo com as impalpáveis nulidades da terra?

Portanto, conforme vamos ficando mais velhos, sejamos mais gratos pela expansão de nossas lembranças natalinas e das lições que elas nos trazem! Demos as boas-vindas a todas elas e peçamos-lhes que ocupem seu lugar junto à lareira de Natal.

Bem-vindas, velhas aspirações, luminosas criaturas de uma imaginação ardente, ao seu abrigo sob os ramos de azevinho! Conhecemos vocês, e a vida ainda não nos separou. Bem-vindos, velhos projetos e velhos amores, por mais efêmeros que tenham sido, aos seus lugares entre as luzes mais estáveis que ardem ao nosso redor. Bem-vindo tudo o que alguma vez foi real para os nossos corações; e agradecemos aos Céus pela sinceridade que tornou vocês reais! Não construímos castelos de Natal nas nuvens ainda hoje? Sejam testemunhas disso os nossos pensamentos, a bater asas como borboletas entre estas flores infantis! Diante desse menino se abre um Futuro mais brilhante do que todos os que contemplamos em nossos velhos tempos românticos, mas brilhante com honra e com verdade. Ao redor dessa cabecinha, sobre a qual se acumulam os cachos ensolarados, brincam as graças, tão belas, tão aéreas como quando não havia foice ao alcance do Tempo para ceifar os cachos de nosso primeiro amor. No rosto de outra menina próxima — mais plácida, mas com um sorriso radioso —, um rostinho sereno e feliz, vemos claramente escrita a palavra Lar. Irradiando-se da palavra, como os raios de uma estrela, vemos que, quando nossos túmulos são velhos, são jovens outras esperanças que não as nossas, emocionam-se outros corações que não os nossos; como outros caminhos são aplainados; como outras felicidades florescem, amadurecem e fenecem — não, não fenecem, pois outros lares e outros bandos de crianças, que ainda não existem e ainda levarão séculos para existir, brotam, florescem e amadurecem até o fim de tudo!

Bem-vindas, todas as coisas! Bem-vindos, tanto o que foi como o que nunca foi e o que esperamos que possa ser, ao nosso abrigo embaixo dos ramos de azevinho, aos nossos lugares ao redor da lareira de Natal, onde se reúne tudo o que existe, de coração aberto! Naquele cantinho escuro, o que vemos obstruindo furtivamente a luz da chama é o rosto de um inimigo? Neste dia de Natal, nós o perdoamos! Se a injustiça que nos fez pode admitir tal companhia, que ele venha até aqui e ocupe o seu lugar. Se não, infelizmente, que ele se vá, certo de que jamais o prejudicaremos ou acusaremos.

Neste dia, não excluímos Nada!

"Um momento" murmura baixinho uma voz. "Nada? Pense bem!"

"No dia de Natal, Nada excluiremos das proximidades de nossa lareira."

"Nem mesmo a sombra de uma vasta cidade, em que se acumulam as folhas secas?", replica a voz. "Nem mesmo as sombra que escurecem o globo inteiro? Nem mesmo a sombra da Cidade dos Mortos?"

Nem mesmo isso. Mais que em qualquer outro dia do ano, voltaremos nosso rosto para essa Cidade no dia de Natal e, dentre seus silenciosos habitantes, traremos para junto de nós aqueles que amamos. Cidade dos Mortos, no sagrado nome sob o qual nos reunimos aqui agora, e na Presença que está entre nós, como prometido, receberemos e não despediremos aqueles dentre vós que nos são queridos!

Sim! Podemos olhar para esses anjos infantis que descem, com tanta solenidade e beleza, entre as crianças vivas, junto ao fogo, e conseguimos suportar o pensamento de como nos deixaram. Recebendo anjos sem o saber, como os Patriarcas, as alegres crianças não têm consciência de seus convidados; mas podemos vê-los — podemos ver um radioso braço ao redor de um pescoço amado, como tentando afastar essa criança. Entre as figuras celestiais, uma há, um pobre menino disforme na terra, hoje de gloriosa beleza, do qual disse sua mãe moribunda que muito a amargurava deixá-lo aqui, sozinho, pelos muitos anos que provavelmente se passariam até que ele se juntasse a ela — já que era só uma criancinha. Mas ele logo partiu, e foi posto sobre o seio dela, e ela o conduz pela mão.

Houve um rapaz valente, que tombou longe daqui, sobre a areia ardente sob o sol ardente, e disse: "Digam ao pessoal de casa, com meu derradeiro amor, quanto eu teria desejado beijá-los mais uma vez, mas que morri feliz, tendo cumprido meu dever!". E houve outro, sobre cujo cadáver foram lidas as seguintes palavras: "Confiamos, portanto, teu corpo às profundezas do mar!" e o lançaram ao oceano e seguiram em frente em sua navegação. E houve outro que se deitou para descansar na escura sombra de vastas florestas e, nessa terra, não mais despertou. Ah, e eles não serão chamados de volta para casa, das areias, do mar e da floresta, neste dia?

Houve uma jovem querida — quase uma mulher — nunca chegou a sê-lo — que transformou em luto a alegria de uma casa num dia de Natal e seguiu seu caminho sem rastros até a Cidade silenciosa. Dela nos lembramos, exausta, sussurrando debilmente o que não se conseguia ouvir e caindo no seu derradeiro sono por causa do cansaço? Ah, vejam-na agora! Ah, vejam a sua beleza, a sua serenidade, a sua imutável juventude, a sua alegria! A filha de Jairo foi chamada de volta à vida, para morrer; ela, porém, mais abençoada, ouviu a mesma voz que lhe dizia: "Levanta-te para sempre!".

Tínhamos um amigo de infância, com quem muitas vezes imaginávamos as mudanças que ocorreriam em nossas vidas, e alegremente nos representávamos como falaríamos, como caminharíamos e pensaríamos e andaríamos quando ficássemos velhos. Sua morada reservada na Cidade dos Mortos recebeu-o na flor da vida. Deverá ele ser excluído de nossas lembranças de Natal? Teria o seu amor assim nos excluído? Amigo perdido, filha perdida, pai, mãe, irmã, irmão, marido, mulher, não vamos deixá-los de lado! Vocês hão de ocupar os seus queridos lugares em nossos corações natalinos, junto às nossas lareiras de Natal; e nos dias de imortal esperança, no aniversário da imortal misericórdia, não excluiremos Nada!

    Cai o sol de inverno sobre cidades e aldeias; sobre o mar, ele desenha uma trilha rosada, como se o rastro Sagrado estivesse fresco sobre as águas. Mais alguns instantes e ele se põe, e vem a noite e as luzes começam a cintilar na paisagem. Na encosta da montanha, para além da cidade amorfa e esparramada, e no calmo abrigo das árvores que rodeiam o campanário da aldeia, gravam-se as lembranças na pedra, plantam-se em flores comuns; crescendo na relva, entrelaçadas às humildes sarças, ao redor de muitos montículos de terra. Nas cidades e nas aldeias, há portas e janelas fechadas por causa do frio, há toras ardentes que se empilham, há rostos alegres, há a saudável música das vozes. Seja toda indelicadeza e toda injúria banida dos templos dos Deuses Domésticos, mas sejam tais lembranças recebidas com carinhoso estímulo! Pertencem elas a este tempo e a todas as suas consolações pacíficas e reconfortantes; e à história que reuniu, até mesmo sobre a terra, os vivos e os mortos; e a essa ampla beneficência e bondade que muitos tentaram rasgar em estreitos farrapos.

OS SETE
VIAJANTES POBRES

❄

O PRIMEIRO

Na verdade, eram só seis Pobres Viajantes; mas, como eu também sou um viajante, embora desocupado, e sendo, ademais, tão pobre como espero ser, elevei o número para sete. Esta explicação faz-se de imediato necessária, pois o que diz a inscrição sobre a pitoresca e antiga porta?

RICHARD WATTS, fidalgo.
por seu Testamento, datado de 22 de agosto de 1579,
fundou esta Casa de Caridade
para Seis pobres Viajantes, que,
não sendo nem TRATANTES nem FALSOS MENDIGOS,
podem receber de graça, por uma Noite,
Abrigo, Sustento
e Quatro *Pence* cada.

Foi na velha cidadezinha de Rochester, em Kent, que me aconteceu de ler essa inscrição sobre a pitoresca e antiga porta, entre todos os bons dias do ano, justamente no dia de Natal. Tinha estado perambulando pelas cercanias da Catedral, e havia visto o túmulo de Richard Watts, com a efígie do valoroso Senhor Richard dela se erguendo como a figura de proa de um navio; e senti que não podia deixar de perguntar ao sacristão, ao lhe dar sua gratificação, onde ficava a Casa de Caridade de Watts. Como o caminho era muito breve e desimpedido, cheguei sem problemas à inscrição e à pitoresca e antiga porta.

— Muito bem — disse com meus botões, olhando para a aldraba da porta —, sei que não sou um falso mendigo, mas será que não sou um tratante?

Afinal, embora a Consciência me apresentasse dois ou três lindos rostos que poderiam ter tido uma menor atração para um Golias moral do que para mim, que não passo de um Pequeno Polegar nessas matérias, cheguei à conclusão de que não era um tratante. Assim, começando a considerar aquele estabelecimento como de minha propriedade, por assim dizer, deixada em herança a mim e a diversos coerdeiros, em partes iguais, pelo venerável Senhor Richard Watts, recuei alguns passos na rua para observar a minha herança.

Descobri ser uma casa branca e limpa, de ar sério e respeitável, com a pitoresca e antiga porta já três vezes mencionada (uma porta em arco), de delicadas janelinhas gradeadas, longas e baixas, e um telhado de três empenas. A silenciosa High Street de Rochester é repleta de empenas, com bizarros rostos esculpidos nas traves e vigas. É estranhamente ornamentada com um velho e esquisito relógio, que se projeta acima do solo do alto de um solene edifício de tijolos vermelhos, como se o Tempo tivesse ali um estabelecimento comercial e exibisse a todos a sua insígnia. Na verdade, ele fez um belo trabalho em Rochester, nos velhos dias dos romanos e dos saxões e dos normandos, até a época do Rei João, quando o austero castelo — não me arriscarei a dizer quantas centenas de anos de idade ele tinha, então — foi abandonado aos séculos de intempéries, que tanto mutilaram as escuras frestas em suas muralhas, que até parece que as gralhas lhe tivessem arrancado os olhos.

Fiquei muito contente, tanto com a minha propriedade como com a sua localização. Enquanto ainda a examinava, com satisfação cada vez maior, percebi numa das janelas superiores que estavam abertas uma figura respeitável, de aparência robusta e matronal, cujo olhar inquisitivo percebi estar dirigido a mim. Diziam tão sinceramente: "Quer ver a casa?" que respondi em voz alta: "Quero, sim, por favor". E em um minuto a velha porta se abriu, e abaixei a cabeça e desci os dois degraus que levavam à entrada.

— Aqui — disse a figura matronal, fazendo-me entrar numa sala baixa, à direita, — é onde os Viajantes se sentam junto ao fogo e cozinham os bocados que compram para a ceia com seus quatro *pence*.

— Ah! Então eles não recebem seu Sustento? — disse eu. Pois ainda tinha na cabeça a inscrição sobre a porta, e continuava repetindo mentalmente, como numa canção, "Abrigo, sustento e quatro *pence* cada".

— Têm para eles um fogo — replicou a matrona; pessoa muito gentil, que, como pude perceber, não era muito bem paga, — e estes utensílios de cozinha. E aquilo que está pintado num quadro são as normas de comportamento. Ganham seus quatro *pence* quando recebem seus bilhetes do intendente que mora em frente — pois não sou eu que os acolho, eles têm de receber os bilhetes antes — e, às vezes, um compra uma fatia de toicinho, outro um arenque e outro uma libra de batata ou alguma outra coisa. Às vezes, dois ou três deles a juntam seus quatro *pence* e com eles fazem uma ceia. Mas hoje em dia não é possível comprar muita coisa com quatro *pence*, pois tudo está muito caro.

— É verdade — observei eu. Estivera examinando a sala, admirando sua confortável lareira no fundo, sua vista da rua através da janela baixa com mainel e as traves do teto. — É muito confortável — disse eu.

— Incômoda — observou a figura matronal.

Gostei de ouvi-la dizer isso, pois mostrava uma louvável vontade de executar as intenções do Senhor Richard Watts com um espírito não parcimonioso. Mas a sala era tão adequada a seu propósito que protestei veementemente contra esse menoscabo.

— Não, minha senhora — disse eu —, tenho certeza de que é quente no inverno e fresca no verão. Tem um aspecto familiar e acolhedor, de sereno repouso. Tem uma lareira muito confortável: o seu mero clarão, a cintilar na rua numa noite de inverno, já basta para aquecer o coração de toda Rochester. E quanto à comodidade dos seis pobres viajantes...

— Não me refiro a eles — replicou a figura. — Digo que é incômoda para mim e para a minha filha, já que não temos outra sala para ficarmos à noite.

Era verdade, mas havia outra estranha sala de dimensões semelhantes do lado oposto da entrada: assim, fui até ela, atravessando as portas abertas de ambas as salas, e perguntei para que servia aquele cômodo.

— Esta — respondeu a figura — é a Sala do Conselho. É onde se reúnem os cavalheiros quando vêm aqui.

Vejamos. Da rua, eu havia contado seis janelas no andar de cima, além destas do térreo. Depois, então, de um perplexo cálculo mental, acrescentei:

— Então, os seis Pobres Viajantes dormem no andar de cima?

Minha nova amiga balançou a cabeça.

— Eles dormem — respondeu ela — em duas pequenas galerias externas, nos fundos, onde sempre estiveram suas camas, desde a fundação desta Casa de Caridade. E com todo o incômodo para mim da atual situação, os cavalheiros vão aproveitar um pedaço do quintal nos fundos para fazer uma sala onde os viajantes possam ficar antes de ir dormir.

— E então os seis Pobres Viajantes — disse eu — ficarão completamente fora da casa?

— Completamente fora da casa — confirmou a figura, esfregando confortavelmente as mãos. — O que é considerado muito melhor para todos, e muito mais cômodo.

Havia-me surpreendido um pouco, na catedral, com a ênfase com que a efígie do Senhor Richard Watts se elevava de seu túmulo; mas agora comecei a achar que era de se esperar que ele viesse pela High Street numa noite de tempestade, trazendo consigo certa perturbação a esta casa.

Seja como for, guardei meus pensamentos para mim mesmo e acompanhei a figura às pequenas galerias dos fundos. Achei-as, em minúscula escala, como as galerias dos velhos pátios de albergues; e estavam muito limpas. Enquanto as examinava, a matrona deu-me a entender que o número prescrito de Pobres Viajantes era alcançado todas as noites, do começo ao fim do ano; e que as camas estavam sempre ocupadas. Minhas perguntas a esse respeito, e as respostas dela, levaram-nos de volta à Sala do Conselho, tão essencial para a dignidade dos "cavalheiros", onde ela me mostrou as contas impressas da Casa de Caridade suspensas junto à janela. Nelas, fiquei sabendo que a maior parte da propriedade legada pelo Venerável Senhor Richard Watts para a manutenção de sua fundação consistia, quando de sua morte, em meros brejos; mas, com o passar do tempo, essas terras haviam sido arroteadas, para dar lugar a construções, e com isso seu valor aumentara consideravelmente. Descobri, também, que cerca da trigésima parte da renda anual era agora gasta para os objetivos lembrados na inscrição sobre a porta, sendo o resto generosamente dedicado a despesas de cartório e de advogados, de recebimento, encargos financeiros e outros acessórios administrativos, altamente lisonjeiros à importância dos seis Pobres Viajantes. Em suma, fiz a descoberta, não inteiramente nova, de que se pode dizer de um estabelecimento desse tipo, na velha e querida Inglaterra, o que se dizia da ostra obesa da história americana: que são necessários muitos homens para engoli-la inteira.

— E, por favor, minha senhora — disse eu, ciente de que a palidez de meu rosto começou a brilhar quando esta ideia me ocorreu —, é possível ver esses viajantes?

Muito bem!, respondeu ela, incerta; não!

— Nem esta noite, por exemplo? — disse eu.

Bem!, respondeu ela, com um ar mais positivo; não. Nunca ninguém pedira para vê-los, e nunca ninguém os vira.

Como não desisto facilmente quando me apego a uma ideia, insisti junto à boa senhora que era Natal, que o Natal só acontece uma vez por ano — o que, infelizmente, é verdade até demais, pois, se ele começasse a ficar conosco o ano inteiro, faríamos desta terra um lugar muito diferente; que me animava o desejo de oferecer aos Viajantes uma ceia e um copinho de *wassail* quente;[1] que a voz da Fama se fizera ouvir na região, proclamando o meu talento no preparo do *wassail* quente; que, se me permitissem oferecer esse banquete, eu me mostraria dócil às normas da razão, da sobriedade e da pontualidade; em suma, seria alegre e sensato, e eu até já era conhecido por saber fazer com que os demais também o fossem, embora não tivesse sido condecorado por isso com nenhuma insígnia ou medalha e não fosse nem um Irmão, nem um Orador, nem um Apóstolo, nem um Santo, nem um Profeta de denominação nenhuma. Por fim, obtive ganho de causa, para minha grande alegria. Ficou decidido que às nove da noite um Peru e uma peça de Rosbife fumegantes seriam servidos à mesa, e que eu, mísero e indigno ministro do Senhor Richard Watts, presidiria, na condição de anfitrião, aquela ceia de Natal dos seis Pobres Viajantes.

Voltei ao albergue para dar as necessárias ordens acerca do Peru e do Rosbife e, durante o resto do dia, nada mais consegui fazer do que pensar nos Pobres Viajantes. Quando o vento soprava impetuoso contra as janelas — era um dia frio, com fortes rajadas de geada alternando-se com períodos de intenso brilho, como se o ano morresse entre espasmos — eu os imaginava dirigindo-se para seu abrigo, ao longo de várias sendas frias, e me divertia em pensar qual seria a surpresa deles quando vissem a ceia que os esperava. Pintei o retrato deles em minha mente, e me dediquei, então, a aplicar pequenos retoques. Fiz com que

---

[1] Bebida tradicional de Natal, com vinho ou cerveja, especiarias, açúcar e batatas assadas.

seus pés doessem; fiz com que ficassem exaustos; fiz com que carregassem pacotes e sacolas; fiz com que parassem diante de postes sinalizadores e de marcos de estrada, curvando-se sobre seus cajados para ler melancolicamente o que neles estava escrito; fiz com que se perdessem no caminho e se enchessem de medo de passar a noite ao relento, morrendo de frio. Peguei meu chapéu e saí, subi até o topo do Velho Castelo e observei as ventosas colinas que descem até o Medway, quase acreditando que pudesse distinguir à distância alguns de meus Viajantes. Quando escureceu, e o sino da Catedral se fez ouvir no campanário invisível — algo muito parecido com um pavilhão coberto de geada na última vez que o vira — com suas cinco, seis, sete badaladas; tornei-me tão obcecado com meus Viajantes que não consegui comer nada no jantar e me vi forçado a vê-los ainda nas brasas de minha lareira. Todos eles já haviam chegado, àquela altura, tinham recebido seus bilhetes e entrado. Nesse momento, o meu prazer espatifou-se à ideia de que provavelmente algum Viajante tivesse chegado tarde demais e não pudera entrar.

Depois que o sino da Catedral deu as oito horas, senti um delicioso aroma de Peru e de Rosbife a subir até a janela de meu quarto, que dava para o pátio do albergue, no lugar preciso em que as luzes da cozinha pintavam de vermelho um fragmento maciço das Muralhas do Castelo. Já estava mais do que na hora de começar a preparar o *wassail*; assim, mandei que trouxessem para cima os ingredientes (que, junto com suas proporções e combinações, devo recusar-me a revelar, pois este é, reconhecidamente, o único segredo pessoal que faço questão de guardar) e preparei uma gloriosa porção. Não numa tigela, pois uma tigela, em qualquer lugar que não seja uma prateleira, não passa de uma vil superstição, boa apenas para esfriar e derramar; mas num cântaro de cerâmica marrom, carinhosamente sufocado, quando cheio, por um pano ordinário. Como já eram quase nove horas, parti para a Casa de Caridade de Watts, carregando nos braços a minha maravilha morena. Teria confiado a Ben, o garçom, quantidades incalculáveis de ouro, mas há cordas no coração humano que jamais devem ressoar sob os dedos de outra pessoa, e as bebidas que eu mesmo preparo são essas cordas do meu coração.

Os Viajantes estavam todos reunidos, a mesa estava posta e Ben tinha trazido uma grande tora de lenha e a dispusera habilmente sobre o fogo, de modo que um ou dois toques do atiçador depois da ceia fariam um estrepitoso fulgor. Depois de depositar minha maravilha morena num canto rubro da lareira, atrás do guarda-fogo, onde ela logo começou a cantar como um etéreo grilo, exalando, ao mesmo tempo, perfumes de vinhas maduras, florestas de especiarias e bosques de laranjeiras — digo, tendo guardado a minha maravilha num lugar seguro e adequado, apresentei-me aos meus convidados, apertando a mão de todos e dando-lhes minhas calorosas boas-vindas.

O grupo tinha a seguinte composição. Primeiro, eu mesmo. Segundo, um homem muito decente, mesmo, com o braço direito numa tipoia; como ele exalava um cheiro leve e agradável de madeira, concluí que tinha algo que ver com a construção de navios. Em terceiro lugar, um pequeno marujo, ainda criança, com abundantes cabelos castanhos escuros e olhos de aparência muito feminina. Em quarto lugar, um andrajoso personagem de ares cavalheirescos, com um terno negro surrado e, aparentemente, em péssima situação; tinha uma aparência seca e desconfiada; os botões ausentes de seu colete eram substituídos por fitas vermelhas; e um maço de papéis extraordinariamente maltratados saía de um de seus bolsos internos. Quinto, um estrangeiro de nascimento, mas inglês pela linguagem, que carregava seu cachimbo na fita do chapéu, e foi logo dizendo, de um modo fácil, simples e cativante, que era um relojoeiro de Genebra, que viajava por todo o continente, quase sempre a pé, trabalhando como diarista para conhecer novos países — possivelmente (foi o que pensei) contrabandeando um ou outro relógio, de vez em quando. Sexta, uma viuvinha, que já havia sido muito linda e ainda era bem jovem, mas cuja beleza se perdera em alguma grande desgraça, de maneiras muito tímidas, assustadas e solitárias. E, sétimo e último, um Viajante de uma espécie familiar à minha infância, mas hoje quase obsoleta: um vendedor ambulante de livros, trazendo consigo grande quantidade de panfletos e fascículos, que se gabava de poder declamar mais versos numa só noite do que os que vendia em um ano inteiro.

Citei a todos segundo a ordem que ocupavam à mesa. Eu presidia, e à minha frente estava a figura matronal. Não demoramos para ocupar nossos lugares, pois a ceia havia chegado comigo, num cortejo assim composto:

Eu mesmo, com a jarra
Ben com a Cerveja
Menino distraído com | Menino distraído com
os pratos quentes | os pratos quentes
O PERU
Mulher carregando os molhos para serem esquentados no lugar
O ROSBIFE
Homem com Bandeja na cabeça, com Verduras e diversos
Estribeiro voluntário do Hotel, sorridente,
sem servir para nada.

Ao passarmos pela High Street, como um cometa, deixamos para trás um longo rastro de fragrâncias que fazia as pessoas pararem, surpresas com tal perfume. Tínhamos com antecedência deixado no ângulo do pátio de albergue um rapaz vesgo, ligado ao serviço de carruagens, habituado ao som de um apito ferroviário que Ben sempre trazia no bolso. As instruções eram para que, assim que ouvisse o apito, corresse para a cozinha, pegasse o *plum-pudding* e a torta de frutas e disparasse com eles até a Casa de Caridade de Watts, onde eles seriam recebidos (como lhe haviam explicado) pela moça responsável pelos molhos, que teria à sua disposição *brandy* em estado azul de combustão.

Todos esses arranjos foram executados da maneira mais exata e pontual. Nunca vi um peru mais perfeito, um rosbife mais delicioso ou maior generosidade nos molhos e nos caldos; e os meus Viajantes fizeram perfeita justiça a tudo o que foi posto à sua frente. Meu coração bateu feliz ao observar como seus rostos endurecidos pelo vento e pelo gelo se tornavam mais suaves com o tilintar dos pratos e talheres e se relaxavam com o calor da lareira e da ceia. Enquanto seus chapéus, bonés e cachecóis pendurados à parede, alguns pacotinhos no chão, num cantinho e, em outro canto, três ou quatro bengalas, com a extremidade reduzida pelo desgaste a um mero farrapo, uniam esse interior confortável ao exterior glacial, numa corrente de ouro.

Terminada a ceia e elevada a minha maravilha morena à mesa, houve um pedido unânime para que eu "ocupasse o ângulo"; o que me sugeriu, de modo razoavelmente reconfortante, a grande importância dada por meus amigos à lareira — pois quando *eu* prezara tanto o ângulo, desde os dias em que o associava a Jack Horner?[2] No entanto, como recusei a oferta, Ben, cuja mão para todos os instrumentos de um banquete é perfeita, arrastou a mesa para o lado e, instruindo meus Viajantes a se disporem à minha direita e à minha esquerda ao redor da lareira, colocou-me no centro, junto com a minha cadeira, preservando a ordem que havíamos ocupado à mesa. Ele já havia, com toda calma, dado tantos safanões nas orelhas dos meninos distraídos que eles, imperceptivelmente, foram postos para fora da sala; e agora ele, com fulminante escaramuça, rapidamente empurrou a moça dos molhos para a High Street e sumiu, fechando delicadamente a porta atrás de si.

Era a hora de pôr em ação o atiçador de fogo junto à tora de lenha. Bati com ele três vezes, como um talismã encantado, e surgiu, de repente, um brilhante exército de foliões, que se

---

[2] Personagem de uma velha cantiga de Natal inglesa.

elevou alegremente pela lareira — subindo pelo meio dela numa faiscante contradança, para não mais baixar. Enquanto isso, à sua luz cintilante que eclipsou o nosso lampião, enchi os copos e convidei meus viajantes a brindar ao NATAL! — À NOITE DE NATAL, meus amigos, em que os Pastores, que também eram Pobres Viajantes à sua maneira, ouviram os Anjos cantar "Paz na terra aos homens de boa vontade"!

Não sei qual de nós foi o primeiro a achar que devíamos dar as mãos uns aos outros, em honra ao brinde, ou se algum de nós se antecipou aos demais, mas, de qualquer modo, foi o que todos fizemos. Bebemos, então, à memória do bom Senhor Richard Watts. E desejo que seu Espírito nunca tenha recebido um tratamento pior sob aquele teto do que o que nós lhe dispensamos!

Era a hora mágica para se contar histórias.

— Nossa vida inteira, Viajantes — disse eu —, é uma história mais ou menos inteligível... geralmente, menos; mas vamos lê-la a uma luz mais clara quando ela acabar. Eu, de minha parte, sinto-me esta noite tão dividido entre os fatos e a ficção que mal sei dizer qual é qual. Vocês querem que, para passar o tempo, contemos histórias, na ordem em que estamos sentados aqui?

Todos responderam que sim, contanto que eu começasse. Eu pouco tinha para lhes dizer, mas minha proposta era um compromisso. Portanto, depois de olhar por algum tempo para a coluna de fumaça que se elevava, em espiral, de minha maravilha morena, através da qual podia quase jurar ter visto a efígie do Senhor Richard Watts menos indignado que de hábito, abri fogo.

...

A ESTRADA

Terminadas todas as histórias, e o *wassail* também, separamo-nos quando o sino da Catedral deu meia-noite. Não me despedi de meus Viajantes naquela noite, pois me passou pela cabeça a ideia de voltar com um bule de café quente às sete da manhã.

Enquanto atravessava a High Street, ouvi os cantores de Natal ao longe e saí para encontrá-los. Estavam tocando perto de uma das velhas portas da Cidade, no canto de uma fileira de curiosos edifícios antigos de tijolos vermelhos, que o clarinetista educadamente me informou serem habitados pelo clero menor, ligado à Catedral. Tinham estranhos pequenos alpendres sobre as portas, como os dosséis dos velhos púlpitos; e achei que seria bom ver um desses eclesiásticos sair e nos dirigir um pequeno sermão de Natal sobre os estudantes pobres de Rochester, com base nas palavras de seu Mestre acerca dos que devoram as casas das viúvas.[3]

O clarinetista era tão comunicativo, e o meu humor era (como normalmente é) de natureza tão errante, que segui os cantores de Natal através de um gramado público chamado *as Vinhas* e assisti — no sentido do francês *assister*, estar presente — à execução de duas valsas, duas polcas e três melodias irlandesas, antes de voltar a pensar em meu albergue. Voltei para ele, porém, e encontrei um violinista na cozinha, e Ben, o rapaz vesgo, e duas criadas de quarto a girar ao redor da mesa, na maior animação.

Tive uma noite muito ruim. Não pode ser por causa do peru ou do rosbife — e o *wassail* está fora de questão —, mas, toda vez que eu tentava dormir, fracassava melancolicamente. Ora eu estava em Badajoz com um violinista; ora era perseguido pela irmã assassinada da viúva. Ora eu cavalgava com uma menininha cega, para salvar a minha cidade natal do saque e da ruína. Ora estava discutindo com a falecida mãe do inconsciente marujinho; ora comerciava diamantes em Sky Fair; ora, num caso de vida ou morte, escondia tortas de fruta embaixo de tapetes de dormitório. Por tudo isso, não dormia por um segundo e, qualquer que fosse

---

[3] Evangelho de São Marcos, 12, 40.

a insensata direção em que minha mente perambulasse, a efígie do Senhor Richard Watts sempre a perturbava.

Em suma, só consegui me desvencilhar do venerável Senhor Richard Watts ao sair da cama em plena escuridão, às seis da manhã, e mergulhar em toda água fria que consegui acumular com esse objetivo. O ar da rua estava bastante opaco e frio quando saí; e a única vela acesa em nossa sala de jantar na Casa de Caridade de Watts parecia tão pálida como se também tivesse tido uma noite ruim. Meus Viajantes, porém, todos eles haviam dormido profundamente e deram ao café quente e às pilhas de pão com manteiga, que Ben arrumara como pranchas num depósito de madeiras, a mais gentil recepção que eu podia desejar.

Quando o dia ainda mal raiara, todos saímos juntos para a rua e nos despedimos com apertos de mão. A viúva levou o marujinho para Chatham, onde ele devia tomar um vapor para Sheerness; o advogado, com um ar infinitamente esperto, seguiu seu próprio caminho, sem se comprometer anunciando suas intenções; dois outros se dirigiram para a catedral e o velho castelo em Maidstone; e o vendedor de livros me acompanhou na travessia da ponte. Eu, por meu lado, ia atravessar Cobham Woods, caminhando a pé na direção de Londres, até onde me desse na telha.

Quando cheguei à porteira e à trilha que devia afastar-me da estrada principal, dei adeus ao meu último Pobre Viajante remanescente e segui meu caminho, sozinho. E, então, a neblina começou maravilhosamente a se dissipar, e o sol a brilhar; e enquanto seguia em frente pelo ar vivificante, vendo cintilar por toda parte a geada, senti como se a Natureza inteira compartilhasse a alegria do grande Aniversário.

Ao atravessar os bosques, a moleza do solo musgoso e das folhas castanhas sob os meus passos ressaltava a sacralidade natalina de que me sentia rodeado. Cercado pelos troncos esbranquiçados, ocorria-me que o Fundador do tempo jamais erguera a sua benigna mão, a não ser para abençoar e curar, salvo no caso de uma única árvore inconsciente.⁴ Por Cobham Hall, cheguei à aldeia e ao cemitério onde os mortos haviam sido serenamente enterrados, "na firme e certa esperança" inspirada pelo Natal. Que crianças podia eu ver brincando sem as amar, ao me lembrar de quem as amara! Nenhum jardim por que passei destoava do uníssono com o dia, pois me lembrei de que o túmulo ficava num jardim, e que "ela, supondo tratar-se do jardineiro", dissera: "Meu senhor, se vós o levastes, dizei-me onde o deixastes, para que eu o leve embora".⁵ Mais tarde, o rio distante, com os barcos, tornou-se plenamente visível e com ele imagens dos pobres pescadores remendando suas redes, que se ergueram e o seguiram — do ensinamento ao povo desde uma barca um pouco afastada das margens, por causa da multidão — de uma figura majestosa a caminhar sobre as águas, na solidão da noite. Até mesmo a minha sombra no chão falava com eloquência do Natal, pois não estendia o povo seus doentes onde a simples sombra daqueles que o haviam visto e ouvido podia cair ao passarem?⁶

Assim, o Natal me envolveu, de longe e de perto, até que eu chegasse a Blackheath e percorresse a longa avenida de velhas árvores nodosas de Greenwich Park, e fosse levado por um trem a vapor, através da neblina que tornava a se formar, até as luzes de Londres. Brilhantes reluziam elas, mas não tão brilhantes como meu próprio fogo e os mais brilhantes rostos ao seu redor, quando nos encontramos para festejar esse dia. E lá falei do valoroso Senhor Richard Watts e de minha ceia com os seis Pobres Viajantes, que não eram nem Tratantes nem Falsos Mendigos, e desde então até agora jamais tornei a ver nenhum deles.

---

⁴ Alusão à figueira de Mateus, XXI, 18-22.
⁵ Evangelho de São João, XX, 15.
⁶ Atos dos Apóstolos, 5, 15.

© C*opyright* desta tradução: Editora Martin Claret Ltda., 2015.

Direção
MARTIN CLARET

Produção editorial
CAROLINA MARANI LIMA / MAYARA ZUCHELI

Direção de arte
JOSÉ DUARTE T. DE CASTRO

Diagramação
GIOVANA QUADROTTI

Capa e guardas
RAFAEL NOBRE STUDIO

Tradução e notas
ROBERTO LEAL FERREIRA

Revisão
SOLANGE PINHEIRO / ALEXANDER BARUTTI A. SIQUEIRA

Impressão e acabamento
BARTIRA GRÁFICA

A ORTOGRAFIA DESTE LIVRO SEGUE O NOVO ACORDO ORTOGRÁFICO DA LÍNGUA PORTUGUESA.

Dados Internacionais de Catalogação na Publicação (CIP)
(Câmara Brasileira do Livro, SP, Brasil)

Dickens, Charles, 1812-1870.
    Um cântico de Natal e outras histórias / Charles Dickens; tradução e notas: Roberto Leal Ferreira. — São Paulo: Martin Claret, 2015.

    Título original: A Christmas Carol

    ISBN 978-85-440-0228-5

    1. Ficção inglesa I. Título.

15-09803   CDD-823

Índices para catálogo sistemático:

1. Ficção: Literatura inglesa   823

EDITORA MARTIN CLARET LTDA.
Rua Alegrete, 62 — Bairro Sumaré — CEP: 01254-010 — São Paulo — SP
Tel.: (11) 3672-8144
www.martinclaret.com.br
3ª reimpressão — 2024

CONTINUE COM A GENTE!

- Editora Martin Claret
- editoramartinclaret
- @EdMartinClaret
- www.martinclaret.com.br